私たちは空に

森章羽

Contents

写 真
kanako

装 丁
岡本歌織
(next door design)

私たちは空になれない

ぎたい【擬態】

①他《ほか》のもののようすや姿に似せること。

②動物が、攻撃や自衛などのため、体の色・形などを周囲の物や動植物に似せること。

（『大辞泉』より）

第一章　天色《あまいろ》のドッペルゲンガー

I

スカイ・ブルーにセルリアン・ブルー。ホライズン・ブルーにセレスト・ブルー。

晴天を表す色の名前は、英語にはたくさんある。なのにどうして、日本語には空色しかないんだろう。

私の頭上ではまさに、空色の絵の具をチューブから出して伸ばしたような空が広がっていた。その中に浮かぶ白い雲は、ちぎった綿菓子《わたがし》みたいに、風に溶けて少しずつ形を変えていく。

綿菓子なんて、もう何年食べてないだろう。

それほどおいしいとは思わないのに、たまにふっと思い出して無性に食べたくなる。真っ赤なりんご飴《あめ》や、食べると舌が真っ青になるブルーハワイのかき氷も。

お祭りの夜店の食べ物を思い出しながら、私の瞳《ひとみ》は風に舞うピンク色の花びらを映す。花びらは目の前の水の上に落ち、ゆらゆらと揺れながら流れていく。

土手沿いに咲き誇る八重桜。この時季は誰もが足を止めるけど、私は背を向けて膝《ひざ》を抱《かか》え、流れる川を見つめながら、お祭りの夜店の食べ物のことなんか考えている。

別に夜店の食べ物が好きなわけじゃないし、お祭りが好きなわけでもない。春より夏が好きというわけでもない。

ただ、『今』を否定したいだけ。

今あるすべてを否定したい。そんな気分になっているだけ。

私はちょっとばかりヤケになっているのかもしれない。でなければ仮病を使って早退するなんて大胆なこと、できるはずがない。

大丈夫よ、と三浦《みうら》先生は言う。思春期にはみんなそれぞれの悩みを抱えて、鬱屈《うっくつ》した感情を持て余すものだからと。

あなたは特別じゃない。どこもおかしくはない。だから一人で抱え込まないで。なんでも相談してほしい——

優しいスクールカウンセラー。『理解者』の三文字を大きく浮かび上がらせた笑顔で言われれば、私は「はい」と応《こた》えるしかない。

思春期だからこそ、私はこんなにも不安だというのに。

だから私は『今』を否定する。未来を拒絶する。けれど、いつだって規則正しく季節は巡る。春になって、新たな学期を迎え、私は高校二年生。

時は確実に、私を大人へ押し出そうとしている。

どうしよう。ねえ、どうしよう。お姉ちゃん。

首の下、鎖骨の辺りにそっと手をあてる。深くなじんだ、硬くて冷たい感触。それはとても静かなのに、私の首元でいつも存在を主張する。

助けてくれるはずもないのに。私は他に、すがるものを知らない。

私をしめつける鎖の存在が、ひどく重い。

耐えかねて金具を外すと、それはあっさりと私の身を離れて手の中に落ちた。なんの意味もない、無力な銀色の物体を装って。青みを帯びた透明な石は、空の色を映してより青く無垢《むく》に輝いている。

これはお姉ちゃんの色。そして、私を創《つく》る色でもある。

拳《こぶし》を握り込むと、銀色の鎖は私の手の中に完全に埋もれた。私を支配するものは実際のところ、こんなにちっぽけなものなのだ。

きらきらと輝く川面《かわも》。日の光を細かく弾《はじ》きながら、川は穏《おだ》やかに流れている。青空の下で、水はうっすらと青みがかっているように見えた。

ああ、同じ色だ。そう思った時には、私の手は動いていた。

空から水へ、銀色の軌跡が美しい弧を描く。音はほとんどしなかった。私の手から放たれた銀色の鎖は、吸い込まれるように静かに水の中に消えた。

あまりにもあっけなく、軽やかに。

川は、何事もなかったかのように穏やかに流れ続ける。

「………」

しばらくぼんやりと眺《なが》めていた私は、やがてはっと我に返る。

からっぽになった手のひらと、存在を失った首元を確かめる。血の気が引いた。

私はなんてことをしてしまったのだろう。

慌てて川の中に足を踏み入れた。水は思ったよりも冷たくて、あっという間に靴に染《し》み込《こ》んでくる。肌に張りつく靴下の感触が気持ち悪かった。

キャンキャンと犬の鳴き声が聞こえた。構わず私は水の中を進む。

確か、この辺りに落ちたはず。足を止めたところは、太ももくらいまでの深さがあった。スカートの裾《すそ》を浸しながら、私は水底に目を凝《こ》らす。

ゆらゆらと揺れる青灰色の水。私の足がかき回してしまったせいか、底のほうまではよく見えない。白っぽいゴミが沈んでいるのが、かろうじて見て取れる程度だ。

さっきより近くで、キャンキャンと犬の鳴き声がした。だけど今は、そんなものに構っていられない。

両手を水の中に突っ込もうとした、その時だった。

ぐい、と強い力で右腕を引っ張られた。

驚いて顔を上げると、いつの間に近づいてきたのか、見知らぬ男の人が目の前に立っていた。砂色のスラックスの両足を水に浸して、明るい茶色の目をまっすぐ私に向けている。河川敷《かせんしき》からは、相変わらず犬の声が聞こえ続けていた。

「何やってるんだ、あんた」

ぶっきらぼうな言葉を投げつけて、男の人は私を川岸に引っ張っていく。

強引に引っ張るので途中でローファーが川底の苔《こけ》を踏んで滑《すべ》り、私は水の中で尻《しり》もちをついてしまった。幸い浅い場所だったけれど、腰まで水に浸《つ》かるはめになる。

男の人は小さく舌打ちして、乱暴に私の身体《からだ》を引き起こした。舌打ちをしたいのはこっちのほうなのに。

つかまれた腕がヒリヒリした。手の跡がついているんじゃないだろうか。でもその痛みのおかげで、鎖を失ったからっぽの手のひらを意識せずにすんだ。だから川岸に戻っても、私は自分の足で立っていられたのだと思う。

足もとでキャンキャンと犬が鳴いている。カラフルなレインボーカラーのリードを引きずって、白いポメラニアンがうろうろしていた。男の人がリードを拾い上げる。

真ん中でわけたサラサラの黒髪。毛玉のついた薄手の黒いニット。年はたぶん、二十代半《なか》ばくらい。

私が男の人を見つめていると、男の人もまた、私を見つめた。

「どうして――」

声が重なる。私は言葉を呑《の》み込《こ》み、男の人もまた、同じように続きを呑み込んだ。

向こうがどんな言葉を続けようとしたのかは明らかだった。どうぞ、と私は視線でもって促《うなが》す。

「どうして、川の中なんかに入ってたんだ？」

「捜すため」

予想通りの言葉に答えながら、私は川のほうに視線を向ける。穏やかに、けれどとどまることなく水は流れている。

きっともうないだろう。とうに流されてどこかへいってしまっている。

『彼女』はあんなに軽くて、ちっぽけだったのだから。

「何を？」

再び問うてくる彼。小さく笑って、私は答えた。

「ドッペルゲンガー」

2

川辺に座り込んでいる制服姿の少女には、ずいぶん前から気づいていた。

青空の下で、チャコールグレーのセーラー服はよく目立つ。市内にある『セイジョ』こと清天《せいてん》女学園高等部の制服だ。シックな色合いとデザインで巷《ちまた》ではわりと人気が高い。

平日の、午後三時を数分過ぎたところ。そろそろ下校時刻ではあるが、彼女はもうだいぶ前からそこに座り込んでいるようだ。途中でサボってきたのかもしれない。お嬢様とまでは言わないが、セイジョの生徒たちはお行儀のいいイメージがある。こんなに堂々とサボっているのはなかなかの度胸だ。

けどまあ、優雅な解放感を味わっているというなら存分に味わえばいいし、ついでに思春期の鬱屈した感情だって大いに持て余せばいいと思う。いずれも学生時代しか味わえないものだから。

自身の学生時代に思いをはせながら、俺は綿毛《わたげ》のリードを手に彼女を眺めていた。

でも、そろそろいいだろう。俺は虹色《にじいろ》のリードを軽く引く。「帰るぞ」という合図だ。

綿毛はしぶしぶといった様子で従い、土手の斜面をのぼったが、途中で足を止め、キャンキャンと鳴き始めた。黒い鼻先は、川のほうを向いている。

振り返ってみると、さっきまで川辺に座っていたはずの女子高生が、いつの間にか川の中に入っていた。

俺は反射的に駆け出していた。冷静に考えれば、そんなに焦る必要などなかったのだが。

この川——二葉川《ふたばがわ》という——はそれほど深さはないはずだし、このところは晴天続きで流れも穏やかだ。水はまだ冷たいかもしれないが、入ったところで危険があるとは思えなかった。まして相手は、幼《おさな》い子どもというわけでもない。

むしろ見知らぬ男にいきなり腕をつかまれ、川岸に引き戻されて。相手からすれば、そちらのほうがよほど怖かったに違いない。

川から上がった少女は、どこかぼんやりとしていた。

小柄《こがら》で痩《や》せっぽちで、花にたとえるなら、まだ固いつぼみといった少女だった。けれども色白の小さな顔は鼻筋が通っていて、背に流れる長くまっすぐな黒髪は、日の光を受けて天使の輪を浮かび上がらせている。

セイジョの生徒らしく、お行儀のよさそうな少女に見えた。なんなら、お嬢様といってもいいかもしれない。少なくとも、サボりなんて行為とは無縁のタイプに思えた。

どうして川に入ったのかと尋《たず》ねると、彼女は妙な答えを返してきた。

ドッペルゲンガーを捜すためだと。

声は幼く未成熟な感じがするのに、じっとこちらを見つめてくる黒い瞳は妙に大人びていて、アンバランスな印象を受けた。あたかも思春期の不安定さを現しているように。

それにしても、ドッペルゲンガーとは。分身だったか生き霊だったか、自分のそれと遭遇してしまったら死ぬというあれか？

冗談にしても訳がわからない。

土手のほうから桜の花びらが流れてきて、捕獲しようと綿毛がジャンプする。風に乱れる黒髪を手で押さえながら、少女はクシュンとくしゃみをした。

膝下丈《ひざしたたけ》のプリーツスカートの裾からはしずくが滴《したた》っている。俺が強く腕を引いたせいで、彼女は川の中で転んで尻もちをつき、腰まで濡《ぬ》れるはめになった。春とはいえ、夕方近くになればいまだ冷たい風が吹く。このままでは身体を冷やしてしまうだろう。

「寒い」

既に冷えているらしく、少女はぶるっと身を震わせた。

「君、家はこの近所？」

先の自身の乱暴な言動を反省し、口調を改めて尋ねると、少女は首を横に振った。聞けば、二葉駅から歩いてきたという。駅からこの河原までは歩いて十分以上かかる。

「俺のマンション、すぐ近くなんだけど。よかったら来る？　タオルくらい貸せるよ」

際どい申し出ではあった。言葉巧《たく》みに女子高生を自宅に誘う変質者と間違われかねない。昨今は親切もしづらい世の中だ。

警戒され、断られるのを予想したが、意外にも少女はこくりと頷《うなず》いた。

むしろ、俺のほうが内心ちょっと身構えた。何かを考えているのか。それとも何も考えていないのか。

綿毛のリードを引いて帰路につくと、少女は川辺に置いたままになっていた鞄《かばん》――校章がついたセイジョの指定バッグだ――を拾い上げ、本当に後についてきた。

五分ほど歩き、《ハイツ青木》に到着する。五階建ての、無個性な灰色の建物だ。単身者向けの１ＤＫの部屋はペット可というわけではなかったが、さりとてペット禁止と言われているわけでもないので、四足のパートナーと同居している住人は他にも幾人かいる。

「悪いけどこれ、ちょっと持っててくれる？」

三〇三号室のドアを開けて中に入ると、俺は綿毛のリードを少女に渡した。彼女を玄関先に待たせ、廊下の右手にあるバスルームに入り、濡らしたタオルを片手に玄関に戻る。

「ありがとう」

少女の手からリードを受け取ると、綿毛を抱き上げて汚れた四本の足をタオルで拭《ふ》いた。手早く作業を終え、リードを外して廊下に下ろしてやると、綿毛は脱兎《だっと》のごとくダイニングのほうへ駆けていった。

「中、入ってて構わないよ。俺はバスルームでズボンを穿《は》き替《か》えてくるから」

少女に乾いたバスタオルを手渡すと、俺は替えのスラックスを手にバスルームに入った。靴下を脱ぎ、濡れたスラックスと一緒に洗濯機に放り込む。

着替えを終えてバスルームを出ると、少女の姿はダイニングにあった。バスタオルを腰に巻きつけて、テーブルの周りをぐるぐると駆け回っている綿毛を眺めている。

「綿毛は濡れるのが嫌いでさ」

「綿毛？」と少女は不思議そうに問うてくる。

「その犬の名前。足を拭かれるのも嫌いで、拭かれた後はいつもそうやって鬱憤《うっぷん》を晴らすんだ」

狭い空間で、障害物に衝突することもなく犬は器用に駆け回っている。しばらくすると気が済んだのか、ふうと人間臭いため息をついて、奥の居室へと入っていった。

「バターになったら、パンケーキにつけて食ってやろうかと思ってるんだけど」

「どうしてバター？」

意味がわからないらしい。昨今の女子高生はどうやら、あの物語を知らないようだ。

「それよりもそのスカート、拭いただけじゃだめだよな」

巻きつけたバスタオルの下のスカートは、しずくこそもう滴っていなかったが、いまだ重く湿っているはずだ。あいにく、このうちの洗濯機には乾燥機能はついていなかった。

「……着替え、貸そうか？」迷いつつ、申し出てみる。

少女はふるふると首を振った。靴下を脱いだ裸足《はだし》の足もとが寒そうだ。

「私が男の人の服を着て帰ったら、お母さんは大騒ぎすると思う」

「まあ、それはそうだろうな。だからさ——」

俺は一旦《いったん》奥の部屋へ行くと、ハンガーに掛けた一着の服を手に少女のもとへ戻った。

「これ、よかったら」

3

驚いた。

彼がためらいがちに差し出してきた服は、私が着ているのと同じものだった。つまり、清天女学園の高等部の制服。

「君には少し、サイズが大きいかもしれないけど」

気まずそうな顔で、男の人は早口に言う。微妙な沈黙を避けるように。

どうして——

このマンションに来るまでの間、何度も頭の中で繰り返した。やや猫背気味に歩く彼の後ろ姿を見つめながら。

どうして同じなの？

ドッペルゲンガー。つまり、そういうこと？

「……妹さんが、うちの学校に通っているんですか？」

私は訊《き》いてみた。どう見たってうちの学校の生徒ではあり得ない人が、制服を持っている。真っ先に考えられる理由はそれだろう。

「妹はいないよ」

「じゃあ、親戚《しんせき》に？」

「いや」と彼は首を振る。

「なら……うちの学校の生徒と付き合っているとか？」

だとするならこの人も問題だろうけど、彼と付き合っている相手は学校にバレたらかなりまずいことになる。

「違う」

けれども彼はやはり否定した。そうなると、私の頭に浮かぶ可能性はあとひとつしかなくなってしまう。

「彼女さんに着せているんですか？　うちの制服を買って」

男の人は明るい茶色の目を少し大きくして、それからくくっと笑った。いたずら小僧みたいな表情が一瞬、垣間見《かいまみ》えた。

「そんな発想、よく出てくるね」

「うちの制服、世間ではわりと人気があって、ネットなんかで取り引きされてるって聞きました。だからお小遣い稼ぎで制服を売ってる子もいるらしくて。そういうことはしないようにって、先生方から注意を受けてます」

「なるほど」納得したように彼は頷いて、

「ちゃんとクリーニングはしてあるから、綺麗《きれい》だよ。まあ、気持ち悪いっていうなら無理強《むりじ》いはしないけど」

　ハンガーに掛けられた制服は、確かに綺麗そうに見える。クリーニングのおかげもあるだろうけど、それ以前にあまり着ていないふうだった。

「スカートだけ、お借りします」

　私はハンガーからチャコールグレーのプリーツスカートだけ取った。上のセーラーは跳ねた水でちょっと濡れた程度だから、取り替える必要はない。

「……あのさ」

　着替えのためにバスルームへ行こうとすると、男の人に呼び止められた。何かを後ろ手に持って、もじもじしている。

　なんだろう。私がじっと待っていると、彼は意を決したように白いビニール袋を差し出してきた。

「よかったら、これも。もちろん未使用だから」

　袋の中には女性用の下着が入っていた。ユニクロのパッケージに入っていて、未使用には違いないようだけど、さすがに私は引いた。彼女のものだろうと思っても、初対面の男の人から下着を渡されるという状況をごく普通に受け入れるのは無理がある。

　ただ、私以上に居たたまれない顔をしているのは彼だった。そんなものを渡したら相手にどんな目で見られるか、彼自身がよくわかっているのだ。わかっていながら渡してくれたのは、私を気遣《きづか》ってのことに違いない。

　確かに、濡れてしまって一番気持ち悪かったのは下着だった。靴下のように脱いで帰るわけにもいかず、正直かなり困っていた。

「……じゃあ、遠慮なく」

スカートと下着の入った袋を持って、私はバスルームに向かった。

彼が言った通り、スカートは少し大きくて私にはウエストがゆるかったけれど、ベルトで締めれば穿けないことはなかった。

空になったビニール袋に濡れたスカートと下着と、ついでに靴下も入れて、バッグの中に詰め込む。

ふと、バッグのポケットに入れていたパスケースが目に入った。二つ折りにしたパスケースの内側には、一枚の写真が入っている。

少し考えてから私は、その写真を抜き出して、外側に入っているＩＣ定期券と入れ替えた。

4

背に腹は代えられないといったところか。

結果的に受け取りはしたものの、彼女の中で俺は完璧《かんぺき》に変態の烙印《らくいん》を押されただろう。制服だけでも充分に誤解を招くというのに。下着なんてもはや言い訳のきかない代物だ。

「親切って難しいなあ、綿毛」

居室のクッションに寝転ぶ綿毛の身体にブラシをかけながら、俺は呟《つぶや》く。

「沖田《おきた》さん」

突然名を呼ばれ、驚いて振り返ると、部屋の入り口に少女が立っていた。着替えを終えたらしい。窺《うかが》うようにして室内を覗《のぞ》き込《こ》んでいる。

「どうして名前——って、表札を見ればわかるか」

ブラシを置いて腰を上げ、俺はダイニングのほうへ戻る。

「スカート、サイズは大丈夫だった？」

「はい。ちょっと大きかったけど、ベルトで締めましたから」

「そう。それならよかった」

「ありがとうございます」

少女は頭を下げた。その拍子《ひょうし》に、ぱさりと何かが床に落ちる。

水色のパスケースだった。鞄のポケットに入れていたのが落ちたのだろう。表側には、定期券ではなく写真が入っていた。

目の前の少女と、栗色《くりいろ》の髪を黒いリボンで二つに束《たば》ねた少女が、同じセイジョの制服姿で仲良く並んで写っている。

拾い上げて渡すと、「すみません」と言って少女は受け取り、鞄のポケットにしまった。

ガスコンロの上で、カタカタとやかんが音を立てる。お茶を飲もうと思って沸かしておいたのだ。

「紅茶でも淹《い》れようと思うんだけど、どう？　といっても、ティーバッグだけど」

彼女がここにとどまる理由はもうないはずだった。変態の部屋などさっさと立ち去るに限る。

けれども彼女は、「いただきます」と答えた。人を見る時、じいっと探るようにしてくるのは、彼女の癖《くせ》なのだろうか。何かを考えているのかいないのか。相変わらずよくわからない少女だった。

ダイニングテーブルに向かい合って座り、ティーバッグのダージリンティーを飲む。俺がスティックシュガーを三本、自分のカップに注ぎ入れると、彼女は未知の生物を目の当たりにしたような目を向けてきた。

俺に言わせれば、彼女のほうこそ未知の生物だ。初対面の男についてきて、あっさりと部屋にあがり込んだ上、出されたお茶になんの抵抗もなく口をつける。世の女子高生とは、これほどまでに無防備な生き物なのだろうか。

「どんな人なんですか？」

突然尋ねられ、意味がわからず俺は「え？」と問い返す。

「彼女さん。綺麗な人ですか？　うちの制服、似合いました？」

どういう意図で尋ねているのか。ますます理解に苦しむ。場を繋《つな》ぐための世間話にしては、いささかなれなれしい。少女がそれほど人懐《ひとなつ》こいタイプには見えないだけに、余計に不可解だった。

「……いないよ、彼女なんて」

今度は彼女が「え？」と問い返してくる番だった。

「じゃあ、あの制服は？」

「俺が自分で着たんだ」

「…………」

少女は口を半ば開け、ぽかんとした顔をした。

やがて、彼女は気を取り直すようにカップの中の紅茶をひと口飲み、

「沖田さんは、女装が趣味なんですか？」

黒い瞳で、じっと俺を見つめながら問うてきた。もっとドン引きするかと思いきや、彼女の衝撃

のピークは下着を渡された時点で既に過ぎていたのかもしれない。

「趣味じゃなくて、仕事」

「女装するお仕事？」

「女装はたまたま。そういう役を求められたから演じただけ。俺は役者だから」

「役者さん？」

少女は意外そうに目を瞬《しばたた》いた。「映画とかに出てるんですか？」

「昔は劇団に所属して、舞台とかやってたけど。今は現実を舞台に演じてる。レンタル役者って形で」

「レンタル役者？」

聞きなれない言葉に小首を傾《かし》げる少女。俺が自分の仕事を語ると、ほとんどの人間は彼女のような反応を見せる。あからさまに胡散臭《うさんくさ》そうな目を向けてくるものも少なくない。

「依頼を受けて、相手が求める通りの役を演じるんだ。友達とか、恋人とか、色々ね」

「あの制服はじゃあ、うちの生徒の役を依頼されて演じるために？」

「そういうこと」

すると少女は、少し考える素振りをしてから、

「沖田さんて、意外とウエストが細いんですね」

妙な感心をしてみせた。

どうにも風変わりな少女だ。依頼の内容などあれこれ訊かれてもやっかいなので、相手が続けて口を開く前に、「君は？」と俺のほうから問いを投げかけた。

「思えば名前も聞いてない。言いたくないっていうなら、無理に答えろとは言わないけどね」

少女はほんの一瞬、視線を脇《わき》に逸《そ》らしてから、「イクネ」と答えた。

「イクネさん？」

「はい」と少女は頷く。苗字《みょうじ》のほうは答えない。こちらが『沖田』だから、自分も片方だけ教えればいいと思ったのかもしれない。

「イクネさんは、川でドッペルゲンガーを捜してるって言ったけど。あれはどういう意味だったの？」

イクネと名乗った少女は長い睫毛《まつげ》を伏せるようにして、テーブルに視線を落とした。

「……落としちゃって」

「え、ドッペルゲンガーを？」

「ペンダント。小さなダイヤの」

「ダイヤって、本物？」

それだけでもかなり大事《おおごと》だったが、イクネは更に衝撃的なことを口にした。

「お姉ちゃんの遺灰でつくったダイヤモンド」

「遺灰……」

そんな大切なものを落としていたなら、なぜもっと早く言わないのか。ドッペルゲンガーなどと妙なことを口にしている場合ではなかったろうに。

「捜しに行こう」

俺が腰を上げるも、当人は両手で包むようにカップを持ったまま、立ち上がる気配を見せない。

彼女は黒い瞳で、またじいっと俺を見つめてくる。かと思うとカップに残っていた中身を飲み干して、ふっと薄く笑った。

「いいんです」

「よくないよ。亡くなったお姉さんの形見なのに」

イクネは空になったカップを置き、腰を上げた。捜しに行く気になったのかと思ったが、彼女は足もとに置いていた鞄を手にすると、

「ごめんなさい」

そう言って頭を下げた。

「私、沖田さんに嘘《うそ》をつきました」

「嘘って、何を？」

ペンダントを川に落としたということだろうか。それとも——

「ごめんなさい」

謝罪の言葉を繰り返し、追及を逃れるようにイクネはそそくさと玄関へ向かった。

「ちょっと、イクネさん」

「お世話になりました。あまり遅くなるとお母さんが心配するし、帰ります」

時計を見れば、午後四時を過ぎていた。ろくに名前も知らない男の部屋に、なんだかんだ彼女は三十分以上もいたことになる。

「そういうことなら、引き止めるのはやめておくけど」

俺としても、できれば物事は穏便にすませたいし、これ以上、変態と誤解されるような真似《まね》もしたくない。

イクネは黒いローファーに素足を突っ込んだ。新聞紙を中に入れておいたのだが、三十分程度では吸水効果もたかが知れている。いまだ湿っぽいに違いなかった。

「貸した服は返さなくていいから」

水を吸った新聞紙を彼女の手から受け取りながら、俺は言った。「ここにはもう、来ないほうがいいよ」

え、とイクネの唇《くちびる》が音の形だけをつくる。

「セイジョの生徒が男をストーキングしてる、なんて噂《うわさ》が広まったら困るだろう？」

にっと笑ってみせると、少女の黒い瞳がやや大きくなり、それからきゅっと唇が噛《か》みしめられた。

けれども、彼女は何も言わない。

「……失礼します」

やがてぺこりと頭を下げると、イクネは心持ち硬い動作でドアを開け、三〇三号室を去っていった。

5

「もう具合は大丈夫なの？」

自分の机で一時間目の授業の準備をしていると、育音《いくね》ちゃんが声をかけてきた。

いつものように、栗色のやわらかそうな髪を黒いリボンで二つに束ねている。初めて会った時、似合ってるねと言ったら喜んで、それからその髪型は育音ちゃんのトレードマークになった。

育音ちゃんは高等部から入ってきた子で、一年の時に同じクラスになった。制服に憧《あこが》れて入ったという。実際、うちの制服は育音ちゃんにとてもよく似合っていた。

育音ちゃんは綿菓子みたいな子だ。ふんわりとやわらかくて、目を離すとすうっと溶けてしまいそうな儚《はかな》さがある。ちょっと気が弱いところがあるけれど優しくて、ピアノが上手だ。週に三日、二葉駅前にあるピアノ教室に通っている。

「昨日、お昼休みの後にいきなり早退しちゃうんだもん。驚いちゃった」

「ごめんね、心配かけて」

ううん、と育音ちゃんは首を振る。

「今日はお休みするのかと思ってたから。来てくれてよかったよ」

ふにゃっと仔猫《こねこ》みたいに微笑《ほほえ》む育音ちゃんに、「あのね」と私は声のトーンを落として囁《ささや》く。

「たぶん私、わかったと思う」

育音ちゃんは丸い目をぱちぱちさせた。「何を？」と尋ねてくる。

「ドッペルゲンガーの正体」

学校が終わると、私は今日も二葉駅で電車を降りた。

ふと気づくと首元に手をやっている。学校でもそんなふうだったから、育音ちゃんにも気づかれた。「ペンダントどうしたの？」と訊かれて、鎖が切れたから直していると嘘をついた。

母はまだ気づいていない。気づいたら絶対に大騒ぎをするに決まっている。川に投げ捨てたなんて知られた日には、どうなるかわからない。

でも、時間の問題だ。いつかは必ず気づかれる。

構わないはずだった。むしろ、それを望んで捨てたはずだった。私は自由を手に入れたはずだった。

なのに、この喪失感はなんだろう。首から失われた感触に、ひどい不安を覚えるのはなぜだろう。それほどまでに、お姉ちゃんは私の一部になってしまっているのか。

やはりもう、私はつくり変えられてしまっているのかもしれない。

指先で何度も首筋をなぞりながら、私の足は昨日と同じ道をなぞる。

空は赤みを帯びた金色に染まっていた。子どもの頃、空の色が金を帯び始めるのは、遊びの時間が終わりに近づいている合図だった。仲良しの友達と別れて、うちに帰らなければならない。この空の色に小さな焦燥ともの悲しさを抱くのは、当時の気持ちが心の奥底に記憶されているからなのかもしれない。

《ハイツ青木》と掲げられた、五階建ての灰色のマンションの前に到着する。

もう来るなと言われたのに。昨日の今日で再びやってきた私を見たら、あの人はなんと言うだろう。怒るだろうか。それとも、警察に通報されるだろうか。

無人のエントランスを通り抜け、エレベーターで三階へ向かう。三〇三号室。『沖田』と名の記されたドアの前で足を止める。

バッグから水色の袋を取り出して胸に抱え、ひとつ深呼吸をしてからインターホンのボタンを押した。

少し待っても応答はない。留守なのだろうか。もう一度ボタンを押そうとした時、ドアの向こうに気配を感じた。「はい」とスピーカーから控《ひか》えめな男の人の声が届く。

「あの、私……」

言葉が途切れてしまう。なんと言えばいいのかわからなかった。服を返しに来たと伝えたところで、開けてはもらえないだろう。返さなくていいと彼は言った。そして、もう来るなと言われたのだから。

逡巡《しゅんじゅん》していると、ぷつりとインターホンが切れた。

鍵《かぎ》が外される音がして、ゆっくりとドアが開く。隙間《すきま》から、見覚えのある男の人の顔が覗いた。

「君は……」

私を見て、男の人は驚いたような顔をした。

私もまた、ほんの少しだけ驚いた。

真ん中でわけたサラサラの黒髪。毛玉のついた薄手のニット。年はたぶん、二十代半ばくらい。

けれどもその人は、昨日の彼とは別人だった。

この人は私を知らないだろう。でも、私は知っていた。彼こそがここの住人。本物の沖田さんであることを。

「これ、返しに来たんです」

私は胸に抱えていた水色の袋を、彼――沖田さんに差し出した。

「昨日、私、川で制服を濡らしちゃって。もう一人の沖田さんに、制服のスカートを借りたんです。返さなくていいって言われたけど、そういうわけにもいかないから。下着のほうは、さすがに返すわけにいかないので。代金を入れておきました」

「あ、ああ……。そうなんだ」

戸惑いながらも、沖田さんは袋を受け取った。彼の視線は激しく揺れて、私のバッグや制服や足もとにせわしなく動いていたが、私の顔に向けられることはなかった。

「ごめんなさい」

私は言って、深々と頭を下げた。

「私、誤解をしていたみたいです。もう沖田さんにご迷惑をかけることはありませんので。安心してください」

「え……」

いまだ戸惑っているふうな沖田さんに「失礼します」と挨拶《あいさつ》を残して、私は三〇三号室を去った。

かなり一方的だったかもしれないけれど、言うべきことは言った。これでおしまい。

私はもう、犬の散歩にやってくる彼を河原で待ちぶせすることはないし、尾行の真似事をしてマンションまでついて行くこともない。

《ハイツ青木》を出ると、私は河原へ向かった。

川に投げ捨ててしまったお姉ちゃんのダイヤ。今更、捜したって遅いかもしれない。それこそもう流されてしまったかもしれないし、誰かに拾われてしまったかもしれない。

お姉ちゃんは全然軽くなんてなかった。ちっぽけでもなかった。とても重くて大きくて、私の心と身体は、その重さに慣れてしまっていた。

ドッペルゲンガー。そう、まさに。

このままでは私は、確実に殺されていく。

赤みを増した夕日がぼやけて滲《にじ》む。冷たさを感じ、頬《ほお》に手をやると濡れていた。正面から歩いてきたおじいさんが、びっくりしたような顔で私とすれ違う。

慌てて手の甲で目をこする。小さな子じゃあるまいし。泣きながら歩くなんて恥ずかしい。

夕方の土手には、犬の散歩をする人や、学校帰りの学生たちの姿が目立った。

昼間はお花見をしたり、絵を描いたりとのんびり過ごす人たちが多かったけど、夕方になると人々はみんな、目的をもって動く。頭の中には、帰るべき家が浮かんでいるに違いない。茜色《あかねいろ》の空にはやはり、帰巣を促すものがあるのだろう。

　そんな中、川べりにぽつんと佇《たたず》んでいる男の人の姿があった。男の人は手近にある石を拾い、川の中へ投げ入れる。投げられた石は軽やかに水面を弾み、四回ほど繰り返したところで底に沈んだ。

「上手」

　近づいて私が手を叩《たた》くと、男の人は振り返った。明るい目の色によく合う、赤茶けた短髪。Ｔシャツの上に黒いライダースジャケットを羽織《はお》り、下はジーンズ。昨日とは印象がまるで異なっていたけど、間違いない。

　私がスカートを借りた、もう一人の沖田さんだ。

「上手ってほどでもない。うまいやつは平気で十回以上弾ませるしな」

　現れた私に驚くでもなく、もう一人の沖田さんだった彼は応えた。

「私は一回もできない」そもそもやったこともないけれど。

「コツをつかめば誰にだってできるさ」

「コツって？」

　彼は小さく肩をすくめてから、

「まず、なるべく平べったい石を選ぶ」

　そう言って周囲に転がる石の中から、平たい形をした灰色の石を選んで拾い上げた。

「で、水面に対して水平に叩きつけるような感じで投げる」

　ぶんっと腕を横に振るい、彼は石を川に投げた。ステップを刻むように、今度の石は五回も弾んだ。

「口で説明するより、自分でやって要領をつかんでいくほうが早いと思うけど」

バッグを足もとに置き、私も試しにやってみた。けれども私の投げた石は、ぽちゃんとそのまま川底に沈むだけ。

「いかにもお嬢って感じの投げ方だな」

からかうように笑われてむっとする。悔《くや》しくて、相手のフォームを真似しながら石を投げ続けていると、やがて水面で一度だけ石が跳ねた。

「あっ」

「そうそう。そんな感じ」

嬉《うれ》しくて更に数回投げると、最終的に石は三回まで弾んだ。

「できた！　ねえ見た？　今、できたよね？」

興奮気味に私は、彼のジャケットの裾を引く。

「ああ、見た。おめでとう」

ちょっと呆《あき》れたふうに苦笑を滲ませる彼。「そんなに嬉しいか？」と言いたげだ。

「じゃあ、水切り初成功のご褒美《ほうび》に」

ほら、と突き出された彼の手の下で、銀色の鎖が揺れていた。鎖の先端では、うっすらと青みを帯びた透明な石が、オレンジの光を弾いてきらきらと輝いている。

「これ……」

私が投げ捨てた、お姉ちゃんのダイヤのペンダントだった。

そうだった。私はこれを捜しに来たのに。彼と会い、石を投げるのに夢中になって、すっかり忘れてしまっていた。

「川底の石に引っかかってた。よかったな、流されてなくて」

冷たい水底から救い出されたお姉ちゃん。受け取ったペンダントからは、彼のぬくもりが感じられた。

「……ここにいたのって、私を待ってた？」

ペンダントを返すために？　もう来るなとか言ったくせに。もっともあれは、沖田さんの住まいには来るなという意味だったのだろうけど。

「あんたが捜しに来ると思ったからさ。けど、あんたは基本的に真面目《まじめ》な生徒っぽいし、きっと二日連続で学校をサボるような真似はしない。だから、来るとしたら学校が終わった後だろうなって」

「学校へ行く前に捜しに来るとは思わなかったの？」

「だとしても、見つからなきゃ学校終わりにもう一度来るだろ。俺はそいつを昨日のうちに見つけてたんでね」

私の首元に戻ったペンダントを指して、彼はいたずら小僧みたいに笑う。

「昨日のうちに？　昨日のあの後で、捜しに来たってこと？」

「ペンダントを落としたってのは、嘘には聞こえなかったしな。もしかしたら先にあんたが捜しに行って、見つけたかもしれないとも思ったけど。結果はその通りってわけ」

「もし今日、私がここへ来なかったらどうするつもりだったの？　明日も、明後日《あさって》も、私が現れるまで、ずっとここへ来て待ってた？」

「そこまで暇人じゃねえよ」

彼は心外そうに眉根《まゆね》を寄せ、

「今日来なかったら、あの子に渡そうと思ってた。週に三回、学校帰りに二葉駅で降りて、ピアノ教室へ行くだろ。あの二つ結びの可愛《かわい》いリボンちゃんは」

「育音ちゃん？」

言ってから、しまったと思った。彼には私自身が育音だと名乗っていたのに。

「やっぱ、『イクネ』っていうのは彼女の名前か」

ふふんと彼は笑う。どうやら私は、まんまと相手の誘導に引っかかってしまったらしい。

「あんた昨日、わざとパスケースを落としてあの子が写ってる写真を見せたよな。で、その後に『イクネ』と名乗った。確かめるためだったんだろ？　俺が彼女のことを知ってるかどうか」

「……ピアノ教室のことまで知ってるなんて。あなた、育音ちゃんのことストーキングしてたの？　沖田さんと二人して？」

「してねえよ。まあ、参考のために一度だけ駅で張り込んで、姿を確認させてもらったことはあるけどな。っていうか、あんたこそ沖田さんをストーキングしてたんだろうが」

「だってそれは、育音ちゃんが——」

ストップ、と彼は、伸ばした手のひらで私を制した。

「そろそろ暗くなってくるし、あんたさえよければ場所を変えて、互いの手札を見せ合うことにしないか？」

異論はなかったので、私は頷いた。

6

近くに停《と》めておいた愛車の後ろに少女を乗せる。知人から譲ってもらった、ホンダの２５０ccバイク。故郷にいた頃は大型バイクに憧れていたが、狭い東京で足代わりに乗り回すならこのくらいがちょうどいい。

二葉駅まで行くと、駅前にあるマクドナルドに入った。店内はざわついていたが、喫茶店などよりはこういうところのほうが制服姿でも目立たないし、プライベートな話もしやすい。

「おまたせ」

奥のテーブル席でポテトをつまみながらスマホを眺めていると、手洗いへ行っていた彼女が戻ってきた。

「話、ついたのか？」

「育音ちゃんの家に来てるって言っておいた。夕食もごちそうになるからって」

彼女は自宅の母親へ電話をしに行ったのだった。家の門限は六時だという。今はまだ五時半だが、話を終えて帰る頃には恐らく六時は過ぎてしまうだろう。

「それってさ、イクネちゃんの家に確認されたりしない？」

「大丈夫。育音ちゃんにも電話して、話を合わせてもらえるよう頼んでおいたから」

根回しも完璧というわけか。友人は良き協力者らしい。

「大変だねえ、未成年ってやつは」

「うちのお母さんは特に過保護というか、心配性だから」

言いながら、彼女の指先が首元の鎖をいじる。俺が川底から拾い上げた、姉の形見だというダイヤのペンダント。上の娘を亡くした経験があるから、母親としては下の娘はなんとしても守らねばという意識が強く働くのかもしれない。

「こういうファストフード店もね、普段は入らせてもらえないの。でも、マックシェイク飲みたいから。たまに育音ちゃんと一緒に入っちゃう」

いたずらっぽい笑みを浮かべて、彼女はシェイクのストローに口をつけた。俺は早くも氷が溶けて薄くなり始めたコーラをすすり、

「んじゃ、どっちから手札をさらす？」

「ニセ沖田さんから」

「その呼び方をするなら、あんたはニセイクネさんになるけど？」

「私はアテナ」

俺のポテトを一本つまみ、彼女は答えた。母親に禁止されている手前の遠慮なのか、彼女自身はシェイクしか頼んでいない。

「戦と知恵の女神サマか。ついでに、身持ちがガチガチに堅い処女神だな」

軽口めいて言うと、彼女――アテナは俺を軽く睨《にら》んできた。

「私だって、気に入ってるわけじゃないけど」

「そうなのか？　そう悪い名前でもないと思うけどな。少なくとも、ギリシア神話の神サマん中じゃ、俺は一番好きだぜ」

アテナは意外そうな顔で「どうして？」と訊いてくる。

「綺麗に着飾って色気をふりまいてる他の女神や、女を追っかけ回して遊んでる男の神たちと違っ

てさ、アテナは常に鎧《よろい》に身を固めて凜《りん》としてる。周囲に流されることなく、ブレずに立ってられるやつはカッコイイよ。男だろうと女だろうと、関係なくさ」

「…………」

　シェイクのカップを両手で包み込むようにして、アテナはストローをくわえている。手が冷たそうだが、本人はあまり気にしてないようだ。あるいは気づいていないのか。

「で、本題に戻すけど。あの人――沖田さんはさ、女子学生の制服フェチなんだよ」

「……女子学生が好きってこと?」

「いや、女子学生そのものに興味があるわけじゃなく、あくまで制服」

「だけど育音ちゃんは、声をかけられたって言ってた。先月の終わり頃、学校帰りにピアノ教室へ行くために二葉駅で降りた、その時に」

　春休み中だが、所属している華道部の活動のためにイクネちゃんは学校へ行ったのだという。華道部というのは女子高ならではだなと思った。少なくとも俺の通っていた高校には、そんなおしとやかな部はなかったと記憶している。

「大通りから一本裏の路地に入ったところで、白いポメラニアンを連れた男の人にいきなり腕をつかまれて、写真を撮らせてほしいって言われたって。目がやけにぎらぎらして、息も荒くって。すごい怖くて、育音ちゃんは腕を振り払って必死で逃げたんだって」

　そりゃあ怖かっただろう。話を聞く限りでは立派な変質者だ。けれども事情を知る身としては、一応弁明はしておいてやらねばならない。

「あの人、セイジョの制服が一番のお気に入りらしくてさ。そういうちょっと変わった性癖の持ち主ではあるけど、本人はかなり気弱で引っ込み思案な性格だから。イクネちゃんに声をかけるってのは、彼にとっちゃものすごい勇気のいる行動だったんだよ。だから、やたら興奮した変質者に見えたかもしれないけど、実際にはめちゃくちゃ緊張してただけだったと思うぜ」

とはいえ、この上なく挙動不審ではあったのだろうから、警察に突き出されなかっただけ幸いといえる。

「本人も反省してる。それ以降、綿毛を連れて駅前を歩けなくなって、河原で散歩をさせるようになったくらいだ」

「それって反省っていうの？　おかしな勇気を出した結果、自爆しただけでしょ」

手厳しい意見を口にして、アテナはまた俺のポテトをつまむ。

「ごもっとも」

「育音ちゃんは、本当に怖い思いをしたんだよ。育音ちゃんこそ、気弱で怖がりな子なんだから。大体、制服だけに興味があるっていうなら、自分で買って好きなだけ眺めてればいいじゃない」

「そこがマニアのこだわりっていうかさ。服ってのは、人に着られてないと『生きて』ないって言うんだよな。その上、あの人は着こなしにも相当こだわるんだ。この制服の一番美しいスカート丈はこのくらいとか、この制服に一番似合う髪型はこうとか、こういう顔立ちでこのくらいの背丈の人が着るともっとも綺麗に見えるとか――」

気がつくと、アテナは実に微妙な表情で、もの言いたげな目を俺に向けていた。何を言いたいのか正確なところはわからないが、「変態」という言葉がどこかに入るのは間違いなさそうだ。

「……つまり、沖田さんにとって育音ちゃんは、うちの制服の理想的なモデルだったってこと？」

「そういうこと。駅前で初めて見かけた時、電流が突き抜けたような衝撃を受けたんだってさ。で、何度か姿を見るうちに行動パターンを把握して、週に三回ピアノ教室へ通っていることを知った」

「やっぱりストーカーじゃない」

アテナは悔しげにシェイクのストローを噛んだ。「スカートと下着の代金、返しに行かなければよかった」

聞けば今日、河原へ来る前に沖田のマンションへ行って、借りたスカートと下着の代金を渡してきたという。

「あれに関しては、沖田さんじゃなくて俺のなんだけどな」

自分のサイズに合うものを、知人に頼んで調達してもらった。下着は念のために用意したものだったが、沖田は制服の下にまでこだわる人間ではなかったため、使わずにすんだのだ。

「結局のところ沖田さんは、あなたに育音ちゃんのふりをさせて、自分の目的をしっかり果たしたわけだよね?」

「うん、まあ、そういうことだな」

「で、あなたは事情を全部知った上で、依頼を引き受けた」

「イクネちゃんのことは、最初は知らなかったよ。沖田さんとは、もともとちょっとした知り合いでさ。今月のはじめに顔を合わせた時に、遠慮がちに訊かれたんだ」

──女の子の役でも、演じてもらえるんですか?

おどおどと視線をさ迷わせながら、今にも消え入りそうな声で。

女子高生。セイジョの制服。いくつかのワードを口にしても俺が動じず、引くこともないとわかると、一転して彼は饒舌《じょうぜつ》になり、演じてもらいたい役について、実に具体的に話し始めたのだった。

「実際にモデルがいるんだなって、すぐにわかったよ。で、突っ込んで聞いてみて、イクネちゃんのことを知った。といってもイクネちゃんって名前までは、やっこさんも知らなかったけどな」

「それであなたは、育音ちゃんに扮《ふん》して沖田さんに写真を撮らせた。あの河原で」

「よくご存じで」

「うちのクラスの子が見てたの、それ」

アテナは俺のポテトを、今度は三本、まとめてつまんで口に入れた。

「塾へ行く途中、自転車で通りかかったんだって。どうして育音ちゃんがこんなところにいるんだろうって、不思議に思ったらしいけど。塾の時間があったから、声はかけずにそのまま通り過ぎた。それで、春休みが終わって学校が始まってから、育音ちゃんに訊いたの。あの時、河原で何をしてたのって。育音ちゃんは当然、なんのことかわからなかった」

「それでドッペルゲンガーか」

そう、と頷いて、アテナがまたポテトに手を伸ばしてこようとしたので、俺はすかさずトレイを引いてガードした。

「そんなにポテトが食いたいなら、自分のぶんを買ってこいよ」

このままでは全部彼女に食われてしまう。俺は財布から千円札を出して、アテナに渡した。

「ついでに、てりやきバーガー買ってきて。あんたも、他にほしいものがあったら買っていいから」

千円札を手に席を立ったアテナは、しばらくすると新たなトレイを持って戻ってきた。トレイの上にはてりやきバーガーが二つと、Sサイズのポテトが載っている。

「はい」と彼女はバーガーのひとつと、お釣りとレシートを俺のトレイに載せてきた。

「あんたも好きなんだ、てりやきバーガー」

「食べたことない」

アテナは答え、「だから、食べてみようと思って」

話は中断したまま、俺たちはしばし黙々とてりやきバーガーを食べた。

ふと店の時計を見ると、アテナの門限の六時は過ぎていた。イクネの家で夕食も食べると伝えてあるようだから、多少遅くなっても叱《しか》られることはないのだろうが、実はマックで素性もろくに知らない男と二人でハンバーガーを食べているなどと知った日には、心配性だという彼女の母親は卒倒するかもしれなかった。

この店に入ったのはちょっと不用意だったかと反省しつつ、店内を確認する。幸い、セイジョの制服姿は彼女以外に見当たらない。こちらを注視しているような客も見受けられなかった。

「河原で育音ちゃんを見かけたっていう子がね、言ったんだ。私が見たのはもしかしたら、育音ちゃんのドッペルゲンガーだったかもしれないねって」

食べ終えたハンバーガーの包み紙を丁寧に折りたたみながら、アテナは話を再開させた。唇の端《はし》についたてりやきソースを、小さな舌がぺろりと舐《な》め取る。

「もちろん冗談でね。だけど育音ちゃんは怖がった。駅前であんなことがあったばかりだったし。もともと、怪談話とかすごく苦手な子だから。ピアノ教室へ行くのに、あの駅で降りるのが怖い、気持ち悪いっていうから……」

「あんたが真相を調べることにしたってわけか」

こくりと頷き、アテナはポテトをくわえる。今度はちゃんと自分のぶんだ。

「学校帰りに二葉駅で降りて、河原に行ってみたけど。ドッペルゲンガーなんて現れなかったし、育音ちゃんに似たような子もいなかった」

　河原通いをしばらく続けた結果、アテナはある時、白いポメラニアンを連れた男を見かけたという。

「すぐにぴんときた。駅前で育音ちゃんの腕をつかんだ変質者だって。相手の背格好や特徴は育音ちゃんから聞いてたから。それで確信したの。ドッペルゲンガーと変質者は無関係じゃないんだって。だって、偶然とは思えないもの」

　なかなかいい勘をしている。行動力もあるようだし、彼女は探偵に向いているかもしれない。

「で、今度はあんたが沖田さんのストーカーになったと」

「住んでいるところや名前を確認するために、何度か後をつけただけだよ。変質者とドッペルゲンガーの正体を探るためだもの。仕方ないでしょ」

　非は自分ではなく相手にあると言いたげだったが、沖田の性癖に端を発しているのは事実なので、否定はできなかった。

「そのうちにあの人、姿を見せなくなって。散歩の時間を変えたのかなって思ったら、あなたが現れた」

「沖田さんに相談されたんだよ。このところ誰かに見張られてるような気がするって。綿毛の散歩で河原へ行くと、いつもセイジョの制服の子がいて、じっと自分を見つめてるような気もするってさ。だから、俺が確かめてやるって言ったんだ」

　昨日、アテナが最初にドッペルゲンガーという言葉を口にした時点では、俺にもまだ状況がよく理解できていなかった。

　理解したのは、パスケースの写真を見た時だ。彼女の言うドッペルゲンガーとは、俺が演じた

『セイジョの生徒』を指しているのだとわかった。

「でもあなた、あんまり変装は上手じゃなかったよ。髪型とか服装とか、歩き方とかまで細かく沖田さんを真似てるわりに、しっぽがちらちら見えてたもん」

所々で素が出ていたと言いたいらしい。くすりとアテナは小さく笑う。

「育音ちゃんの変装も、近くで見たらきっと似てなかったんだろうなあ」

「いいんだよ。俺が演じたのはあくまで『ニセ沖田』と『イクネちゃんに似たセイジョの生徒』なんだから。完璧に本人に似せようなんて、ハナから考えちゃいない」

「負け惜しみ？」

「そう思いたきゃご自由に。大体、いくら似せたところで本物にはなれっこない。なれもしないものになろうとするなんていうのは、本物と偽物の区別ができない馬鹿《ばか》のすることだ」

アテナの顔からからかうような笑みが消え、長い睫毛が伏せられた。薄い唇が、白くなるほど噛みしめられている。ちょっと物言いが乱暴だったかもしれない。

場の空気を変えるため、俺は軽く咳払《せきばら》いをしてからスマホを取り出した。

「特別にあんたに見せてやるよ。レンタル役者の名誉のためにさ」

画面に一枚の写真を呼び出して、アテナの視線が落ちる先に差し出す。

写っているのは、二葉川の土手の満開のソメイヨシノの下で、セイジョの制服を着て微笑む、『女生徒』になりきった俺。

アテナの目がまん丸くなった。口をぽかんと開けて数秒、呆《ほう》けたように写真を眺める。

やがて呆然《ぼうぜん》としたまま、彼女は小さく言葉を落とした。

「……すっごく可愛い」

7

お店を出た時には、六時半を過ぎていた。

彼は当たり前のように私を再びバイクの後ろに乗せた。送って行ってくれるつもりらしい。そっけないのか優しいのか、よくわからない人だ。

バイクの後ろに乗るのも、今日初めて経験したことだった。相手の身体につかまるのに最初は少し抵抗があって、遠慮がちにジャケットの裾をつまんだら、「落っことされたいのかよ」と怒られた。

彼は家の近くまで送ってくれようとしたけれど、最寄り駅でいいと私は言った。男の人のバイクに乗って帰ってきたのを近所の人なんかに見られたら、変な噂が立ってしまうかもしれない。

「んじゃ、もう会うこともないだろうけど。気をつけて帰れよ」

大鳥《おおとり》駅近くの路地で、彼は私を降ろした。駅の真ん前だと誰の目があるかわからない。彼も気を遣ってくれたようだ。

さよなら、と私が返したら、彼はあっさり走り去ってしまうのだろう。そしてたぶん本当に、もう会うことはない。

「ヘルメット、返してくれる？」

彼が手を差し出してくる。私は脱いだヘルメットを胸に抱えたまま、

「ねえ。私、まだ聞いてないんだけど」

「何を」

「あなたの本当の名前」

彼は眉をひそめた。「それ、今更必要ある？」と訊いてくる。彼からすれば、もう会うこともない相手に名乗る必要などないのだろう。

「ある」

ヘルメットを抱きしめたまま力強く頷くと、彼は観念したようなため息をついて、

「テイル」

「ている？　それが本名？」

「ハンドルネーム。仕事の依頼は主にラインと、ツイッターのＤＭで受けつけてるから」

「ディーエムって何？」

尋ねると、彼はヘルメットを取り戻そうと伸ばしかけた手を止め、まじまじと私を見つめた。

「あんた、ツイッターとかやらないの？」

「やらない」

クラスの子たちはツイッターとかインスタグラムとか、様々なＳＮＳを利用しているようだけど、私が使っているのはラインだけだ。

母はＳＮＳというものを犯罪の温床だと考えていて、未成年に使わせるべきではないと主張する。私がラインだけ利用を許されているのは、学校の先生やクラスメイトとの連絡で使う必要があるからだった。

「ふうん」と応え、彼は私の手からヘルメットを取った。

私は今日、初めてバイクに乗った。

マクドナルドで初めて、シェイク以外のものを頼んで食べた。

河原で石を投げ、初めて水面を弾ませることができた。その遊びを水切りと呼ぶことも、初めて知った。

「ねえ、テイルさん」

名を呼ぶと、彼は無言で振り返った。

「私があなたに依頼したいって言ったら、引き受けてくれる？」

「未成年の依頼は受けないことにしてるんだ。悪いけど」

「そうなんだ」

じゃあ、とバイクにまたがる彼。

私の右手は咄嗟《とっさ》に伸びて、彼のライダースジャケットの裾をつかんだ。

「何？」

一旦は下げたヘルメットの前面を上げて、彼は怪訝《けげん》そうに尋ねてくる。

「私、本当は――」

右手で彼のジャケットをつかんだまま、左手はセーラー服の薄い胸元をつかんでいた。その下には、彼が拾ってくれたお姉ちゃんの石が在《あ》る。

「……本当は、自分で捨てたの」

唇から、こぼれるようにして出た言葉。続けて私は、意識してゆっくりと深い息をつく。そうしなければ、瞳からいらぬものまでこぼれてしまいそうだったから。

「ペンダントのこと？」

彼に問われ、こくんと頷く。

「へえ」

それだけだった。どうして捨てたのか、などとは訊いてこない。興味もないのかもしれない。

未成年である時点で、私はどうやっても『テイル』の興味の対象にはなれないのだろう。

私は右手を離した。きゅっと拳を握って、身体の横に戻す。

「色々と迷惑をかけてすみません。どうもありがとうございました」

深く頭を下げると、私は彼に背を向けた。

私は家に帰る。元通り、お姉ちゃんを胸に抱いて。母のもとへ帰る。

「あのさ」

数歩、歩いた背中に声がかけられた。足を止め、私は振り返る。

「参考までに訊かせてもらうけど。あんたが俺に演じてほしいのはどんな役？」

彼は尋ねてくる。どこか決まり悪そうに顎《あご》を掻《か》きながら。苦々しさを含んだ戸惑いのようなものを唇の端に滲ませて。

「友達？　兄弟？　それとも恋人？」

私は首を振る。そして、答えた。

「共犯者」

第二章　孫の肖像

1

別れ際に交換したラインに、テイルさんからのメッセージが届いたのは、数日後のことだった。

〈まだ俺に依頼したいと思ってる?〉

未成年の依頼は受けないと言っていたのに。『共犯者』という言葉が彼の興味を引いたのだろうか。咄嗟に口をついて出た言葉だったけど、間違ってはいなかったと思う。

彼が運転するバイクの後ろで、考えたのだ。

もしかしてこの人なら、私を変えてくれるかもしれない。歪《ゆが》んだ『今』を終わりにしてくれるかもしれないと。

友人でも、家族でも、恋人でもなく。共犯者。

私が求める存在に名前をつけるなら、たぶんきっと、それが一番ふさわしい。

テイルさんからのメッセージに、私はすぐに「思ってる」と返した。すると彼からは、〈それなら、まずは打ち合わせをしよう〉と返ってきた。

そして今日、私は再び彼と会うため、約束の場所へ向かっている。

ゴールデンウイーク最初の休日。テイルさんと会ってからは、既に二週間が経《た》っていた。

本当は連絡がきてすぐに会いたかったけど、週末だとテイルさんは仕事が入ることが多いらしく、なかなか都合が合わなかったのだ。

平日の学校帰りだと、私のほうに少し抵抗があった。うちの学校は生徒の自主性や個性を重んじるけれど、一方で礼儀などにはうるさいところがある。清天女学園の制服を身に着けている以上、学園の生徒としてふさわしい行動をとることを望まれる。だから、たとえば制服のまま彼氏とデートなんていう行為は、厳重注意の対象だ。

もちろん私たちはそんな関係じゃないけど、傍目《はため》には誤解を受けてもおかしくない。まして相手が大人の男の人となれば、停学処分――へたすれば退学処分にもなりかねなかった。

これでも私は一応、優等生という部類に属している。そしてそれを維持することは、私にとっては非常に重要なことなのだ。

打ち合わせの場として、テイルさんに指定されたのは《海うさぎ》というところだった。

虹《にじ》ヶ《が》原《はら》駅の南口、《なないろ商店街》の中にあるお店らしい。

虹ヶ原駅は二葉駅と同様、学校へ行く沿線の途中にある駅だ。各駅停車しか停まらないので、日頃は通過するだけで降りる機会はほとんどない。だから《海うさぎ》も私は知らなかったけれど、虹ヶ原駅の南口に出てみると、ロータリーの左手にすぐ《なないろ商店街》と書かれたアーチが見えた。

チェーンの飲食店やドラッグストア、派手な看板のラーメン屋や、おしゃれな佇まいのケーキ屋などが立ち並ぶ商店街の中を進んでいくと、やがて目的の場所を見つけた。

赤レンガふうの外壁の三階建ての建物で、小ぢんまりとした洋館といったおもむきがある。入り口は四角いガラス窓がついたこげ茶色の古めかしい木の扉になっていて、入るのをちょっとためらうような、異質な重厚感があった。

掲げられた白い看板には、《フォトスタジオ・海うさぎ》と書かれている。

てっきり喫茶店などだと思い込んでいたので、フォトスタジオというのは意外だった。

私の写真を撮るつもりなのだろうか。思わず自分の格好を見下ろしてしまう。

桜色の花柄《はながら》のワンピースに、同色の靴。白いポシェット。母が店頭で目にして、私に似合うと言って買い与えたものだ。私のクローゼットにある服はすべて、母の趣味が反映されている。

胸元のペンダントを握りしめ、意を決して入り口の扉に手をかける。キイイと細い悲鳴のような音を立てて、扉はゆっくり奥へと開いた。

中もまた重厚感に溢《あふ》れていた。床には深い赤色のカーペットが敷かれ、壁や天井は扉と同じこげ茶色。どこかのお屋敷《やしき》の一室のようだ。どことなくレトロな匂《にお》いも感じられる。

正面には受付カウンターがあった。カウンターの奥には『ＳＴＡＦＦ　ＯＮＬＹ』と書かれたドアがあり、向かって右手にはエレベーターと二階へ続く階段が、左手には入り口と似た茶色い扉がある。

人の姿はない。代わりにカウンターの上には白い猫が寝そべっていて、私の顔を見てニャアと鳴いた。右目が金色、左目が青色をしている。

「こんにちは」

手を伸ばし、そっと白猫の背を撫《な》でてみる。青い首輪には、『ＢＡＲＯＱＵＥ』と記されていた。

「バロックっていうの？」

白猫は答えるように、またニャアと鳴いた。喉元《のどもと》を撫でると、気持ちよさそうに目を細める。

猫を構っていると、『ＳＴＡＦＦ　ＯＮＬＹ』のドアが開かれる気配がした。反射的に私の背筋は伸びる。

「いらっしゃいませ」

現れたのはテイルさんではなく、すらりと背の高い人だった。

ゆったりとした白いシャツに、黒い細身のクロップドパンツ。ヒールの高い黒のサンダルを履いているので、余計にすらりとして見える。内側と毛先が銀色に染められた長い髪はひとつに束ねられ、ゆるやかな波を描いて背中に流れていた。

「お写真をご希望ですか？」

にこやかに尋ねてくる。お店の人らしいけど、立ち姿が美しい上に素人離れした完璧なお化粧もしているので、写真を撮る人というより撮られる側の人のように見えた。写真を撮りにやってきて、こんな人に出てこられたら私なんかは気後れしてしまう。

「いえ、あの……」

思わず口ごもってしまう。なんとなく、この人に見られているのが恥ずかしかった。

一見すると女の人のようだけど、この人は男の人だ。声や、首に浮き出た尖《とが》り、平らな胸などから——胸に関しては私も人のことは言えないけれど——それがわかる。

「レンタル役者のテイルさんから、ここに来るよう言われて……」

ああ、と女の人のように見える男の人は頷いた。

「話は聞いてる。アテナさんだよね？　私はここの店主の天海《あまみ》。よろしく」

にっこりと微笑むと、天海さんは左の扉を開けて私を案内してくれた。

扉の先は廊下になっていて、左右にいくつかドアが並んでいる。天海さんは右側にある一番手前のドアを開けて、私を中へ通した。

ソファとローテーブルが置かれた部屋だった。応接室らしい。受付ホールと同様に深い茶色を基調とした、レトロで落ち着いた雰囲気の空間になっていた。

「ここでちょっと待ってて。すぐに七尾《ななお》を呼んでくるから」

天海さんは言い置いて部屋を出て行く。ナナオ？　テイルさんはここではそういう名前の役を演じているのだろうか。それとも、それが本名なのか。

部屋の壁には、たくさんの写真が飾られていた。ここで撮られた写真なのだろう。多くは家族写真だ。こういうところで写真を撮るという経験を、私はしたことがない。写真の家族はみんな、幸せそうに見えた。

ふと一枚の写真が目にとまる。《海うさぎ》らしき建物を前に、十歳くらいの男の子が二人、並んで写っている。建物は今よりも古びた感じで、看板は《天海写真館》になっていた。

学校帰りなのか、向かって右側の子は藍色《あいいろ》のランドセルを背負っている。左の子の黒いランドセルは足もとに無造作に置かれていた。男の子はどちらも坊主《ぼうず》頭で、左の子がちょっと強引な感じで右の子と肩を組んでいる。

笑顔でピースをしている左の子に対し、肩を組まれた右の子はふてくされたようにカメラから視線を逸らしていた。何か不満があったのかもしれないけれど、傍目には微笑ましい写真に映る。それはたぶん、深い愛情が窺えるからだろう。被写体の子どもたちに対する撮影者の温かい眼差《まなざ》しが、画面全体を包んでいる。

ピースをしている男の子は、テイルさんにどことなく似ているように思えた。近づいてよく見てみると、足もとに置かれたランドセルにはイルカの形をしたプレートがついていて、『しゅんま』

と書かれているのがわかった。

もう片方の子が背負っているランドセルにもおそろいのプレートがついており、そちらには『おとひこ』と書かれている。

と、ノックの音がして、入り口のドアが開いた。

「お待たせ」

そう言って、入ってきたのはテイルさんだった。

赤茶けた短髪に、長袖《ながそで》のTシャツとジーンズというラフな格好。二週間前に会った時と変わらない。私の認識するテイルさんだ。

ただしその唇の端には、絆創膏《ばんそうこう》が貼《は》られていたけれど。

2

「どうしたの、その怪我《けが》」

ソファに向き合って座り、私はテイルさんに尋ねた。

「まあ、ちょっと」

気にしなくていいよ、とテイルさんは言ったけど、腰を下ろす際に「つっ」と顔をしかめたところを見ると、怪我しているのは顔だけではなさそうだ。気にするなと言われても無理だった。

「ケンカしたの？」

「いや。仕事でさ。ちょっと殴られただけ」

「仕事に失敗して、相手の人を怒らせちゃったってこと？」

「逆。むしろ大成功だったよ」

殴られて大成功？　よくわからない。殴られ役を演じたということだろうか。そんな仕事、私だったら絶対に引き受けないけど。

「馬鹿だよね、ほんと」

ふわりと温かな香りをともなって、トレイを手にした天海さんが入ってくる。

「不倫相手の代わりになって、依頼人の旦那《だんな》に殴られてきたんだって。しかも依頼人である奥さんを悪者にしないために、わざと最低の男を演じて相手を怒らせてきたっていうんだから」

冷ややかにテイルさんを一瞥《いちべつ》して、天海さんはトレイの上のものをテーブルに並べる。シュークリームを載せたお皿と、紅茶の入ったティーカップが二つ。そして、スティックシュガーを入れた容器。

「この程度の傷でおさめたんだから、大したもんだろ」

「顔はね。そのぶん身体にあれだけ痣《あざ》をこしらえてたら世話ないよ」

「大丈夫。今んとこ、身体を見せるような仕事は入ってないし」

そういう問題じゃないと思う。天海さんも同じことを思ったらしく、深いため息をつく。私と目が合うと、天海さんはすぐにもとの笑顔を取り戻し、「ごゆっくり」と言って部屋を出て行った。

目の前に置かれたカップからは、ダージリンティーの爽《さわ》やかな香りが立ちのぼっている。

「《シエル》のシュークリームを出すなんて。あいつ、やけに気前がいいな」

自分のカップにスティックシュガーを三本入れながら、テイルさんは呟く。見ているだけで口の中が甘くなりそうだ。私は紅茶にお砂糖は入れない。そのまま口をつける。

「《シエル》って？」有名なお店なのだろうか。

「商店街を歩いてくる途中に、しゃれた店構えのケーキ屋があっただろ。天海の好物なんだよ。そこのシュークリーム」

テイルさんが頑張るのを見て、私もシュークリームに手を伸ばす。皮の表面はさくっとしているのに中はふんわりやわらかくて、クリームは優しい味がした。おいしい。

「写真を撮るの？」

シュークリームを食べ終えて私が尋ねると、「えっ」とテイルさんはカップから目を上げた。

「だってここ、写真を撮るところなんでしょう？」

ああ、とテイルさんはカップを置く。熱い紅茶が傷に沁《し》みたらしく、唇の端の絆創膏をいじっている。

「あんたは未成年のお嬢さんだし、へたに喫茶店やファミレスなんかで会うのはやめといたほうがいいかと思ってさ。地元に近いとこだと誰の目があるかわからないだろ。かといって遠くへ行くのは、金の面でも時間の面でもあんたの負担になる。その点、ここなら人の目を気にする必要がないし、定期券の範囲内でもあるだろうから」

やっぱりこの人は、そっけないようでいて気を遣ってくれている。

「ま、写真を撮ってほしいなら、ついでに頼んでみれば天海が撮ってくれると思うけど」

ぶんぶんと私は首を振る。激しく振りすぎて、「そんな全力で拒否しなくても」とテイルさんに苦笑された。

「好きじゃないの。写真を撮られるのって」

「ふうん」とテイルさんは、今度は傷に障《さわ》らないよう慎重にカップに口をつける。

「テイルさんは、ここに住んでるの？」

「いや。雑用のバイトをしてるだけ」

「バイト？」

「レンタル役者だけで食ってくのは、まだちょっと心もとなくてね。天海には何かと世話になってる。役を演じるのに必要な衣装を手配してもらったりしてさ。ここは貸衣装もやってるから、そのつてで安く手に入るんだ」

うちの制服を手に入れるのも、天海さんに頼んだのかもしれない。

テイルさんは言うと、ポケットから青い表紙の手帳とペンを取り出した。

「さて。雑談はこのくらいにして、そろそろ本題に入るか」

「私の依頼は、受けてくれるってことでいいんだよね？」

打ち合わせをするというのはそういうことだろうけど、私は一応確認する。

「ああ。ただ、未成年から金を取るわけにはいかないから。報酬については、ツケって形にしとく」

「ツケ？」

「そ。二十歳《はたち》になったら取り立てに行ってやるよ」

借金の取り立て屋を意識したふうな、ちょっと悪そうな顔でテイルさんは低く笑う。

仕事を頼むのだから、お金を払うのは当たり前だ。それなのに私は、レンタル役者というものの依頼料がいくらなのか、まったく知らなかったし、考えもしなかった。

「で、演じてほしいのは、共犯者だったっけか。言っとくけど、実際に犯罪に関《かか》わる真似はできないから。そのつもりで」

料金については「ツケ」という簡単な二文字で終わらせてしまい、テイルさんは話を進める。

「それは、犯罪に関わったことにはならないの？」

私は彼の顔の絆創膏を示した。暴行罪か傷害罪か、既に立派な犯罪の被害者になっていると思うのだが。

「これは問題ない。俺は手を出してないから」

被害者になったとしても、加害者にはならないということらしい。なんかちょっと危ない理屈だけど、テイルさんは素知らぬふりで手帳を開く。

「じゃ、具体的な設定を教えてもらおうか」

「具体的な設定って？」

「あんたが求める役の設定。どんな人間にどんなことをしてもらいたいのかってこと。キャラクターをつくるような感覚で細かく設定してくれてもいい。容姿、性格、職業、経歴——どこまでつくり込むかはそっちの自由だ」

「沖田さんの時は、育音ちゃんをモデルにつくったんだよね」

「そうだな。具体的なモデルがいるなら、そいつを教えてくれても構わない」

じゃあ、と私はひとつの名前を口にする。

「ななおしゅんま」

3

ペンをくるくると回していたテイルさんの指の動きが、ぴたりと止まった。

「……天海から聞いたのか？」

「苗字は天海さんが呼んだのを聞いたけど。下の名前はその写真で」

私は壁に飾られている、二人の男の子が写った写真を指差した。

「向かって左のランドセルを背負ってないほうの子、テイルさんでしょ。面影《おもかげ》があるもの」

テイルさんは首をひねってそちらを見やり、けれどまだ釈然としない顔で、

「あれ見たとこで、名前はわからないと思うんだけど」

「足もとのランドセルに名前を書いたプレートがついてる。『しゅんま』って。もう一人のほうには『おとひこ』って書いてあるけど、天海さんかな？」

はああ、とテイルさんは、呆れとも感心ともつかないため息を吐《は》いた。

「細かいとこまでよく見てるもんだな。ご指摘通り、あれは七尾駿真《しゅんま》と天海乙彦《おとひこ》、十歳の肖像」

「テイルさんと天海さんって、子どもの頃から知り合いだったんだね」

「いわゆる幼なじみってやつだな。小学校に入ってからは、五年までずっと同じクラスでね。ここはもともとは天海のジイちゃんがやってた写真館でさ。天海はジイちゃん子で、学校が終わるといつもこっちに帰ってた。俺も天海のジイちゃんが好きだったから、よく遊びに来てたんだ」

幼なじみという存在には憧れる。クラスに仲のいい友達はいても、小さな頃からずっと仲良しの相手というのは私にはいない。清天女学園に進学したことで、小学校の頃の友達とは別れ、自然と付き合いもなくなってしまった。

「写真の天海さんは、どうして不機嫌そうな顔してるの？」

坊主頭でお化粧もしていない天海さんは、現在とはだいぶ印象が違って見えた。

「親の言いつけで、学校帰りに一緒に床屋へ行ったんだよ。今はもうなくなっちまったけど、やたら威勢のいいオヤジがやってる床屋が商店街の中にあってさ。二人そろって問答無用で坊主にされ

ちまった。天海はショックを受けてジイちゃんに慰めてもらおうとしたらしいけど、ジイちゃんはイガグリ小僧とか言って大喜び。で、記念撮影ってわけ」

　おじいさんの目には、子どもらしくて愛らしい姿に映ったのだろう。天海さんはかなり落ち込んだだろうけど。髪を切りに行って、勝手に坊主にされたら私だってものすごいショックだ。

「天海さんにとっては不本意な写真なのに。ちゃんと飾ってるんだね」

「ジイちゃんが気に入ってたらしいからな。それに、このすぐ後に俺と天海は離れ離れになっちまったし」

　写真にそそがれるテイルさんの瞳は、どこかさびしげだった。

「離れ離れって？」

「親の都合で俺が北海道《ほっかいどう》へ行くことになってさ。天海とはそれっきり。三年前に上京して、十四年ぶりの再会ってやつを果たしたんだ。ジイちゃんが亡くなって、天海が写真館を継いでるってことも、再会して初めて知った」

　十歳の時に離れ離れになって、三年前に十四年ぶりの再会を果たしたということは、テイルさんと天海さんは現在二十七歳ということになる。

「苗字が七尾だから、テイルさんなんだ」

　ＴＡＩＬはしっぽという意味だ。テイルさんは壁の写真から私のほうへと視線を戻し、「そっちじゃない」と答える。

「物語のテイルさん？」

「ＴＡＩＬじゃなくてＴＡＬＥ。物語って意味のほう」

「そう。虚構の世界でつくられた物語を演じるんじゃなくて、演じることによって現実の世界に物語をつくっていく。カッコよく言うなら、レンタル役者の理念ってやつ」

　でもさ、とテイルさんは後ろ頭を掻きながら、

「ネット上ならまだしも、リアルでテイルさんとか呼ばれるの、正直ちょっと恥ずかしいから。早いとこ役名をつけてくんないかな」

　自分で名乗っておいて、恥ずかしいというのはいかがなものだろう。とはいえ彼としては、その場限りで名乗ったつもりであり、まさか私と再び会って「テイルさんテイルさん」と連呼されることになるとは思ってもみなかったのだろうけど。

「七尾」

　私が答えると、テイルさんはぽかりと口を開けた。

「共犯者だから、『さん』はつけない。だから私のことも、アテナって呼んで」

　開かれた相手の口から言葉が出る前に、「私はね」と続ける。

「テイルさんに、素の七尾駿真を演じてもらいたい」

　私が必要としているのは、彼自身だから。

　私のペンダントを見つけてくれて、水切りのコツを教えてくれて、てりやきバーガーを食べさせてくれて、バイクに乗せてくれた。

　彼自身に、共犯者になってもらいたいのだから。

「そりゃあ……なかなか難しい注文だなあ」

　苦笑いを浮かべるテイルさん。

「だめ?」

「だめってことはないけど」

「じゃあ決まり。あなたは七尾。私はアテナ。私たちは共犯者。ね？」

「いいよ。いいけどさ」

テイルさん改め七尾は、何も記すことのなかった手帳とペンをポケットにしまいながら、

「肝心のとこを教えてくれよ。共犯者ってのは——」

コンコンと部屋の入り口のドアがノックされた。

「打ち合わせ中にごめんね。七尾、ちょっといい？」

開かれたドアから、遠慮がちに天海さんの顔が覗いた。

4

「レンタル役者さんに、お客がきたんだけど」

てっきり七尾を連れていくのかと思えば、天海さんのほうが室内に入ってくる。

「新庄《しんじょう》さんていうご婦人がね、お孫さんと二人で写った写真を撮りたいんだって」

「俺をご指名ってことは、いないのか」

そういうこと、と頷く天海さん。二人の間では会話が成立しているようだけど、私にはさっぱりわからない。

「いないって、何が？」

尋ねると、七尾と天海さんの顔がそろってこちらを向いた。

「孫」と簡潔に答えたのは七尾のほうだ。

「え？」

「孫と二人で写った写真がほしいけど、肝心の孫がいないってわけ」

「どういうこと?」説明してもらってもよくわからない。孫がいないのに、孫と写った写真がほしい?

「厳密にはね、『いない』んじゃなくて『いた』ってことらしいんだ」

天海さんの説明によると、新庄さんのお孫さんは二年前に事故で亡くなったのだという。生きていれば現在は二十一歳。新庄さんは現在のお孫さんと――つまり、二十一歳になったお孫さんと写った写真をほしがっているらしい。

無茶な話だ。どうしてその人は、そんな無茶なことを頼みに来たのだろう。

「最近のお年寄りの間では、お孫さんと写真を撮るのが流行《はや》ってるのかな」

天海さんも首を傾げている。

「その客、どこにいるんだ?」七尾が訊いた。

「受付のところで待ってもらってるけど」

「とりあえず、本人から話を聞いてみるか」

七尾はソファから腰を上げた。「悪いけど、ちょっと行ってくる」と私に言って部屋を出ていく。「ごめんね」と天海さんも七尾に続いた。

少し考えてから、私も二人の後を追いかけることにした。

ついてくるなとは言われなかったし。話を聞いてしまった手前、私もそのお客さんのことが気になった。七尾と天海さんがどんな対応をするのかも興味があった。

受付のカウンターの前には、七十代半ばくらいの老婦人の姿があった。

穏やかで、上品そうな雰囲気の人だった。写真を撮るために整えてきたのか、白い髪はきちんとセットされ、淡い紫色のワンピースに身を包んでいる。胸元につけた蝶《ちょう》のブローチのオパール色の羽が、照明の光に揺らめいて綺麗だった。

　七尾と天海さんの一歩後ろに控える形で、私はやりとりを見守った。二人は後を追ってきた私の存在にすぐに気づいたけど、何も言わなかった。

　お客さんは改めて、新庄春江《はるえ》と名乗った。虹ヶ原駅からバスで十分ほどの住宅街に住んでいるらしい。《なないろ商店街》には、普段からよく買い物に来るのだという。

「《シエル》のケーキが好きでね。中の喫茶コーナーでお茶を飲むのが楽しみなの」

　さっき食べたシュークリームのお店だ。天海さんも好きらしいし、地元では人気のあるお店なのかもしれない。

「先週もお友達と一緒に行ったのだけど、その時にいつもサービスしてくれる若い従業員さんが教えてくれたのよ。ここに、レンタル役者という面白い仕事をしている人がいるって。写真を撮ってくれるお店だというし、だったら花《はな》ちゃんとの写真を撮ってもらえるかしらって思ったの」

　そう話した新庄さんは、期待に輝く目を七尾ではなく、なぜか私のほうに向けた。

「可愛らしいお嬢さんね。あなたが花ちゃんになってくれるなら、とても楽しみだわ」

　どうやら新庄さんは、私たち全員がレンタル役者だと勘違いしているようだ。少なくとも私は、まったくの部外者だというのに。新庄さんがバッグから取り出して差し出してきた写真を、つい反射的に受け取ってしまう。

「孫の花ちゃんよ。これは事故に遭う数年前の写真なのだけど」

　白いセーターを着て、モスグリーンのチェックのスカートを穿いたポニーテールの女の子が、真っ赤に色づいたもみじの下で笑顔を見せていた。年は私より少し上くらいだろうか。

「息子夫婦は長崎に住んでいるから、花ちゃんともなかなか会うことができなかったけど。一人暮らしのわたしのことを心配してくれてね。優しい子なのよ。よく電話をくれたり、手紙とか、ちょっとしたものを送ってきてくれたりもしたわ」

最初は明るく話していた声に、しんみりとしたものがまじる。私はレンタル役者じゃないのに。違います、とは言いづらい雰囲気になってしまった。

「彼女は違いますよ」代わりに、七尾が言ってくれた。

「レンタル役者は俺ですから」

「あら……そうなの」

新庄さんの顔に浮かぶ失望。私は関係ないはずなのに。なぜかとても悪いことをしてしまった気になる。

「……あなたじゃあ、ちょっと無理よね」

「架空の人物を演じるというならともかく、実在していた相手になれと言われても難しいですね。俺は役者ではあっても、物真似のプロというわけではありませんから。まして、こんな可愛らしいお嬢さんと瓜二《うりふた》つになるというのは」

いくら似せたところで本物にはなれっこないと、前に七尾自身が言っていた。なれもしないものになろうとするなんていうのは、本物と偽物の区別ができない馬鹿のすることだとも。

何より、写真の女の子そっくりになるのはさすがに無理だと私も思う。彼が演じた育音ちゃん似の女生徒はびっくりするほど可愛かったし、違和感もなかったけど、育音ちゃんにそっくりかと問われれば、やはり答えは否だった。そもそも七尾は成人男性で、特に小柄でもなければ華奢《きゃしゃ》でもない。骨格や体型からして全然違うのだから当たり前だ。

私の手の中で、写真の花さんは無言の笑顔を私に向け続けている。

「そうよね。無理なことを言っちゃって、ごめんなさいね」

新庄さんの手が伸びてきて、私の手から写真を取り去ろうとする。反射的に、私は身を引いていた。

新庄さんは不思議そうに私を見た。七尾と天海さんも同じような目を私に向ける。

でも、誰より戸惑っていたのは私自身だ。なぜ抵抗したのか、自分でもよくわからない。わからないまま、今度は私の口から言葉が出ていく。

「あの……もし、私でお役に立てるなら」

「でも、あなたはレンタル役者さんではないのでしょう？」

「はい。でも、写真に写るくらいなら、私にもできると思うので」

顔立ちはともかく、痩せて小柄な体型と全体的なシルエットが、私と花さんは少し似ているように思えた。

「どうやら、アテナさんが協力してくれるらしいけど」

どうするの？　と天海さんが七尾に問う。

七尾は顔の絆創膏をいじりながら、私を見つめてしばらく考えていたふうだったけど、やがて「わかった」と大きく頷いた。

「本人がやる気だって言うなら、やってもらうか」

5

少し体型が似ているだけで、果たして本当に花さんになりきれるのか。

不安は拭《ぬぐ》えなかったが、自分からやると言ってしまった手前、今更「やめます」とも言えない。

天海さんと七尾に連れられて向かったのは、応接室の並びにあるメイク室だった。

美容室みたいな鏡と椅子《いす》があって、色とりどりの衣装が掛けられたハンガーラックがいくつも置かれている。部屋の隅《すみ》にはカーテンで仕切られた更衣スペースがつくられていた。撮影のための衣装に着替えたり、お化粧をしたりするための部屋だ。

「まずは衣装から決めましょうか」

希望はありますか、と天海さんは一緒にやってきた新庄さんに尋ねた。

新庄さんはハンガーラックに掛かった衣装に向かい、まさに孫娘の服を選ぶおばあちゃんといった顔で、楽しそうに衣装を選び始めた。「どれがいいかしらね？」と訊かれても私はよくわからないので、新庄さんに任せることにした。

いくつか服を取って私の身体に当てながら、最終的に「これにしましょう」と新庄さんが選んだのは、真っ白いワンピースだった。

ノースリーブなのが心もとない。そう控えめに訴えると、天海さんが白い薄手のカーディガンを合わせてくれた。

更衣スペースで着替えると、天海さんと新庄さんの姿はメイク室からなくなっていた。天海さんは新庄さんを連れ、ひと足先に撮影用のスタジオへ行ったという。

七尾に手招きされ、私は鏡の前の椅子に座る。

鏡の前にはたくさんの化粧品が置かれていた。そして傍《かたわ》らには、新庄さんから借りたのであろう、花さんの写真。

「じゃ、始めるぞ」

服を汚さないよう、私の胸元にタオルをかけると、七尾は化粧品の容器を手に取った。

「えっ。お化粧するの？」

「素顔のままでこのお嬢さんになるのは無理ってもんだろ」

「それはそうだけど、七尾がやるの？　天海さんじゃなくて？」

「言っとくけど、天海の化粧をしてるのは俺だから」

驚愕《きょうがく》の事実を明らかにされた。

私が驚いている間に、七尾は手早く作業を進めていく。実際、七尾はとても手《て》馴《な》れていた。絵を描くような巧みな手の動きで、鏡の中の私はみるみる別人へとつくり変えられていく。

お化粧なんてするのは初めてだったけど、こんなにも印象を変えられるものなのか。私は感心した。もちろん、七尾の技術によるところも大きいのだろうけど。

「こんなもんかな」

七尾が手を止めた時、鏡の向こうには知らない女性が誕生していた。ほんのりと赤く色づいた唇を半開きにして、ぱちぱちと瞬《まばた》きを繰り返している。

「どうだ？」

「目がなんか、へんな感じ」

つけ睫毛のせいだった。もちろんこんなものをつけるのも初めてだ。つけ心地はお世辞にもいいとは言えず、瞬きをするたびにうっとうしい。

「写真の花さん、つけ睫毛なんてつけてないよ」

「二十一の女だったら、それなりにおしゃれはするだろ。赤の他人が顔を似せるなんて土台無理なんだから、できる部分でごまかすのがコツなんだよ」

つけ睫毛ひとつで顔の印象はかなり変わる。本物の花さんも、つければ写真とはだいぶ印象が変わったはずだ。そうして見れば今の私の顔は、花さんが綺麗にお化粧をした顔と言われて納得できそうな仕上がりになっていた。

お化粧を終えた七尾は、少し迷って私の髪をハーフアップにした。最初は写真の花さんと同じポニーテールにしようとしたらしいけど、実年齢が十六歳の私では幼い印象になってしまうと判断したようだ。

それにしても七尾の器用さには驚かされる。

「七尾、メイクさんにもなれそうだね」

「劇団にいた頃は、仲間の化粧を手伝ってやってたからな」

「劇団って、北海道？」

「そう。札幌《さっぽろ》」よし完成、と七尾は頷く。

椅子から立つと、私は姿見の前でくるりと一回転した。白いスカートがふわりと軽やかに広がる。いかにも母が好みそうな服だ。

きっと今の私の姿を見たら、母はとても喜ぶだろう。「アテナちゃん、可愛いわ」と言って。清楚《せいそ》で可憐《かれん》な、お姫様みたいな女の子。この服を選んだ新庄さんも、そんな女の子を理想としているのだろうか。母みたいに。

今時、そんな女の子が実在するのかは疑問だ。そういった雰囲気の見た目を持つ子はうちのクラスにもいるけど、中身は結構あけすけで、母などが聞いたらまず間違いなく眉をひそめるような話題で盛り上がっていたりする。

思春期の女の子なんてそんなものだ。まして女子校ならなおのこと。

もしお姉ちゃんが生きていたとして、このワンピースみたいに真っ白なまま育ったはずもないのに。いや、死んでしまったからか。無垢なまま死んでしまったからこそ、母の幻想は破られることなく、今もなお続いているのだ。

「……私、花さんに見える？」

鏡の中の私は、迷子になったお人形みたいだった。

その隣に、七尾の姿が映る。鏡の中の私に向けられる、七尾の視線を強く意識する。

彼の目に私は——私という存在は、どういうふうに映っているのだろう。

「完璧とは言えないけど、ここまで寄せられりゃ上出来だろ」

七尾の手が私の肩に置かれる。励《はげ》ますように。慰めるように。もっとも、そう感じるのは私だけで、置かれた手には実際のところ、なんの意味もないのだろうけれど。

「後は写真を撮ってから、天海が細かいとこを画像修整してくれるはずだ」

七尾と一緒にメイク室を出て、廊下の左手にある撮影スタジオへ向かう。

椅子に座って撮影の準備をする天海さんを眺めていた新庄さんは、スタジオに入ってきた私たちに気づくと、すかさず立ち上がって近づいてきた。

「ああ、花ちゃん」

うっすらと涙を浮かべ、新庄さんは私の手を握ったり、頬を撫でたりする。どうやら、新庄さんがそうしたくなるだけの仕上がりにはなっているらしい。

私は今、花さんなのだ。

一度も会ったことのない人間――数十分前は存在すら知らなかった人間が自分と重なっているというのは、なんとも言えない不思議な心地だった。

自分の輪郭《りんかく》が曖昧《あいまい》になっているような、どこかふわふわしたような感覚。

そんな感覚にとらわれたまま、私は新庄さんと寄り添って、天海さんに写真を撮ってもらった。

6

「無茶なお願いをきいてくれて、どうもありがとうね」

撮影を終えた後、私は七尾と新庄さんと応接室にいた。

普通なら写真の受け渡しは後日ということになるらしいけど、天海さんの手がちょうど空いていて、新庄さんも時間に余裕があるということなので、天海さんはすぐに修整作業に取りかかり、新庄さんは仕上がりを待つことになったのだ。

「花ちゃんと一緒に写真が撮れて、とても嬉しかったわ」

新庄さんは私ににっこりと微笑みかける。私はまだ、花さんの装いのままだった。

本当に嬉しかったのだろうか。偽物なのに。私には、新庄さんの気持ちがいまいち理解できない。

「どうしてああいう写真を撮ろうと思ったんですか？」

私は訊いてみた。お客の事情を探るような真似はたぶん、七尾にはできないだろう。でも私の立場なら、多少は許されるのではないかと思った。

「確かに、気になるわよね」ふふ、と新庄さんは穏やかに笑う。

「ちょっとした見栄《みえ》というか、対抗意識というか……年甲斐《としがい》もなく、ムキになっちゃってねえ」

気分を害する様子もなく、少し照れくさそうに新庄さんは話してくれた。

「いつもお散歩をする公園でね、よく会って話すようになった人がいるのよ。中谷《なかたに》さんといって、わたしより二つか三つほど上の男の方。やっぱり一人暮らしをしているみたいでね。ベンチに並んで座って、いいお天気ですねえとか、最初は他愛《たわい》ない話をしていたんだけれど」

新庄さんの指先が、胸元の蝶のブローチをそっと撫でる。

「このブローチ、素敵ですねって褒められて。孫娘がプレゼントしてくれたんですよって答えたの。敬老の日に花ちゃんが送ってくれたのよ。事故に遭う少し前にね」

ブローチがきっかけで、二人は孫の話をするようになったという。

「中谷さんにも一人、男のお孫さんがいるらしいの。ヒロヤさんといって、花ちゃんより少し年上でね。商社の営業マンですって。休みの日には好物のたい焼きを持って遊びにきてくれて、好きな映画を一緒に観にいくんだ、なんて話を聞いてたら、なんだか悔しくなっちゃってねえ。花ちゃんがもういないなんて、言えなくなってしまったのよ」

新庄さんは、花さんが今も生きているかのように話したそうだ。以降、中谷さんとは顔を合わせば孫の話ばかりをするようになったという。

「花ちゃんは看護師を目指して、看護学校に通っていて——なんて話していて、むなしくならないわけじゃないんだけれど。今更、本当のことも言い出せなくて。この間、中谷さんが携帯電話に入ってるヒロヤさんの写真を見せてくれたのよ」

そこで新庄さんは一旦言葉を切り、七尾を見た。

「ちょっとあなたに感じが似てたかしら。髪を黒くして、眼鏡《めがね》をかけて。もうちょっとやわらかそうな雰囲気を身にまとったら」

それはもはや似てるとは言わないのでは、と私は思ったけど黙っていた。年配の人はよく「最近の若い人はみんな同じ顔に見える」などと言うから。新庄さんもそのパターンなのかもしれない。

「とにかく、素敵な好青年でね。それでわたしも、どうしても花ちゃんを見せたくなっちゃって。だけどわたしの手元にあるのは、過去の花ちゃんの姿ばかり。二十一歳で看護学校に通っている花ちゃんの姿は、どこにもないの。そんな時だったわ。《シエル》でレンタル役者さんの話を聞いたのは」

「それで、ああいう写真を……」

しょうがない話よねえ、と新庄さんは笑う。そうですねとも言えず、私はペンダントの鎖をいじりながら、「いえ、そんな」などと曖昧な答えを返した。

ひとつの事実を口にできなかったがために、ずるずると嘘を引きずるはめになる。確かにしょうがない話だ。さっさと本当のことを話せばいいのにと思う。でも、気づけば長々と引きずることになった嘘の尾を、自分で始末できない滑稽《こっけい》さを私はよく知っている。だからこそ、笑うことなんてできない。

しばらくすると、天海さんができあがった写真を持ってやってきた。

春らしい桜色の台紙に入れられた写真は、立派な家族写真になっていた。

どこをどう修整したのか私にはわからなかったけど、鏡の中にいた少女よりは写真の中の少女のほうが、花さんの面影を色濃く持っているような気がした。不自然さはまったくない。ごく自然で穏やかな祖母と孫娘の肖像だ。

「まあ」嬉しそうに目を細める新庄さん。

私はまた、不思議な感覚にとらわれる。新庄さんと寄り添い、淡く微笑んでいる少女。これは私であって、私ではない。花さんであって、花さんではない。

あなたは誰？　心の中で、写真の少女に問いかける。

そして、写真の少女と同じ姿をした自分に問いかける。

私は誰――と。

7

新庄さんは何度もお礼を言い、できあがった写真を持って満足そうに帰っていった。

私は再びメイク室へ向かう。もとの自分に戻るために。

「その服、アテナさんによく似合ってるし。よかったらそのまま着て帰って構わないよ」と天海さんは言ってくれたけど、丁重に断った。

可愛い服を着て、綺麗にお化粧までして。このままの姿で帰れば、きっと母は喜ぶ。だからこそ私は嫌だった。母を失望させることこそしないけれど、だからといって過剰に喜ばせることもしたくない。

着替えて更衣スペースから出ると、無人だったメイク室には七尾の姿があった。

「お疲れさん」

言いながら、私に差し出される白い封筒。

「何？」

「報酬。つっても、大した額じゃないけど」

「そんなのもらえないよ。私は花さんの格好をして写真に写っただけだもの」

　私を花さんに仕上げたのは七尾だし、写真を撮ったのは天海さんだ。

「あんたがいなきゃ、あのバアさんの依頼は断るしかなかった。うまくいったのは、あんたのおかげだ。写真に撮られるのが嫌いなのに協力してくれたろ？　だからこれは、あんたが受け取るべき正当な報酬だ」

　正当な報酬。バイトをした経験のない私にとっては、新鮮で嬉しい言葉だった。だから私は、

「ありがとう」と素直に受け取ることにした。

　これはお小遣いじゃない。私が、自分で稼いだお金。受け取った封筒を、大切に胸に抱きしめる。

「でもレンタル役者って、ああいう依頼もされるんだね」

「世の中には色んな事情を抱えた人間がいるからな。そこが面白いとこでもあるんだけど。とはいえ、今回のはちょっと特殊なケースだったな」

「これからどうするの？」

「どうするって？」七尾は不思議そうに訊いてくる。

「新庄さんは、あの写真を中谷さんに見せるでしょ。そしたら中谷さんはきっと、更に自分のお孫さんの自慢をするよ。中谷さんには本物のお孫さんがいる以上、張り合ったところで勝ち目なんかない。新庄さんはずっと嘘をつき続けることになる」

「ま、くだらない対抗意識を燃やし合ってるうちはそうだろうな」

腕を組み、七尾は呆れたふうな息を落とす。

「新庄さんの依頼、今回で終わらないかもしれないよ。また何か頼んでくるかも」

「次は断るさ。もうあんたを巻き込むことはないから、安心しろよ」

七尾は誤解したようだ。私が言いたいのは、そういうことじゃない。

「中谷さんに、新庄さんの事情を話したらどうかな」

はあ？　と七尾は怪訝な顔をした。

「そりゃ、余計なお世話ってもんだろ。かえってバアさんに恨まれるぞ」

「だからその辺りは上手に説明して。孫自慢合戦を平和的に終結させるの」

「終結させたいなら、自分でとっとと白状して終わりにすりゃいいんだよ」

自分たちがお節介《せっかい》を焼く義理はないと、七尾は言う。

とっとと白状して終わりにする。それができたなら、どんなに楽だろう。

「……できないから、こんな状態になってるんだよ」

「だとしても、頼まれてもいないことをする必要はない」

「レンタル役者って、なんのために演じるの？」

話しているのは新庄さんのことなのに。私はまるで、自分が突き放されたような錯覚にとらわれていた。

七尾は無言で私を見つめる。つい彼を責めるような口調になってしまった。怒っただろうか。七尾の仕事のやり方に口出しする権利なんて、それこそ私にはないのに。

「自分じゃもう、難しいんだよ」

謝るつもりだったのに。口からこぼれたのは、そんな言葉だった。目の奥に熱いものが滲んできそうになる。強く唇を噛んでこらえる。

七尾は何も言わない。じっと私を見つめたままでいる。

「くだらないし、やめたいって思っても、赤い靴を履いたら踊り続けなきゃいけないの。最初にほんの少しやり方を間違えただけで、周りが勝手に進んでいっちゃう。そういうことって、あるよ」

「……難儀だな」

そう、難儀なのだ。とても。

沈黙が落ちる。ふと壁の時計に目をやると、午後四時半を過ぎていた。

「もうこんな時間。帰らなきゃ」

七尾もつられたように時計を振り仰ぎ、「門限は六時じゃなかったっけ？」

「今日はパッチワーク教室に行ってるお母さんと、帰りに大島駅で待ち合わせてお夕飯を食べることになってるの。五時の約束だから」

十五分あれば大島駅には着く。今から出れば間に合うだろう。

「……これ、嬉しかった」

報酬の入った封筒を軽く振ってから、一拍置いて私は「ごめん」と言い添えた。

「ん」と短く応えた七尾が、その謝罪の意味を正しく理解したかどうかはわからないけれど。

8

「アテナさんには、悪いことをしちゃったね」

アテナが帰った後。受付カウンターの奥にある事務室で、バロックの背を撫でながら天海が言った。

　バロックにノートパソコンのキーボードの上に居座られているせいで、天海は作業の中断を余儀なくされている。

「打ち合わせ、結局中《ちゅう》途《と》半端《はんぱ》になっちゃったんでしょう？」

「ああ。でも、もしかしたらキャンセルになるかもしれない」

　答えながら俺は、猫じゃらしのおもちゃでバロックの鼻先をくすぐる。薄目を開けたバロックはしかし、うっとうしそうな顔をしてまた目を閉じた。

「どうして？」

「なんとなく」

　アテナは何も言わずに帰って行った。打ち合わせの続きの約束をすることもなく。

　――レンタル役者って、なんのために演じるの？

　彼女に投げられた問いが、耳の奥によみがえる。

　なんのためかと問われれば、もちろん依頼されるからだ。レンタル役者の仕事は相手が望む通りの役を演じることで、それ以上でも以下でもない。

　新庄春江は、孫娘と写った写真をほしがった。だから求める通りの写真を撮った。彼女の依頼はそれだけで、孫自慢合戦を終結させてほしいなんて頼んできていない。中谷に事情を説明するなんていうアテナの提案はだから、どう考えたってお節介だ。

　彼女はなぜ、あんなにも新庄春江に肩入れしたがるのか。まさかあの短時間で、本物の身内のように情を寄せたわけでもあるまい。

「アテナさんて、複雑なものを抱えていそうな子だね」

天海はよいしょとバロックを抱き上げて、自分の膝の上に載せた。

「たぶんあの子は、自分の居場所を探してる」

「思春期にはよくあるやつ」

「うん。でもね、彼女の場合はもう少し根深いものを抱えてる気がする」

天海は人のそうした部分に敏感だ。カメラを通して向き合うとよく見えるんだ、などと当人はうそぶくが。

他人とは違うもの、他人には理解や共感されづらいものを抱えた人間を見つけると、天海は寄り添おうとする。

それは、天海自身がそういったものを抱えているからだ。

大好きだった祖父を失った後、天海は当然のように彼の遺《のこ》した写真館を守ろうとした。

けれど天海の両親は、当然のように写真館を畳むことを考えていた。今時、写真館なんて流行らないと言って。

天海は両親と対立した。もともと、天海は家族と折り合いが悪かった。天海の両親は、子どもは成長したら結婚して家庭を持ち、人の親になるのが当然と考える人間だった。四つ違いの兄もまた、ごく当たり前にその輪に加われる人間で、早々と自分の家庭を持っていた。

天海だけが違った。両親が言う『普通』という名の輪に加われなかった。天海家において次男の乙彦は、異質で異端な存在だったのだ。

結果的に天海は祖父の写真館を継いだが、家族との間の溝は決定的なものとなった。

現在の《海うさぎ》が、余裕があるとはいえないまでも潰《つぶ》れずやっていけているのは、ひとえに天海の意地と努力のたまものだ。

祖父との思い出がたくさん詰まった大切な場所が晴れて自分の城となった時、天海はそこに《海うさぎ》という新たな名を与えた。

ウミウサギとは、白くてころんとした可愛らしい貝殻を持つ貝のことであるが、同時にアメフラシの別名でもある。

アメフラシは雌雄同体の軟体動物だ。オスでもあってメスでもあるが、どちらでもないともいえる。

「そういう方向で、宣伝してみるのもアリなのかな」

パソコンのディスプレイが放つ光を瞳に映し、呟いた天海は仕事の顔になっていた。

「そういう方向って？」

「この辺りのお年寄りの間で、お孫さんと写真を撮るのが流行ってるならさ。そういうプランを提供してみようかなって」

「流行ってるって……そういや、さっきもそんなこと言ってたけど。どこの情報だよ」

「情報っていうか、実際に三日ぐらい前にも似たようなお客さんが来たんだよ。レンタル役者に孫を演じてほしいってさ」

「は？　俺、そんな話聞いてねえけど？」

「七尾はいなかったからね」

天海は俺の口元に貼られた絆創膏を示す。三日前は殴られた傷がかなり痛んでいたため、天海に強制的に休まされていたのだ。

「せめて報告してくれよ」

「本人がいないって伝えたら、それならいいって、さっさと帰っちゃったからさ。連絡先も聞けなかったんだ。地元の人ではあったみたいだけど」

「名前は？」

「中谷さんって言ってたかな。見た目はちょっと気難しそうなおじいさんだったね」

「中谷？」

まさか、孫自慢合戦の相手か？　驚く俺の傍らで、天海は不思議そうな顔をしている。天海は新庄春江があの写真を求めた理由を知らない。知っていれば、もっと早くにその話を持ち出しただろう。

俺は、新庄春江が写真を撮りに来るに至った経緯を天海に説明した。

「そうだったんだ」なるほどね、と天海は得心がいったように頷く。

「じゃあたぶん、あのおじいさんが新庄さんの相手だったんだろうね」

「二人して同じようなタイミングで俺に依頼に来るとか、どんな偶然だよ」

「偶然じゃないかもしれないよ」

「偶然じゃなかったら、どんな必然？」

「新庄さんは、レンタル役者の存在を《シエル》で知ったって言ってたよね。先週、お友達と一緒に行った時に、若い従業員から聞いたって」

「まさか、その友達がジイさんだったとか？」

「あり得なくはないでしょ」天海は小さく笑む。

中谷は話を聞いてすぐにここを訪れ、新庄のほうは少し間を置いて今日やってきたというわけか。もちろん二人は、互いの行動は知らないのだろう。

「きっと、似たもの同士なんだね」

「そうなると、ジイさんのほうもやっぱ嘘つきだったってわけか」

孫を演じてほしいと頼みにきたというのはつまり、中谷もまた新庄に対して嘘をついていたということだ。

「やっぱって、七尾は予想してたの？」

「バアさんから聞いた話で、ちょっと引っかかることがあったからな」

両者がともに嘘で張り合い、しかもその嘘をレンタル役者の存在で補おうとする。まったくもってくだらない話だ。

「しかしまあ、両方が嘘をついてるなら、孫自慢合戦は放っておいても終結するな」

どちらかの、あるいは双方の嘘が破綻《はたん》をきたして終わる。しかし天海は「どうかな」と首を傾げた。

「二人が同レベルで嘘をつくからこそ、どんどんエスカレートしていくってことはあると思うよ。片方が本当なら、もう片方の嘘はどこかで必ずバレて終わるだろうけど。両者が自分の嘘を塗り重ねるのに夢中になってるうちは、相手のことなんて見えないから」

相手の嘘には気づけないということか。

まるで真似をし合うゲームのようだ。うまく真似できなかったほうが負け。そんなルールの他愛ない遊びなのに、負けじとお互い張り合うため、どこでどうやって終わりにしていいかわからなくなる。

——くだらないし、やめたいって思っても、赤い靴を履いたら踊り続けなきゃいけないの。

アテナも言っていた。しかしあの言葉は、新庄春江に対するものというよりは、もっと身近な実感をともなったもののように聞こえた。

共犯者を演じてほしいと言った彼女の、すがるような黒い瞳を思い出す。大人びているのに、ひどく不安定な。必死で助けを求めるような瞳。

「中谷のジイさんの住まいって、どうにかわかんねえかな」

「お節介を焼きたくなったってわけ？　君にしちゃ、珍しいね」

目元に笑みを滲ませた天海は、顎に手を当てて少し考え、

「新庄さんなら、知ってるかもしれないけど」

後のトラブルを防ぐため、天海は必ず客の電話番号を控えておく。

「できれば、バアさんに訊くのは避けたいんだよな」

中谷の住所を訊くということは、彼とコンタクトをとりたいと言っていることに他ならない。当然、新庄春江は不審に思うだろう。

「だったら、あそこに行ってみたら？」

天海の提案に、俺はさっそく腰を上げた。

9

洋菓子店《シエル》は、商店街の入り口近くにある。フランスでパティシエ修業をしてきたという店主が、妻とともにやっている店だ。有名店とまではいかないが地域での評判はよく、地元のタウン誌にも幾度か紹介されている。

入り口の自動ドアをくぐると、目の前に一人の男が立っていた。向こうもちょうど店を出るところだったようだ。

「あ、沖田さん。グッドタイミング」

「七尾さん。いらっしゃいませ」

はにかむような笑みを浮かべ、相手はぺこりと頭を下げる。

女子学生の制服フェチで、俺の大事な顧客の一人でもある沖田は、ここ《シエル》でパティシエ見習いとして働いている。俺が彼から依頼を受けたのも、天海がこの店の常連という繋がりがあったからだ。

今日の仕事はもう終了したらしく、沖田はコックコートを脱いだ私服姿だった。

「今、上がるとこ？　悪いけど、ちょっと訊きたいことがあってさ」

「俺にですか？」

沖田は辺りを見回してから、喫茶コーナーのカウンター席に俺を促した。ここの喫茶コーナーは窓に面したカウンター席が四つと、四人掛けのテーブル席が四つという、小ぢんまりしたスペースだったが、幸い今は他に客の姿はなかった。

「ここの常連に、新庄春江って名前のバアさんがいるだろ？」

肩から掛けた鞄を抱きかかえるようにして座っていた沖田は、その名を聞いた途端、叱られた子どものような顔で「すいません」と謝ってきた。

「俺、七尾さんには世話になってるし、迷惑もかけちゃったんで。せめて少しでも七尾さんの仕事の宣伝ができたらって思って……」

迷惑をかけたというのは、イクネちゃんの一件のことを言っているのだろう。それはともかく、新庄に俺のことを話したのは、やはり沖田だったらしい。

「謝る必要はないんだけどさ。宣伝してくれるのはありがたいし」

「でも、俺が七尾さんのことを話したせいで、何かトラブルが起きたんじゃあ……」

沖田は不安げな上目遣いで俺を見る。

「いや。沖田さんのおかげで仕事が入って、そいつはうまくいったんだけどな。バアさんの知り合いに中谷ってジイさんがいるらしくて。そのジイさんの住まいをどうにかして知りたいんだよ。個人的な用件だから、新庄のバアさんにはあんま知られたくなくてさ。で、ここに来ればなんか手掛かりがつかめるかなって」

「なんだ。そういうことですか」

沖田はたちまち安堵《あんど》の表情になる。「それならわかりますよ」

「わかるって、中谷のジイさんの住所が？」

「はい。この間、新庄さんと一緒に来たんで。うちのケーキ、気に入ってくれたらしくて。ポイントカードをつくっていきましたから」

その際に、彼が書いた電話番号と住所があるという。

「個人情報だから、本当は教えちゃまずいんだけど。七尾さんの頼みだし、そういう事情であれば特別に」

「恩に着る。こっちもサービスさせてもらうから、また依頼があれば言ってくれ」

すると沖田は俺のほうに身を寄せ、きらきらと目を輝かせながら囁いてきた。

「実はですね、ネットですごく可愛いアレを見つけて注文したんです。コスプレ用のやつなんで、本来の俺の好みとはちょっと違うんですが。あれは絶対、ナナコちゃんに似合うと思って」

アレとはもちろん制服のことで、ナナコちゃんというのは、沖田の理想の制服モデルを演じる際の俺の役名だ。

俺はさっそく手帳を開き、ナナコちゃんの仕事の予定を書きつける。

10

それから二日後の夕方。俺は『中谷』と表札の掲げられた一軒家の前にいた。

ざっと身なりを確認する。黒髪のウイッグに、細めのフレームの眼鏡。黒いシャツの上に、明るめの色合いのジャケットを羽織っている。顔の絆創膏はもうない。ラフすぎず、堅苦しくもない、好青年のスタイルだ。

まるきり同じというわけにはいかないが、今の俺は中谷の頭の中にある孫・ヒロヤのイメージに限りなく近いはずだった。

俺の考えが正しければ、中谷が語った孫のヒロヤは、新庄のように失われてしまった存在ではなく、初めから実在しない人物だ。

新庄と中谷の二人がレンタル役者を求めて《海うさぎ》にやってきたのは、偶然ではなく必然だったのかもしれない。

だが、偶然は別の形で存在していた。俺にとっては笑ってしまうような形で。

ドアの脇についたチャイムを押す。記憶をたどり、俺はひとつのイメージを自分の中に取り戻す。

やがて、少し警戒するような様子でドアが開かれて、天海が言っていた通りの、気難しそうな老人の顔が覗いた。

「やあ」

俺はにこやかに挨拶した。いぶかしげだった老人の表情が、たちまち驚きに変わる。俺はその鼻先に、ほんのりと温かい紙袋を差し出した。

「元気してた？　じいちゃんの好きなたい焼き、買ってきたよ」

「………」

中谷は呆けた顔で立ち尽くしている。俺は爽やかな笑顔を崩さないまま、彼の手に紙袋を押しつけた。

「中、入っていいだろ」

玄関で靴を脱ぐ俺を、中谷はたい焼きの袋を抱えたまま見つめている。

「どうしたんだよ、ぼーっとして。まだボケるには早いだろ」

「お前……」

相手の口から、ようやくかすれたような声が漏れた。「まさか、本物か？」

その問いに、俺は薄い微笑でもって答える。

「俺、喉かわいてるんだけどさ。ジンジャーエールとかない？」

さりげなく視線を巡らせて家の間取りに当たりをつけると、俺はキッチンがあると思《おぼ》しき方向に歩を進めた。

中谷が追いついてくるのを待ち、無遠慮に冷蔵庫を開ける。

「うわ、ショボい。なんもないし」

つましい生活の窺える冷たい箱の中から缶ビールを見つけて、俺はひとつ手に取った。

「これでいいや」

住人の許可もなく、プルタブを開けて口をつける。

「じいちゃんにもやろうか？」

再び冷蔵庫を開けてもう一本取り、こちらを見ている老人に差し出すと、「わしのだ」と彼はひったくるように奪い取り、冷蔵庫の中に戻した。

「相変わらず、図々《ずうずう》しいやつだな」

「俺が図々しくなくなったら、さびしいくせに。じいちゃん、ひとりぼっちなんだから」

「……お前だってそうだろうが」

演技ではなく、自然と笑いが漏れた。あまりに忠実で、懐《なつ》かしくて。

「けどじいちゃん、案外見栄っ張りなんだな」

「何？」

「だって、商社の営業マンをしてる孫ってさ」

くすくす、と今度はヒロヤの顔を全開にして俺は笑う。

「まあでも、一人であんまりさびしいんで詐欺《さぎ》師の小僧と仲良くしてます、なんてことは言えないもんな」

「……やっぱり、本物なのか」

信じられない、と言いたげに中谷は目を丸くする。

「お前さんは、本物のヒロヤ——いや、司水駿《しみずしゅん》か」

かつて、ほんの短い間だけ使っていた俺の芸名を中谷は口にした。

「はじめまして。まさか、こういう偶然があるとは俺も思いませんでした。驚きましたよ」

言いながら俺は頭のウイッグを取り去り、眼鏡も外す。

「《残月《ざんげつ》の白《しろ》》はいい作品だった。あれ以来、わしは赤槻《あかつき》監督の作品に注目しとる。夏に公開される新作も、楽しみにしてるんだ」

《残月の白》は五年前に公開された映画で、それまでは舞台の脚本を書いていた赤槻丈《じょう》の、映画監督デビュー作だ。同時に、俺が出演した最初で最後の映画でもある。

　専門家や映画ファンたちの間で高い評価を受け、一時はそれなりに話題になった。続いて二年前に公開された二作目の作品が見事ヒットしたことで、赤槻監督の名は広く世に知られるようになったのだ。

《残月の白》は、小さな町の施設で育った三人の少年少女の成長を描いた物語だ。俺はそのうちの一人、ヒロヤという少年の役だった。高校生から二十代後半までの彼を演じた。

　ヒロヤはもともと優等生だったが、あることがきっかけで道を踏み外し、人を食い物にして生きていくようになる。爽やかで人当たりのいい好青年の仮面と、持ち前の頭の回転の速さでもって、老若男女を次々にたぶらかしていく。

　物語としては後の二人の少年と少女にスポットが当てられているので、ヒロヤは重要なポジションにはあるが、主役ではない。因果応報《いんがおうほう》を絵に描いたような最期でもって、物語中盤で退場する。

　劇中には、一人の孤独な老人と交流することでヒロヤの心にささやかな平穏と救いをもたらすシーンがあった。中谷を前に、さっきはそれを再現してみたわけだ。

　もっとも作品の中では、結果的にヒロヤが救われることはないのだが。

「わしは、映画を観《み》て泣くということはめったにない。死というもので泣かせようとしてくると、むしろ腹が立つほうでな。だが、《残月の白》のヒロヤが死ぬシーンでは、まんまと泣かされた」

　手に持ったたい焼きの袋を、中谷は胸元に引き寄せる。そのぬくもりを慈《いつく》しむかのように。

「あの作品を観るたび悔しくなる。もしわしがあのジジイだったら、絶対にヒロヤを死なせはしなかった。どうにかしてこちら側に引き戻してやったのにと。物語の世界のことなのに、本気で考える。それだけの力が、ヒロヤの演技にはあった。司水駿という役者の名は、必ず世間に知れ渡ると思ったよ」

「……残念ながら今となってはもう、知られることもないでしょうね。司水駿というのは、あの映画の出演が決まった際に適当につけた芸名ですし。現在は、こういう形で仕事をしていますので」

レンタル役者・テイルの名刺を、俺は中谷に渡した。携帯番号の他、メールアドレスとＳＮＳのアカウントが記されている。

「まさか、あのケーキ屋で聞いたレンタル役者とやらが、司水駿だったとはな」

「先日は不在で申《もう》し訳《わけ》ありませんでした。改めて依頼していただければ、さっきのようにヒロヤを演じることは可能ですよ。孫として、新庄春江さんに会うこともできます」

新庄の名を聞いた途端、中谷はばつが悪そうな顔になる。「いや、それは」と口の中でもごもご言った。

「新庄さんに対抗して嘘をつくうち、引っ込みがつかなくなったんでしょう？」

「……胸につけてたブローチを褒めたら、嬉しそうに孫娘の話を始めてな。それがあんまりに幸せそうで。わしには孫どころか、子どももおらん。プレゼントをくれる人間はおろか、家を訪ねてくるような友人さえいないんだ。それが悔しくて……つい、見栄を張ってしまった」

本当に似たもの同士だ。いっそ見事なほどに。

「孫の写真と偽って、新庄さんにヒロヤの画像を見せたんですね。本物と信じてるところを見ると、彼女は《残月の白》は観たことがないようですが」

「映画にはあまり詳しくないと言っとったからな。しかしお前さん、どうしてそんなことまで知っとる？」

「さあ。どうしてでしょう」

俺はにやりと笑ってから、「どうします？」と訊いた。

「……むなしいことをしとるのはよくわかってる。だからあの写真館へ行ったものの、レンタル役者が不在と聞いてそのまま帰ってきた。いよいよ馬鹿げたことをしようとしてる自分に気づいてな」

その馬鹿げたことを実行したのが新庄春江だが、そもそも初めから孫など存在していない中谷のほうが、自身の嘘に対して抱えるむなしさは大きかったのかもしれない。

「とはいえ今更、全部嘘でしたと言えるはずもない。こんな馬鹿馬鹿しい嘘をつく、見栄っ張りのさびしいジイさんだと知れたら、春江さんにどんな目で見られるか……」

「大丈夫」その春江さんもあんたと同じだから、という言葉を心の内で添え、俺はウイッグと眼鏡を再び装着する。

「じいちゃん、俺に任せなよ。とびきりの舞台を用意してやるからさ」

中谷の手から紙袋を奪うと、俺は中のたい焼きをひとつつまんで、しっぽに齧《かじ》りつく。

「恩返しをしてやるよ。そのばあさんとうまくいくようにさ」

「恩返し？」

「俺が足を洗えたのは、じいちゃんのおかげだから。じいちゃんがいなきゃ、たぶん俺は今頃、どっかで薄汚く野垂れ死んでた」

感謝してる、とぼそりとつけ加え、俺はぶっきらぼうにたい焼きの袋を中谷に返す。

「せっかく買ってきたのに。早く食わないと冷めるだろ」

中谷は夢の続きを見たような顔で、「ヒロヤ」と小さく呟いた。

それから、紙袋の中から大切そうにたい焼きを取り出して、

「お前さん、やっぱりしっぽから食うんだな」

そう言って、頭からかぶりついた。

11

五月に入り、ゴールデンウイークの最終日となった休日。私は再び《海うさぎ》に赴くこととなった。

天海さんから、来てもらいたいと連絡があったからだ。先日会った時に、私は天海さんとラインの交換をしていた。

新庄さんがまた何かを頼んできたのだろうか。七尾からの連絡だったら迷ったところだけど、天海さんからとなると断るわけにもいかない。

写真を見せただけではやっぱり満足できず、次は中谷さんに直接会ってくれとか言われるんじゃないだろうか。

もしそうなったら、お節介でもなんでもいい。中谷さんに全部打ち明けてしまおうか。

そんなことを考えながら《海うさぎ》へ行くと、受付カウンターの前には数人の人の姿があった。

「ああ、アテナさん。来てくれてありがとう」

真っ先に笑顔で迎えてくれたのは、バロックを抱いた天海さんだ。相変わらず完璧なお化粧で、

モデルみたいな佇まいをしている。

　でも私は、咄嗟に天海さんの言葉に応えられなかった。天海さんの横に立っている、気難しそうな顔をしたおじいさんと、スーツを着て黒髪のウイッグをつけ、眼鏡までかけた七尾らしき人物に気をとられたからだ。

「こんにちは」

　礼儀正しく挨拶してから、「よう」と七尾は、改めていたずら小僧みたいな笑みを向けてくる。それでようやく、確かに七尾だと確信が持てた。

　彼の変装は、前のニセ沖田さん以上に見事だった。お化粧なんかはしていないから、顔立ちそのものは変わらない。服装や髪型を変えて、眼鏡をかけただけなのに。がらりと雰囲気を変化させる。まるでカメレオンみたいに。

「紹介するよ。この人、中谷さん」

　七尾は言って、気難しそうなおじいさんを示した。

　中谷さんは白い髪を撫でつけて、薄手のセーターにスラックスという装いだった。胸元にはおしゃれなループタイをつけている。

　だけど、どうして中谷さんがここにいるのだろう。七尾の格好が、新庄さんの話していた中谷さんのお孫さんに似ているのも不思議だった。

「どういうこと？　七尾はなんでそんな格好してるの？」

「詐欺師の一張羅《いっちょうら》だから」

　スーツのことを訊いてるわけじゃない。というか、詐欺師って何？　状況がまるで理解できない。

間もなくして新庄さんもやってくると、《海うさぎ》の受付前にはいよいよ大きな混乱の波が広がった。

　私と同様に新庄さんも状況をまったくわかってなかったし、中谷さんもまた、すべてを理解していたわけではなかったらしく、新庄さんが私を「花ちゃん」と呼ぶと、大きな戸惑いを見せたからだ。

　七尾と天海さんだけが、凪《な》いだ海の中にいるように涼しげな顔をして立っていた。

　結論を言えば、新庄さんと中谷さんの嘘は——まさか中谷さんの話までが嘘だったというのは驚いたけど——お互いにバレた。役者をみんな《海うさぎ》に集めたのだから、当然だ。

　二人の孫自慢合戦は、少々荒っぽい形ながらも終結した。

　立役者は七尾だ。私が知らないうちに七尾は中谷さんにコンタクトを取っていて、結果、このようなお膳立《ぜんだ》てを調《ととの》えたのだという。

　新庄さんと中谷さんの間には、やはり少し気まずい空気が流れた。そんな二人に七尾は、「どうせなら最後はでっかい嘘でしめくくろう」と提案した。

　孫自慢合戦の終結を記念して、四人で家族写真を撮ろうというのだ。祖母と祖父と、二人の孫。

　私は再び新庄さんが選んだ服を着て、七尾にお化粧をしてもらい、花さんに扮することになった。

　私が花さんになる様子を、中谷さんは興味深く眺めていた。ハーフアップにした髪にリボンをつけたのは、「そのほうが可愛い」という中谷さんの意見によるものだ。新庄さんも楽しそうで、撮影スタジオへ行く頃には二人の間の空気もすっかりもとに戻り、むしろより打ち解けたふうにさえ見えた。

新庄さんと中谷さんと、ヒロヤさんに扮した七尾。そして、花さんに扮した私。血の繋がりなんてまるでない他人同士だけど、私たちはあたかも本物の家族のように、仲良く写真に納まった。

みんないい笑顔をしていた。新庄さんも、中谷さんも、七尾も、そして私も。

偽物のはずなのに、できあがった写真はとても温かで、幸せそうだった。父と母と本物の家族写真を撮ったところできっと、こんなふうにはならないだろう。

嘘というのは、苦しいものだと思っていた。

だけどみんなで思いっきり、大真面目につく嘘は楽しいのだ。

12

「ありがとう」

メイク室で花さんの扮装《ふんそう》を解くと、私は七尾に言った。同じくもとの自分の姿に戻っていた七尾は、「何が？」と不思議そうに問うてくる。

「お節介を焼く義理はないって言ってたのに。動いてくれた」

「礼を言われるようなことじゃない。あんたと話して気が変わった。それだけだ」

「私にとっては、それ以上だった」

嘘のために気まずくなった二人の間を、七尾は嘘を用いて取り成した。

嘘は苦しいだけのものじゃないってことを、七尾は私に教えてくれた。使い方ひとつで、楽しいものにも変えられるということを。

新庄さんと中谷さんはきっと、さびしかったのだろう。そのさびしさを隠すために、嘘をついた。くだらなくて、むなしくて、でもやめられない嘘を。

だけど今後はきっと、二人で笑い合う思い出になる。

「あの時は、くだらないことをしたものだね」って。四人で撮った、でっかい嘘の家族写真を眺めながら。さびしい嘘は、楽しい嘘をついた思い出に変わるのだ。

天海さんから受け取った写真を大切そうに抱えて、「ケーキを食べて帰りましょうか」と言いながら仲良く帰って行った二人の後ろ姿は、羨《うらや》ましいくらいに明るく見えた。

「でも、七尾はどうやって中谷さんに会いに行ったの？」

二人の間にどんなやりとりがあったのかも、私としては気になるところだったけど。「企業秘密」と言って、七尾は教えてくれなかった。

「それより、あんたはどうするんだ？」

逆に問われ、「どうするって？」と私は問い返す。

「俺への依頼。打ち合わせが中途半端で終わってるけど。取り消しって形にしていいのか？」

私は首を振る。取り消すことを考えなかったわけじゃないけど。今は、やっぱり七尾に演じてほしいと思ってる。私の共犯者になってほしいと、改めて強く思う。

「打ち合わせの続き、今してもいい？」

私が言うと、「いいよ」と七尾は頷いた。明るい色をした彼の目に、自分の姿が映っているのを意識しながら、私は口を開く。

「私の名前、空木《うつぎ》安天奈《あてな》っていうの」

指で空中に文字を書き、私は漢字を説明する。

「でね、お姉ちゃんの名前は愛天奈《あてな》」

「両方アテナ？」

「そう。でも、お姉ちゃんは六歳で死んじゃった。公園の遊具のてっぺんから落ちて、頭を強く打ったんだって。私はその二年後に生まれた。私の誕生日は、お姉ちゃんの命日だった」

　七尾は眉をひそめた。苦いものを口に含まされたように。

「……だから同じ名前を？」

「うん。お母さんはね、私がお姉ちゃんの生まれ変わりだって信じてるんだ」

　胸元のペンダントを指先でなぞる。鏡の向こうで、かすかに青みを帯びた小さな石が、きらりと輝きを放っていた。お姉ちゃんの遺灰からつくられたダイヤモンド。初めは母が身につけていたけど、やがて私に託された。これはあなたの一部なのだから、あなたが身につけるべきだと言って。

「お母さんは、私がお姉ちゃんみたいな女の子になることを望んでる。可愛くて、素直で、賢くて、礼儀正しくて……そんな、完璧な女の子」

「けど、姉さんはたった六歳で死んじまったんだろ。あんたの姉さんはわずか六歳にして、そんな完璧な女の子だったのか？」

「まだ六歳だったからだよ。素直で可愛い、天使みたいな子どものまま死んじゃったから。お母さんの中でお姉ちゃんは、永遠の理想の子になったの。そして私は生まれ変わりとして、当然のようにその形を望まれる」

　私はお姉ちゃんじゃないのに。どうやったって、お姉ちゃんと同じ形になることなんてできないのに。

「親父《おやじ》さんは、いないのか？」

遠慮がちに七尾は訊いてくる。

「いるよ。でも、お父さんは何も言わない。ううん、言えないみたい」

「どうして？」

「お姉ちゃんを公園に連れて行ったのは、お父さんだったから。ベンチで本を読んでて、お姉ちゃんから目を離した。その間に起きた事故だったから。責任を感じてるの」

穏やかで優しそうなお父さんだね、と育音ちゃんなどは言う。母が何を言っても、父は反対しない。でもそれは優しいんじゃない。干渉《かんしょう》するのをやめてしまっただけだ。父の存在感は、うちではとても薄い。

「一度だけ……お母さんが私を清天女学園の中等部に進学させるって言った時に、お父さんは強く反対した。どうしてわざわざそんなところへ行かせるんだ。普通に公立中学へ行けばいいじゃないかって。離婚寸前の大ゲンカになった。結局、私が清天女学園に行きたいって言っておさまったんだけど。それからお父さんは、ますます何も言わなくなっちゃった」

本当は、みんなと同じ公立の中学へ行きたかった。でもあの時は、清天女学園に行きたいと言わなければ、家族がばらばらになってしまう気がした。

「あんた自身がお袋さんに反抗したことはないのか？」

「これはおかしい、なんか嫌だなって私が思い始めた時にはもう、既にできあがっちゃってた。周りも、私自身も」

結局、私はお姉ちゃんを手放せない。一度は川に捨てたけど、失ったダイヤを私の手は無意識に何度も求めた。投げ捨てたことを激しく後悔した。つまり、そういうこと。

私は赤い靴を履いて踊り続けている。自分の足で歩くことを覚える前から、私の足には赤い靴が履かせられていて、上手に踊ることを強《し》いられてきた。

だけど私は成長し、赤い靴はとうに足に合わなくなっている。もう限界なのだ。このまま履き続ければ、私の足はどんどん歪んでいく。

「じゃあ、俺に共犯者を演じてほしいってのは？」

「てりやきバーガーがね、おいしかったの」

は？　と七尾は、知らない言語を突然投げつけられたような顔をした。その顔がおかしくて、私は小さく笑う。

「七尾からペンダントを返してもらった日。私、初めててりやきバーガーを食べた。初めてバイクの後ろに乗せてもらったし、水切りもできるようになった。私ね、あの時に思ったの。自分は愛天奈じゃなくて、安天奈なんだって。どうしてかわからないけど、強く実感したの」

自分でも理解しきれていない感覚を、うまく説明するのは難しい。でも七尾は、静かに私の話を聞いてくれている。

「私、ずっと赤い靴を履いてきたから。自分の歩き方を知らない。でもね、七尾と一緒にいれば、覚えられるんじゃないかって……赤い靴を脱いで、誰のものでもない私だけの歩き方を見つけられるんじゃないかなって、思ったんだ」

「あんたがあんた自身として生きるため、ひそかに努力をする。そのための共犯者ってわけか」

「うん」

もしかすると私の足は、もうひどく歪んでしまっているのかもしれない。それでも、私は自分の形をきちんと確かめたい。

私は、私を知りたい——

「なら、あんたはアテナだ。カタカナ三文字のアテナ」

「カタカナ三文字の、アテナ？」

「ああ。姉さんを引きずってる漢字なんて捨てちまえ。あんたはただのアテナ。それでいい」

安天奈でも、愛天奈でもない。ただのアテナ。

まっさらなノートを開いた時みたいな気分だった。ふふっと笑いが込み上げてくる。

「いいね、それ」

笑いながら、私は言った。

「七尾も、ただの七尾が一番いいよ」

すると七尾もちょっと笑って、私の頭をくしゃっと撫でた。

第三章　ムギタの墓標

1

六月に入って、清天女学園の制服もライトグレーの爽やかな夏服に変わった。

《海うさぎ》を目指して商店街を歩く私の足取りも、すっかり慣れたものだ。最初は入るのをちょっと躊躇《ちゅうちょ》した重厚な木の扉も、今では自宅の玄関のような気軽さで開けることができる。

新庄さんたちの一件以降、私は週に一度か二度、学校帰りに《海うさぎ》に寄るようになっていた。

ここへ来れば、七尾に会える。共犯者を演じてほしいと頼んだものの、では実際にどうしてもらいたいかというと、私自身にもよくわからないのが正直なところだった。

《海うさぎ》で七尾や天海さんと過ごす時間は楽しくて、それだけで私は充分に満足できた。「いつでも来ていいよ」と天海さんは言ってくれる。その言葉に甘えて私が訪れると、いつも快《こころよ》く迎えてくれた。

この日も、二階の部屋の点検をしていた天海さんは、やってきた私に気づくと「いらっしゃい」と笑顔を見せてくれた。

《海うさぎ》の二階は、ちょっと不思議な空間になっている。

部屋がいくつかに区切られて、学校の教室とか、王宮とか、森とか、廃墟《はいきょ》とか、和室とか、様々な場面の舞台がつくられていた。中にいるだけでその場の空気に浸れそうなほど、雰囲気満点なつくりになっている。

コスプレ撮影用のレンタルスタジオなのだという。この階のメイク室には化粧品や衣装や小道具などもそろっていて、利用者が自由に使えるようになっている。初心者が手ぶらで来ても、手軽にコスプレ体験ができるわけだ。

コスプレをする人たちにはかなり好評らしい。私が《海うさぎ》に来ると一階は静かなことが多いけど、二階は結構にぎやかだったりする。キャリーケースを引いた人たちがエレベーターで二階へ上がっていく姿もよく見かける。写真撮影を楽しむと同時に、コスプレを愛する人たちの交流の場にもなっているようだ。ちなみに三階は、天海さんの住居になっているらしい。

今はお客さんはおらず、森の中の神殿みたいな舞台のところに天海さんの姿があるだけだった。長い髪を結いあげてターコイズ・ブルーのロングスカートを穿いた天海さんの姿は、その情景になじんでいて、とても絵になっていた。

「天海さんがスカート穿いてるの、初めて見ました」

「仕事の邪魔になるから、普段はスカートは穿かないんだけどね。気分転換に、たまにはいいかなって」

「よく似合ってます。素敵です」

「ありがとう」天海さんは微笑んで、

「アテナさんも来たことだし、休憩にしようかな。事務室にもらいものの焼き菓子があるんだ」

「じゃあ私、お茶を淹れてきますね」

おしゃべりしたり、バロックをかまったりするだけでは仕事の邪魔にしかならないので、ここへ来ると私はお茶を淹れたり、ちょっとした雑用を手伝ったりもする。それもまた私にとっては楽しくて、そんなふうにしていつも《海うさぎ》では一、二時間ほどを過ごす。

一階の事務室で、私は天海さんとお茶を飲みながら焼き菓子をつまんだ。お客さん用の応接室ではなく、事務室でお茶を飲むようになったのも、ここの一員になったようでちょっと嬉しい。

今日は七尾はいなかった。いつもならがっかりするところだけど、今回はあえてそれを天海さんに確認した上で私はやってきていた。

「これ、どうもありがとうございました」

バッグからＤＶＤのケースを出して、天海さんに渡す。

パッケージには大きな空を背景に、三人の少年少女の後ろ姿が写っている。五年前に公開された、《残月の白》という映画のＤＶＤだ。

「どうだった？」

ケースを受け取りながら天海さんが尋ねてくる。

「泣きました」

私は、本や映画の感想を人に伝えるのが苦手だ。心の中に溢れてくる思いはあっても、それをうまく形にできない。読書感想文などは昔から大の苦手だった。

でも、泣きましたなんて。感想としてはあまりにも薄っぺらい。もっときちんと伝えよう、伝えたいと思うのに。続いて私の口から出たのは「すごかったです」なんていう、またも薄っぺらなものでしかなかった。

「だよね」

だけど天海さんは、私の言いたいことは充分理解できるというふうに頷いてくれた。

かつて七尾が一本だけ出演したという映画のＤＶＤを、私は七尾本人には内緒で天海さんから借りていた。

なぜ私がその映画の存在を知ったかといえば、中谷さんと七尾の会話を耳にしたからだ。

あの一件以降、中谷さんもまた《海うさぎ》にたまに顔を出すようになったらしい。駅前までやってくる用事があると、ついでに立ち寄ってお菓子などを差し入れてくれるという。

先日、私が《海うさぎ》を訪れると、ちょうど中谷さんが来ていて、受付カウンターのところで七尾と話していた。邪魔をしないよう、私はすぐに事務室に入ったのだけど、その際にドア越しに二人の会話が聞こえてしまったのだ。

——お前さんは、もう映画には出んのか。

聞き耳を立てるつもりはなかったのに。耳に入ってきた内容がどうしても気になって、私はドアのそばでじっと耳を澄ませた。

——司水駿の顚末《てんまつ》は、中谷さんもよく知ってるでしょう。

自嘲《じちょう》が絡んだ声で答えた七尾は、すぐにもとの調子を取り戻して、

——何より、俺は今の仕事を気に入ってるんです。

その話題はそれで終わった。七尾は映画に出たことがあるのか。詳しく知りたかったけど、あの自嘲の響きを思うと、なんとなく本人には訊きづらかった。なので天海さんに尋ねてみたところ、「七尾には内緒ね」と言って《残月の白》のＤＶＤを貸してくれたのだ。

「七尾はどうして、映画に出なくなっちゃったんですか？」

チョコレート味のフィナンシェを齧り、私は天海さんに訊く。今日は七尾がいないから、遠慮なく質問できる。

「本人は話したがらないから、私も世間で言われてる程度のことしか知らないんだけど」と前置きをして、天海さんは話してくれた。

「赤槻監督の次の作品に、最初は七尾も出ることになってたらしいんだ。実際に撮影もしてたけど、主演を務めるアイドルと揉《も》めたらしくてね。そのアイドルを怪我させちゃって、降ろされたんだって」

天海さんは、有名な男性アイドルの名前を口にした。私は芸能人にあまり詳しくないけど、バラエティ番組やドラマなんかにもよく出ている人で、クラスの子たちがカッコイイと言って結構騒いでる。

そのアイドルが映画の撮影中に怪我をしたという話は、私もなんとなく覚えていた。

階段から落ちて足を骨折し、顔にも大きなすり傷をつくったとか。自分の怪我のせいで撮影のスケジュールが乱れてみんなに迷惑をかけてしまったと、映画の舞台挨拶で本人が頭を下げていたのをテレビで見た。そこで司水駿という役者の名前が出たかどうかはしかし、覚えていない。

「それが原因で、七尾はもう映画に出られなくなっちゃったんですか？」

「裏じゃ結構叩かれたらしいからね。無名のくせに一丁前の役者面《づら》して、主演のアイドルの演技にうるさく難癖《なんくせ》つけたあげく、階段から突き落として大怪我負わせたとんでもないやつだとかって」

「それって……本当に、本当のことなんですか？」

「さあ。少なくとも、七尾は一切弁解しなかったようだけど」

そして現在も、七尾は天海さんにさえ何も語ることはないのだ。

「結果としてあの作品はかなりヒットして、赤槻監督の名前が知られるようになって。出演してた当時まだ無名だった役者たちも、今では軒並み人気役者の仲間入りを果たしてるんだから。皮肉な話だよね」

七尾の演技はあんなにすごいのに。《残月の白》の七尾は主役ではなかったけど、主役の少年少女を演じた役者さんたちよりも誰よりも、七尾の演技が一番真に迫っていた。ヒロヤが死ぬシーンは、本当に七尾が死んでしまったと感じるくらいに悲しかった。

「せっかくの才能なのに、もったいないと思う気持ちはあるけどさ」

天海さんはダージリンティーの入ったカップに口をつけて、

「今の状況があるからこそ、七尾がそばにいてくれるのも事実なんだよね」

ふ、と口元に浮かべた複雑な微笑に、天海さんの本心が滲んでいた。

いつもと同じように綺麗にお化粧をしている天海さんの顔は、いつもとはちょっと感じが違う。七尾がいなくて、自分でお化粧をしたせいだろう。

いつもより少し素顔に近い天海さんは、いつもより少し間近に心を見せてくれているように思えた。

「とはいえレンタル役者の仕事も、もうちょっとやり方を考えてほしいとは思うけど」

「浮気相手の代わりに旦那さんに殴られてきたっていう話を聞いた時は、私もびっくりしました」

幸いなことにあれ以降は、七尾が怪我しているのは見ていないけど。天海さんとしては心配が尽きないようだ。

「七尾はそういう、ひと癖あるような依頼ばっかり引き受けるんだよね。今日も、新規の夜の依頼が入ったとか言ってたし」

「夜の依頼？」

「詳しくは知らないけどさ」聞きたくもない、と天海さんは言いたげだ。

「……だから、スカート」

私が呟くと、天海さんは「え？」という顔をする。

さっきスカートの話をした時の「気分転換」という天海さんの言葉が、私はひそかに引っかかっていたのだ。何か嫌なことでもあったのだろうか、と。

「天海さんは、七尾と付き合ってるんですか？」

いつもより打ち解けた空気が、私に大胆な問いを投げさせた。さすがに天海さんは一瞬、面食らった表情を見せたが、

「恋人なのかって意味なら、ノーだよ」

くすっと笑いながら天海さんは答えた。

「でもアテナさん、面白いね。大抵の人は、その前にまず違う質問をする。オカマなのかとか、ゲイなのかとか」

そんな直球の質問をするものなのか。まあ、私もある意味では直球の質問を投げたけど。

「こういう格好してると、よく誤解されるんだけど。私は、女になりたいわけじゃないんだよね」

ターコイズ・ブルーのスカートの端をつまんで、天海さんは言った。

「かといって男と認識してほしくもない。その中間——むしろ無性《むせい》でありたいんだよね。私が自分を飾り立てるのは、あくまで自分自身のため。好きなものを、好きなように身につけてるだけ。それでも女性っぽいものが多いのは、やっぱり身体が男だからかな。男っぽい格好をすると、どうしたって男性と認識されてしまうから」

男でも女でもない、無性。そんな選択もあるのか。天海さんの言葉は、私にとっては新鮮だった。

でもやっぱり、人の心というものは男か女か、どちらかに揺らぐものなんじゃないだろうか。だから人は恋をする。同性の恋人同士だとしても、心の形を見ればきっと、ちゃんと男女でぴったりと合わさっているのだ。

私の見る限り、天海さんは女性だと思う。

2

今夜も仕事が入っていると伝えたら、天海は案の定、いい顔をしなかった。

電話のやりとりだったので実際に顔を見たわけではないが、声の調子でわかる。

天海はレンタル役者という仕事を誰より理解してくれている一方で、俺の仕事のやり方はあまり快く思っていない。

イベントで急遽《きゅうきょ》抜けた役者の穴埋めをしてほしいとか、着ぐるみを着てショーに出てほしいだとか、パーティーで余興なり司会なりをやってほしいとか。そういった『まっとう』といえる依頼には、俺はなんの興味も持てない。

俺が演じたい舞台は、誰かの人生だ。見ず知らずの誰かの人生に介入し、その誰かにとっての何かを演じる。

所詮《しょせん》、舞台や映画の世界はつくりものだ。物語が終われば、その世界はなくなってしまう。どんなに熱心に演じた人物でも、幕が下りれば幻のように消《き》え失《う》せる。激しく恋の炎を燃やした相手だって、舞台を下りれば他人に戻る。

結局は、ままごと遊びと同じ。

現実ならばなくならない。俺が舞台を下りた後も、俺が演じた物語や相手は存在し続ける。誰かの人生の片隅《かたすみ》に、俺が介入した足跡は残り続けるのだ。

これほど演じ甲斐のあるものは他にない。

だが、現実だからこそ殴られれば本物の血が流れる。起きたトラブルは演出などではなく本物で、無事に切り抜けられる保証はどこにもない。

この商売を始めて三年ほどになるが、実際にヤバい目にも幾度か遭ってきた。今でこそ本当にヤバそうな依頼は事前に嗅《か》ぎ分《わ》けられるようにもなったが、それでも他人が聞けば眉をひそめるような依頼を受けたことがないと言えば嘘になる。

健全な仕事とはとても言えない。人に対して潔癖なところのある天海には、それが耐えがたいのだ。さりとて、「そんな仕事はやめろ」とも言えない。それは俺という存在を否定することになるから。

だから天海は、俺の仕事について詮索《せんさく》しないというルールを自らに課している。知らなければ、案ずることもない。

それでも、鋭い天海は勘付いてしまうのだが。


目的の家の前に着いた時、時刻は午後七時五分前になっていた。

D市の弓張《ゆみはり》駅から徒歩で七分ほど。比較的古い一軒家が立ち並ぶ住宅街だ。住宅街だとバイクは停めるところに困るので、交通機関を用いてやってきた。

『平片《ひらかた》』と表札の掲げられたその家は、周りと同様、それなりに年季の入っていそうな一軒家だった。門の向こうからは食欲をそそる匂いが漂ってくる。この匂いはしょうが焼きか。

門を入りかけて、俺ははたと足を止める。大事なものを忘れていた。メッセンジャーバッグを探り、前もって依頼人から受け取っていた小道具を取り出した。

茶色い革のチョーカー。小さな丸いプレートがついていて、表面に『ＭＵＧＩＴＡ』と刻まれている。チョーカーというよりは首輪といったほうが正しいかもしれない。

それを自分の首に着けたところで、どこからか視線を感じた。

周囲を探ると、隣家の門のところに佇む、住人と思しき中年女性と目が合った。不審者が突っ立っていると思われたかもしれない。俺はにこやかに会釈をして、努《つと》めて自然な足取りで平片家の門をくぐった。

ドアチャイムを鳴らしてしばらく待つと、ぱたぱたと駆けてくる足音が聞こえ、ドアが開かれた。

視界に飛び込んでくる明るいピンク色。華やかな髪色をした女性が、可愛らしい猫柄のエプロン姿で俺を迎える。

彼女は金茶色のウイッグをつけた俺の頭と、首輪をした首元を確かめてから、にっこりと微笑んで、

「お帰り、ムギタ」

「ただいま、月《つき》ちゃん」

俺も微笑み返すと、彼女は嬉しそうに俺を抱きしめてきた。俺もそっと彼女の背中に両手を回す。白い首筋からは、果実のような甘い香りがした。

「ご飯、できてるよ。今夜はね、ムギタの大好きなお肉。しょうが焼き」

「ん。家の前から匂いしてた。腹減ったよ」

彼女の後について廊下を歩き、左手にある和室へ向かう。居間兼食堂として使われている部屋。訪れるのは初めてだったが、間取りは事前に彼女から聞かされている。俺は慣れ親しんだ場所として、この家の中を歩かなければならない。

なぜなら俺は、彼女の愛猫であったムギタの化身だから。

彼女の名は、平片優月《ゆつき》という。年齢は二十五歳。駅前にある雑貨店で働いているらしい。

彼女はひと月前に、可愛がっていた猫のムギタを失った。いわゆるペットロスの状態に陥《おちい》っていたところ、ツイッターで俺の存在を見つけて依頼してきたというわけだ。

――ムギタが人間の姿になって、戻ってきたっていう設定で演じてほしいんです。

風変わりな依頼はいつものことだ。ありきたりな設定よりは、むしろ演じ甲斐がある。

ムギタは雄の茶トラ猫だったという。出会ったのは今年の二月。近所の公園の遊具の中で、怪我をして寒さに震えているのを見つけ、拾ってきたそうだ。

ともに暮らしたのはほんの三ヵ月足らず。それでも彼女にとっては、既に大切な家族の一員となっていた。

魚よりも肉が好きで、そっけないけれど愛情深いところもあって、夜はいつもムギタを抱いて寝ていたそうだ。

もしかして耳やしっぽを着けさせられるのかと思ったが、彼女から渡されたのは首輪だけだった。とはいえ、猫の首輪はさすがに着けられない。アクセサリーづくりが趣味だという彼女が人間用につくったものだ。

　食卓につくと、優月がいそいそと料理を運んできた。メインのしょうが焼きに、春雨《はるさめ》のサラダ。ほうれん草のおひたしに、豆腐とワカメと油揚げのみそ汁。そして白いご飯。

　人に化身しているという設定だから、人間用の食事で問題ないのだろう。キャットフードを出されたらさすがに困ったところだ。

「ごめんね。あたし、あんま料理得意じゃないから。でもムギタが人間になったから、頑張ってつくったんだよ。このしょうが焼きはね、隠し味にハチミツを使ったの。そうするとおいしくなるって、ネットに書いてあったんだ」

　気恥ずかしさをまぎらわすためか、優月は早口に言う。

　こういう和風の手料理を食べるのは久々だった。今日のような仕事が入らない限り、夕飯はいつも天海と食べている。天海もたまに手料理をふるまってくれるが、得意なのはパスタなどで、和食はあまりつくらない。俺自身は役として求められない限り、自炊というものはしない。

　ハチミツを使ったというしょうが焼きは、肉がやわらかくてほんのり甘く、確かにおいしかった。

「おいしいよ」

　あながち演技でもない感想を口にすると、「ホント？」と優月は嬉しそうに笑った。安心したように、自身も箸《はし》を取って食べ始める。

　仕事の初日は大抵、依頼人は緊張した素振りを見せるものだが、彼女は違った。食べながら、今日職場であったことなどを明るく話す。恐らくは、ムギタがいた時もそうしていたのだろう。

　ぎくしゃくした空気が流れないのは、こちらとしてもやりやすい。俺もムギタとして応え、場を盛り上げた。

食事が終わると、俺は家の中をうろうろした。あたかも猫が自分の縄張りを確認するように。

ここは優月の実家らしいが、両親は三年前に事故で他界し、現在住んでいるのは彼女一人。家族は他に公務員をしている六つ違いの兄がいるようだが、結婚して妻と二人で隣町のマンションに暮らしているという。

仏間の壁に貼られたカレンダーは、三年前のものだった。仏壇には、彼女の両親と思しき遺影が飾られている。

新しい写真などは、他の部屋にも飾られていない。彼女が生き生きと生活している痕跡《こんせき》は、一階を見たところではあまり感じられなかった。この家は両親が失われた三年前で時を止め、そのまま冷えて化石となったかのようだ。

もとの和室に戻り、ガラス戸越しに庭を眺めると、小さな墓標があった。

こんもりとつくられた山の上に、細長い板が差し込まれている。『ムギタのお墓』と書かれているのが読めた。その墓だけが、この家において妙に真新しいものに映る。

「ムギタ」

声とともに、背中にやわらかな感触を覚えた。ふわりと甘い香りも。

優月が俺の背に抱きついていた。ぴったりとくっついて、俺のぬくもりを確かめるように。

彼女のほうこそ猫のようだ。でも、気持ちはわからないでもない。この家は、ずいぶんと冷たい死の匂いがする。

彼女はぬくもりを求めているのだろう。ただ——と俺は、背中に彼女の感触をとどめながら思考を巡らせる。

彼女が俺に求めるのは、どこまでだろうか。それを見誤ってはならない。

実際、そういう関係を望まれることは少なくなかった。中にはレンタル役者をデリヘルと同様に考える輩《やから》さえいる。最初から性的サービスが目当てとわかる依頼についてはもちろん断るが、役の延長として望まれる場合にはその限りではない。

たとえば恋人を演じる場合、特別な理由がなければ拒否するのはかえって不自然だ。役者として俺は、ラブシーンを演じることになんら抵抗はない。そして現実を舞台にしている以上、『ふり』ですまされないのはどんな場合も同じこと。

「何を考えてるの？」

問われて、俺は意識をムギタに切り替える。うっかり自分のもの思いにふけってしまった。

「俺のお墓があるって、不思議だなあって」

俺は自分から相手に触れることはせず、彼女が触れてくるままに任せた。優月はしかし、俺の背中にくっついているだけで、それ以上の動きをみせることはなかった。

依頼人が、自分が求めることを最初からすべて説明してくれることは、まずほとんどない。

初対面の相手に対する恥じらいが、多かれ少なかれあるせいだ。まして俺が依頼を受ける人間は、極めてプライベートな事情なり性癖なりを抱えていることが多い。

最初から全部ぶちまけるのはやはり抵抗があるのだろうし、そうでなくともたとえば食事の際にはこうしてほしいとか、自分がこう言った時にはこう返してほしいなどと、いちいち説明するのはいかにも面倒だ。

さりとて、実際の演技に入ってから指示されるのも興ざめである。そうなると必然的に、相手が求めることを察しながらその場その場でうまく対応していかなければならない。

これがこの仕事のもっとも難しいところであり、やり甲斐のあるところでもあった。

優月にすすめられて風呂《ふろ》に入り——彼女とは別々にだ——和室に戻ってくると、優月は缶のチューハイを飲みながら、テレビのバラエティ番組を観ていた。

俺の視線は思わず画面に釘付《くぎづ》けになる。

ゲスト出演していた女優が、八月に公開される赤槻監督の映画について話していた。彼女は、その映画でヒロイン役を演じているのだ。

もう俺には関係のないことなのに。その名にいまだに反応してしまう自分がいる。

映画の世界に未練があるわけではない。俺はもともと、映画に出ることを夢見ていたわけではなかったし、役者として有名になりたいと望んでいたわけでもなかった。

俺はただ、演じることが好きだっただけ。だから映画やドラマなんかより、観客の存在を肌で感じられる舞台のほうが楽しいと思っていた。

にもかかわらず《残月の白》に出たのは、赤槻監督から直々《じきじき》に声がかかったからだ。

赤槻丈は札幌出身の脚本家で、俺のいた劇団の団長の大学時代の後輩だった。その縁で劇団では、彼の書いた芝居を演じる機会が何度かあった。赤槻はそれで俺の存在に目をとめたらしい。今度、自分で映画を撮るからと。撮影は札幌でおこなうつもりなので、ぜひ君にも出てもらいたいと頼まれたのだ。

《残月の白》の現場は楽しかった。作品としての評判もよく、俺の演技もかなり好評だったと聞けば、当然悪い気はしない。だから次の作品にも出演してもらいたいと赤槻から言われた時は、二つ返事で応じた。こういう現場なら、映画も悪くないと思った。

しかし——

目の前で画面が切り替わり、俺は我に返る。優月がチャンネルを変えたらしい。

「あの女優ってさ、なんかちょっと気取ったとこあるよね」

リモコンを座卓の上に戻し、優月は立ち上がる。

「あたしもお風呂行ってくるね。冷蔵庫にチューハイ入ってるから、ムギタも飲みたかったら飲んでいいよ」

ひらりと手を振って、優月は風呂場のほうへ消えて行った。

俺はどんな顔でテレビ画面を見つめていたのか。普通の目つきではなかったのだろう。だから優月は気を遣った。うっかり素顔がこぼれ出て、相手に気を遣わせるなんて。あってはならないミスだ。

その後は風呂から上がった優月と、温かいコーヒーを飲みながらカードゲームなどをして過ごした。先ほどのミスを挽回《ばんかい》すべく、俺はムギタの役に徹した。

十一時を過ぎた頃、「そろそろ寝よっか」と優月が言った。

二階にある彼女の寝室へ、俺は当然のようについて行った。夜はいつもムギタを抱いて寝ていたという彼女だ。拒絶はされず、優月も当然のように俺を寝室の中に入れた。

セミダブルのベッドに一緒に入った段になっても、俺はまだ計りかねていた。求められているのは愛猫か、それとも愛猫という建前の愛人か。ここを間違うとえらいことになる。

「ムギタ」

彼女の声が小さく俺を呼び、指先が俺の首輪をそっと撫でる。それで、俺は決めた。

身を寄せてくる彼女を、そっと抱きしめた。そのまま、「おやすみ」と言って目を閉じる。

「……ありがと」

腕の中で、くぐもった声がした。目を開けると、スタンドの薄明かりの中で、優月の大きな目がしっとりと濡れたように光っていた。

「今あたし、あなたのことをちょっと試した」

「うん」と短く応え、俺はまた目を閉じようとする。だが、彼女の言葉は続いた。

「あたし、だめなんだよね」

「……だめって？」

「こういう見た目だから、よく誤解されるんだけど。そういうことするの、ほんとはあんま好きじゃなくて」

　このように、依頼人が演技の途中で自身の事情を打ち明けてくることも少なくない。演じる側としては正直、あまりありがたくはない。演じる上での情報を得られるのはいいが、役になりきっている最中に脚本家が自分の書いた物語の解説を始めたら、それこそ興ざめもいいところだ。

　だが、往々にして彼らは話したがる。自分が抱えた事情を聞いてほしがる。ともすると彼らが本当に求めているのは、必要な役を演じてもらうことではなく、自身の事情を知って理解してもらうことなんじゃないかとさえ思えるほどだ。

　だから、俺は聞くことにしている。静かに耳を傾け、自分の中に吸収する。

「しても気持ちいいって思えないし。どうしても、嫌悪感てやつが拭えなくってさ」

「いいんじゃない、別に」俺は応えた。相手が求める言葉を返すのも大事なことだ。

「嫌いなら無理にする必要はないよ。もしそれで怒るようなやつがいたら、そいつはもともと下心しかなかったってことだろ」

　うん、と優月は頷いてから、

「でもね、ぬくもりがほしいって欲求はあるんだ。優しく抱きしめられて、人のぬくもりを感じながら眠りにつきたいって。だけどもう子どもじゃないし。一緒に寝てほしいって言ったら、どうしたって誤解されるでしょ」

「まあ、それはそうだね」

ベッドの中で抱きしめてくれと言われれば、普通はセックスのお誘いと考えるだろう。

「この家に一人でいると、自分がどんどん冷えて硬くなっていくような気がするんだ。病院の薄暗い部屋に寝かされてた、パパとママみたいにさ」

そんなあたしを温めてくれたのがムギタだった、と優月は言った。

動物のぬくもりは人を癒《いや》してくれる。一人暮らしのさびしさを、ペットの存在で埋める人間は多いだろう。自分が上京する前の天海も、恐らくはそうだったはずだ。

「なのに、ムギタまでいなくなっちゃって……」

優月の瞳の表面に透明な膜が張る。みるみる溢れ、頬にこぼれたしずくを俺は拭って、

「大丈夫だよ、月ちゃん」

彼女の髪を撫でながら、俺は優しく言い聞かせる。

「俺がそばにいるから。悲しまないで」

優月が俺の胸に額をこすりつける。パジャマの生地《きじ》をぎゅっと握りしめる。まるで小さな子どもみたいに。

その夜、俺は大きなピンクの猫を抱きしめて眠る夢を見た。

それから、優月からはかなりの頻度で依頼が入るようになった。

ひと月も経つ頃には、俺はムギタを軸に据《す》えて他の仕事の予定を組むほどになっていた。

彼女の家で夕食を食べ、テレビを観たりゲームをしたりしてひと時を過ごし、彼女を腕に抱いて眠る。

料理は得意じゃないと言いながら、優月の手料理は充分にうまかったし、慣れればあの家も、自宅のようにリラックスすることができた。

難しいことをする必要もなく、おかしなことを要求されるでもない。ムギタの役はかなり快適な仕事といえた。

ただひとつ——どうしても拭い去れない違和感に、目をつぶりさえすれば。

3

梅雨入りしても、あまり梅雨らしくない天気が続いていると思ったのに。七月に入ると、途端に雨が多くなった。

今日はまだ降り出していないが、空は鈍《にぶ》い灰色をしていて、いつポツリときてもおかしくなさそうだ。早いところ《海うさぎ》に行ってしまおうと商店街を足早に歩いていると、不意に「七尾！」と呼び止められた。

振り返ると、制服姿のアテナが立っていた。片手に持った白い袋を気にしながら、小走りで近づいてくる。

「よう。今日はずいぶん早いな。まだ一時過ぎだぜ」

「期末の最終日だったから」

「期末って……ああ、期末試験か」

懐かしい響きだ。となるとこれから試験休みに入り、今月末には夏休みに突入というわけか。ついこの間まで桜が咲いていた気がするのに。日が経つのは早いものだ。

「ところでその袋、《シエル》に行ったのか？」

アテナの持つ袋には、見覚えのあるロゴマークがプリントされていた。四角いケーキの箱の輪郭が、うっすらと透けて見える。

「うん。天海さんの好きなシュークリーム買ってきた。私、《海うさぎ》でいつもお菓子をごちそうになるばっかりだから。たまにはお土産を持っていかなきゃと思って」

「そんな気を遣わなくたっていいのに。あんたと食べる菓子を用意するの、天海も楽しんでるみたいだし」

「七尾は、もうちょっと気を遣ったほうがいいよ」

アテナに言われ、「なんで？」と俺は問う。

「天海さん、このところよくスカート穿いてる」

「スカート？」

言われてみればそんな気もするが。だからなんだというのか。けれどまっすぐ前を見て歩くアテナは、それ以上は説明する気がないようだ。

「あんたはスカート以外を穿いてるの、見たことがないな」

今日は制服なので当然だが、私服でも彼女はいつもスカート姿だ。

「スカートしか持ってないもの」

ぶっきらぼうに答えるアテナ。フェミニンな装いが好みなのかと思ったが、もしかするとそれもまた、亡き姉の影を背負わされてのものなのかもしれない。

「っていうかさ」と、アテナの顔がくるりとこちらを向く。

「沖田さんが《シエル》で働いてるって、なんで教えてくれなかったの？　おかげですっごく驚いちゃった」

「そりゃ、あんたが行くとは思わなかったから。なんか言われた？」

「制服のスカート、ほんの少しだけ短くしてほしいって頼まれた。膝が半分見えるくらい。あと、セーラーの襟のラインが見えるように、髪も少し切ってもらえると完璧だって」

沖田らしい。彼のそういうところは嫌いじゃない。まあ、言われた相手は引くだろうが。

対象は女子学生の制服と少々変態じみているが、ひとつのものに純粋に打ち込むがゆえ、他人からは理解されないこだわりを持ってしまうような人間が、俺は結構好きだ。

「ねえ。七尾のそれ、首輪？」

アテナに指摘され、俺は自分がムギタの首輪をしたままだったことに気づく。

今日は優月の仕事が休みだったので、一緒に昼食を食べてから彼女の家を出て、俺は《海うさぎ》に向かっていた。

最初の頃はかなり存在を主張していた首輪だが、今では着けているのを忘れてしまうほど、俺の首になじんでしまっているようだ。

「仕事で使ってた小道具だよ。うっかり外すのを忘れてた」

「ムギタって書いてある。犬の名前？」

「猫」と首輪を外しながら俺は答える。

「猫の役をやってるの？」

「そう。人に化けた猫の役」

訳がわからないというふうに、アテナは首を傾げてみせた。

《海うさぎ》へ行くと、受付カウンターに天海の姿があった。

「やあ。今日は二人一緒に来たんだね」

カウンターの中から出てきた天海は、確かにスカートを穿いていた。ほら、と言いたげにアテナが俺を見たが、俺にはさっぱり意味がわからない。

ケーキの箱を持ったアテナがお茶の用意のために給湯室へ向かうと、「ちょっといい？」と天海が、俺を事務室に促した。

「何？」

天海の顔からは笑みが消えている。アテナに対しては変わらずにこやかなのに。近頃の天海は、俺と二人きりになるといつもこんなふうだ。ムギタの仕事で夕食に付き合えないことが多いせいだろう。ひょっとすると、スカートもそれと関係しているのだろうか。

「さっき、見慣れない男が訪ねてきたんだよ。レンタル役者のテイルという人物はいるかってさ。いないって答えたら、名前も名乗らず帰っていったんだけど」

「見慣れない男って、具体的にどんな？」

「地味なスーツを着た、三十前後の男。髪はオールバックで、顎のところに目立つホクロがあって、少し神経質そうな感じ」

「へえ」依頼人だろうか。天海はＳＮＳで自身の店の宣伝とともに、俺の仕事の宣伝もしてくれている。天海を通じて入ってくる依頼も、これまでにいくつかあった。

「あれ、刑事じゃないかな」心持ち声をひそめるふうにして、天海は言った。

「刑事？」

「前に商店街でちょっとした事件が起こったことがあってさ。その時、うちにも刑事が聞き込みにきたんだけど。連中の話し方とか雰囲気って、独特なんだよ」

「刑事ねえ」俺は後ろ頭を掻きながら、「あいにく、心当たりはねえな」

「本当に？　君は今、どんな仕事をしてるの？」

どんなと訊かれても、抱えている依頼はひとつではない。ひと言で答えるのは難しかった。

「少なくとも、刑事にマークされるようなヤバい仕事は抱えちゃいねえよ」

「それは君が気づいていないだけかもしれないでしょう」

「ま、気づいてなかったらしょうがないな」

俺は肩をすくめてみせたが、天海の目つきが鋭くなったので、慌てて態度を改めた。

「悪かった。天海には迷惑をかけないようにするから。その男だって、まだ刑事と決まったわけじゃないだろ」

「そうだけど……」

言いかけて天海は一旦言葉を切り、思い直したふうに「そうだね」と頷いた。

「でも、くれぐれも気をつけてよ。君の身柄《みがら》を引き受けに行ったり、遺体の確認をしに行ったりするのなんて、私は絶対にごめんだから」

「わかってるって。絶対に天海に迷惑はかけない。約束するよ」

「………」

無言の視線で責めてくる天海。そんなにも俺は信用がないのだろうか。

「……君と話してると、よくわからなくなってくる」

「だったら、やめるか？」

俺が言うと、天海はひどく傷ついたような顔をした。唇を嚙みしめ、悲しげにゆるゆると首を振る。

そして、無言で事務室を出て行った。

俺はため息をつき、事務机の椅子に腰を落とす。まったく。気に入らないことがあるなら、はっきりと言えばいいのに。

しばらくすると、ドアがノックされてアテナが顔を覗かせた。

「お茶、入ったよ。お客さんも来そうにないし、今日は応接室で飲もうって天海さんが」

「ああ。わかった」

俺は腰を上げ、アテナとともに応接室へ向かった。

「前々からずっと思ってたけど。七尾は、紅茶にお砂糖を入れすぎじゃない？」

温かな紅茶の香りに包まれた応接室。いつものようにスティックシュガーを三本カップに投入する俺を見て、アテナが言った。

「俺にとって紅茶ってのは、こういうもんなの。ダージリンにスティックシュガーを三本入れる。それが大事」

「そんなにお砂糖を入れたら、ダージリンの香りも台無しになる気がするけど」

「謎《なぞ》のこだわりだよね」

天海も苦笑する。アテナの手前、機嫌を直したようだ。膝に載せたバロックに猫用のおやつを与えながら、シュークリームをうまそうに食べている。

大量の砂糖が溶けた紅茶の甘さを味わいながら、俺は壁に飾られた写真に目を向ける。

おそろいのイガグリ頭で並ぶ、『七尾駿真と天海乙彦、十歳の肖像』。何度見ても、天海のふてくされた顔がおかしい。

俺の隣に座るアテナは、天海とコンビニの新作スイーツの話題で盛り上がっている。

アテナが俺に求めた役は、『素の七尾駿真』だった。果たして俺は、その役をきちんと演じ切れているだろうか？

素の七尾駿真。それは、俺が今まで演じてきたどの役よりも難しい。

「あの写真、私、結構気に入ってるんだ」

気づくと、スイーツの話をしていたはずの二人も、俺にならって壁の写真を眺めていた。

天海が指差したのは、二ヵ月前に孫自慢合戦の終結を記念して中谷たちと撮った、大嘘の家族写真だ。

「四人とも、すごくいい笑顔をしてる。撮る時、楽しかったよ」

「私も撮られる時、楽しかったです」とアテナ。

壁には他にも様々な写真が飾られている。本物の家族写真や、七五三の子どもの写真。いつの間に撮ったのか、さりげなくバロックの写真まで。

ふっと俺の脳裏に浮かんでくる、優月の家の光景。

そう、写真だ。あの家には、写真がない。

彼女の家には、家族の一員としてともに過ごしていたはずのムギタの写真が、一枚もないのだ。

打ち合わせの時、優月はムギタの思い出を愛情たっぷりに語ってくれたが、俺は一度も写真を見せてもらっていない。

ペットを飼っている人間は、ほぼ例外なくその姿を写真におさめる。あの年代の女性が、スマホを持っていながら、三ヵ月近く一緒に暮らした愛猫を一枚も撮影しないなんてことは、まずあり得ない。

写真だけではない。優月の家には、猫を飼っていた形跡というものも一切なかった。

たとえばこの応接室の片隅には、バロック用のクッションと水の容器が置かれている。テーブルの下にはバロックのおもちゃのぬいぐるみが転がっているし、壁にはバロックの爪《つめ》あとがいくつもついている。

そういったものが、優月の家にはない。容器やおもちゃは片づけてしまったといえばそれまでだが、愛猫を亡くしてひと月。そんなすぐに吹っ切れるものだろうか。

昔、劇団仲間が飼い猫を亡くした際には、お気に入りのクッションや猫用トイレが半年経っても部屋の隅に置かれたままになっていた。どうしても片づけられないのだと、当人は話していた。

優月はぬくもりがほしいと言った。人のぬくもりを感じながら眠りにつきたいのだと。

彼女の物言いからすると、ムギタはその欲求を満たしてくれていたようだ。

人のぬくもりを感じながら眠りにつきたいという欲求を満たしてくれていた存在。

つまり、それは――

「どうしたの、七尾？」

壁の写真を睨むようにしていた俺の顔を、アテナが不思議そうに覗きこんでくる。

「あのさ。今年の二月に、D市で子どもが行方不明になった事件とかって、あったっけ？」

唐突な問いに聞こえただろう。アテナと天海は顔を見合わせる。天海の表情がほんのわずか引きしまったように見えたのは、事件という単語に先の男の一件を思い浮かべたからに違いない。

「二月ってまた、ずいぶん前の話だね。私はあまり覚えてないけど……」

　バロックの背中を撫でながら、天海は記憶をたどっている。

「子どもが行方不明になった事件は知らない。でも、殺人事件があったのは覚えてる」

　アテナが言った。「殺人事件ってどんな？」と俺は尋ねる。

「工務店で社長が刺されて、お金が盗まれたとか。刺された社長は亡くなって、犯人は指名手配された」

「ああ。あの事件って、二月だったっけ。アテナさん、よく覚えてるね」

　天海は感心する。確かに、半年近くも前に起こった事件について尋ねられて、咄嗟に答えられるのは大したものだ。

「Ｄ市って、うちの隣の市ですから。二月は育音ちゃん――友達のお誕生日会があったんですけど、そんな事件があったせいでお母さんがいつも以上に私を心配して。逃げた犯人が潜んでるかもしれないから、行き帰りは一人じゃ危ないとか」

　アテナのうんざりした表情を見るに、よほど母親がうるさかったのだろう。忘れたくても忘れられないといったところか。

　俺はスマホを取り出し、Ｄ市で子どもの行方不明事件がなかったかどうかを調べてみた。

　該当するものは見つからなかった。記事になっていない可能性を考え、家族が情報提供を呼びかけるツイートなどがないかＳＮＳで検索してみたが、やはりヒットするものはない。

　念のため、アテナから聞いた事件も検索してみる。

　おおむね彼女の話す通りだった。犯人は社長の甥《おい》にあたる二十代の男で、伯父を刺した後に事務所から現金五百万円を盗んで逃走したという。

捕まったという続報がないところを見ると、現在も盗んだ金とともに行方をくらませているのだろうか。

どのみち、俺の考えていることとはあまり関係がないように思えた。

指名手配された犯人の顔写真の、金茶色の頭を見るまでは。

4

閉ざされたガラス戸の向こうから、地面を叩く雨音が聞こえてくる。

雨が少し強くなってきたようだ。ガラスは明るい室内を反射させている。おでこをくっつけるようにして外を覗くと、濡れそぼつムギタの墓標が見て取れた。

雨粒に叩かれても、こんもりと盛られた土は形を崩さず保《たも》っている。

髪を金茶色に染めた二十代の男なんて、町を歩けばいくらだってお目にかかることができる。

だから『ムギタ』と指名手配中の殺人犯の姿に多少似た部分があったからといって、イコールで結びつけるのは短絡に過ぎるというものだ。

ましてあの下に埋まっているかもしれないなんて。想像力が豊かにもほどがある。

なのに俺は視線を外せない。墓標の文字に、暗く禍々《まがまが》しい気配を読み取ろうとしてしまう。

「そんなにあのお墓が気になるの？」

背後からかけられる声。すっと隣に優月の影が並ぶ。なんとなく彼女の表情を確認するのがためらわれ、俺は目線を庭に向けたままでいた。

「ずぶ濡れで、ちょっとかわいそうだなって」

「土の中はあったかいから。大丈夫」

彼女の言葉は語尾に笑みを含んでいた。思わず目をやると、優月は庭の墓標を見つめ、唇の端にうっすらと幸福そうな微笑みを浮かべていた。

「お兄ちゃんが昔、そう言った。飼ってたハムスターが死んじゃって。お兄ちゃんと一緒に庭に埋めてさ。あたしが、今のムギタとおんなじようなことを言った時」

現在は隣町で妻と暮らしている、六つ違いの公務員の兄か。

「……月ちゃんは、お兄ちゃんとは仲が良かったの？」

俺は訊いてみた。事前の打ち合わせでは、ごく基本的なことしか教えられていない。つまりムギタは、彼女の兄についてその程度の情報しか持っていなかったということ。ここで俺が尋ねたとしても、不自然にはならないはずだ。

「今はもう、あんまこっちの家にも来ないし、顔を合わせる機会はほとんどなくなっちゃったけど。子どもの頃はあたし、どこへ行くにもお兄ちゃんにくっついてた。お兄ちゃんも嫌な顔せずに、あたしの面倒を見てくれてた」

仲は良かったようだ。大人になり、兄が実家を出たことで疎遠になってしまったのだろう。

「そういえば、もう来週だなあ」

呟く優月に、「何が？」と俺は問う。

「近くの神社のお祭り。昔は毎年、お兄ちゃんと一緒に行ったんだ。梅雨の時期だから、できるかどうかいつも心配するんだけど、不思議とお祭りの当日は雨が降らないの」

ガラス戸に手を触れ、暗い庭を見つめながら話す優月。その瞳に映っているのはムギタの墓標ではなく、兄と行った過去の祭りの風景なのだろう。

「小学三年生の頃だった。光るおもちゃを売ってる屋台に、きらきら光るティアラがあってね。それがすっごいほしかったんだけど、ものすごく高価なものに思えてさ。ほしいって、言えなかった」

プラスチックでできたおもちゃでも、子どもの目には本物に映る。いや、子どもにとってはそれは、まぎれもない本物だ。

「だけどお兄ちゃん、あたしがほしそうにしてるのに気づいて。自分のお小遣いで買ってくれたの。ティアラをあたしの頭につけて、優月はお姫様だねって言ってくれた」

優月の目は、まさにそのティアラのようにきらきら光っていた。当時の彼女が、いかに幸福に包まれていたかがわかる。

「そのお祭り、今はもう行かないの？」

尋ねると、優月の瞳の表情がわずかな憂《うれ》いを含んだ。

「もう大人だもん。お兄ちゃんには奥さんもいるし。兄妹《きょうだい》でお祭りなんて、おかしいでしょ」

俺は単純に、祭りにはもう行かないのか、と訊いたつもりだったのだが。優月の中では「兄と」という言葉が自然にくっついたようだ。

「ねえ。ムギタには、きょうだいとの思い出はないの？」

優月が逆に尋ねてきた。憂いを弾くような、明るい口調で。

だがその問いは、果たして誰に向けてのものなのか。ムギタか、それとも俺自身か。

「俺は、物心つく前に離れ離れになったから」

首輪のプレートをいじりながら、俺は猫らしい答えを返してみた。

「ああ……そっか。そうだよね」

おかしな問いをしてしまったと自覚したらしい。優月は黙り込んだ。

庭の塀の向こうを、黒っぽい傘の上半分が横切っていく。一瞬、塀の前で足を止めたように見えた。塀の高さからして中を覗かれることはないだろうが、優月は気になったのか、カーテンを閉めた。

「あたし、ちょっとコンビニへ行ってくるね」

「今から？」既に時刻は午後九時を過ぎている。

「牛乳とベーコン、買ってくるの忘れてたの思い出しちゃった」

「だったら、俺が行ってくるよ」俺は言った。

「雨、強くなってるみたいだし。俺だってお使いぐらい行けるから」

「でも……ムギタはコンビニの場所、わかんないでしょ」

「わかるよ。大通りのところだろ。月ちゃんに拾われる前は、俺もこの町をうろうろしてたんだから」

そっか、と優月は小さく笑ったが、どこか少し不安げにも見えた。

玄関で靴を履き、傘立てからビニール傘を取る間、背中にはずっと優月の視線が張りついていた。それを弾くように俺は彼女を振り返り、

「じゃ、すぐに戻ってくるから」

「あ……」

優月が何か言いかけたが、構わず俺は外に出た。代金を預かってくるのを忘れたことに気づいたが、立て替えておけばいいだろう。自分の財布はポケットに入っている。

門を出ると、俺は注意深く辺りを見回した。

急にコンビニへ行くと言い出した優月の言動は、明らかに不自然だった。きっかけは恐らく、塀の向こうを横切った傘。あの傘に反応して、優月は素早くカーテンを閉めた。

傘の人物に心当たりがあったのか、あるいは通行人という存在が彼女の心の何かを刺激したのか。俺の脳裏に咄嗟に浮かんだのは、先日《海うさぎ》を訪ねてきたという、刑事かもしれない人物だ。

しかし、周囲にそれらしい人影は見られなかった。

古い住宅が立ち並ぶこの辺りは年配の住人が多いのか、既に明かりが消えている家も少なくない。雨音に閉ざされた路地には人通りはほとんどなく、早くも深夜の気配が漂っていた。

俺の早とちりだったのだろうか。とりあえずコンビニに向かうことにする。大通り沿いにあるコンビニまでは、歩いて五分少々。小さな公園を突っ切っていくのが近道だ。

ブランコにベンチにすべり台。コンクリートでつくられた山は、中がトンネルになっているようだ。猫の額ほどの小さな児童公園は、外灯の下でさびしげに濡れた姿をさらしている。

公園の真ん中辺りまで進んだところで、俺は足を止めた。

少し前から背後に気配を感じていた。一定の距離を保ち、同じ方角に向かっているふうを装いながら、何者かが俺の後をつけてきている。

俺に合わせ、相手もまた足を止めたようだった。

雨粒が傘のビニールを打つ音が場を支配する。背後の沈黙が不気味だった。

ゆっくりと振り返ると、数メートル先に黒い傘を差した男が立っていた。隠れる気はないようだ。地味なグレーのスーツを着ていたが、開いた傘の陰《かげ》になって顔はよく見えない。

こちらを向いて静かに佇んだまま、男は微動だにしない。仕方なく俺から近づいた。

「何かご用ですか？」

男が持つ傘の角度が変わり、顔が見えた。年の頃は三十くらい。髪をオールバックにして、顎にはホクロがある。理知的な顔立ちからは、一方でやや神経質そうな印象も受けた。

天海が言っていた相手と同一人物と判断してよさそうだ。

「先日、《海うさぎ》に俺を訪ねてきてくださったとか。不在ですみませんでした」

「レンタル役者のテイルさん」

低く抑えていたが、張りのある声だった。雨音にかき消されることなく、俺の耳にしっかりと届く。

「平片優月の家から出てきたようだが。彼女からどんな依頼を？」

「仕事の内容は明かせませんよ。悪いけど」

「なるほど。一応、守秘義務はあると」

男の声は淡々としていた。けれどその目は、真正面からこちらを射貫《いぬ》いてくる。人の腹の内を探ることに慣れた目だ。

ぐいと突然、俺の身体が前方に引っ張られた。強く首が締めつけられる。男がいきなり、俺の首輪についたプレートを引っ張ったのだ。

「ムギタ、か」

プレートに刻まれた文字を読み、ふんと小さく鼻を鳴らす。手を離すと同時に突き飛ばされて、俺の身体は大きくよろけた。首輪を引っ張られた苦しさにひとしきり咳《せ》き込《こ》む。

「男に首輪をつけてペット扱い。まともじゃないな」

「俺にはあんたも、まともには見えないけど？」

「私は、弓張署の刑事課に所属しているものだ」

天海の予想は当たっていたらしい。だが、《海うさぎ》の時も今も、名乗りもせず身分証を見せようともしないのが不可解だった。

「平片優月から手を引け」

命令口調にかちんときた。はいわかりました、なんて言う気が一気に失せる。もとより言う気もなかったが。

「こっちも仕事なんでね。理由もわからずそんなこと言われて、素直に従うわけにはいかないな」

「犬猫の真似して、女のベッドに潜り込む仕事はそんなに楽しいか？」

カッと瞬間的に頭に血がのぼった。が、すぐに抑え込んだ。これは挑発だ。怒りに任せて拳でも振るった日には、してやったりという顔で公務執行妨害を主張してくるに違いない。

「やっかみですか？　そりゃ、刑事さんにはそんな仕事は回ってこないでしょうからね」

ぴくりと男の眉間《みけん》に皺《しわ》が寄る。思うほど、この男はポーカーフェイスが得意ではないのかもしれない。

「私は、君に忠告をしてるつもりだ。ムギタのこと、君はどこまで知っている？」

「さあね」

にやりと笑ってみせてやると、男の眉間の皺が深さを増した。

「あんたに答える義理はないな。っていうかあんた、本当に刑事なのか？　刑事課に所属してますって言うだけなら、俺にだってできるぜ」

男は懐《ふところ》に手を入れ、黒っぽい手帳を取り出した。無言で広げて俺に見せる。確かに警察手帳のようだった。ただ、すぐに閉じられてしまったので、中の情報を読み取ることはできなかった。

偽物だから注視されたくなかったという可能性もあるが、名前を読まれたくなかったというのが正しいところのような気がした。先日《海うさぎ》を訪ねたことや、今こうして俺と接していることは、職場に知られるとあまり都合のよくないことなのだろう。

この男が刑事だというのは真実らしいが、目的や狙《ねら》いがいまいちわからない。

「もう一度言う。平片優月から手を引け。私は、君のためを思って忠告しているんだ」

「断る」

きっぱりと俺は答えた。いくら本物の刑事だとしても、名前を隠してコソコソ動き回っている相手の言うことなんか聞けるはずがない。

「名乗りもしないやつの言うことをきく道理はないんでね。どうしても俺を従わせたいなら、警察としての筋をきちんと通すんだな」

じゃ、と俺は男に背を向けた。ここまで言えばあきらめて引き下がるか、説明をする気になるだろうと思った。

男が動く気配がした。あきらめて帰るようだ。できれば説明してもらいたかったが。まあ、それならそれで仕方ない。

と――雨音の中に、バチッと妙な音がまじった。反射的に背中が総毛立《そうけだ》つ。嫌な予感がした。振り返ったのと、首に硬いものが押し当てられたのはほぼ同時だった。

バチバチッと耳元で音が弾けたと思った瞬間、全身に激しい衝撃と痛みが走った。すべてはほんの一瞬。ゆらりと傾く視界に、何かを理解する間もない。

薄れゆく意識の中――

「だめ、お兄ちゃん！」

俺は、そんな声を聞いた気がした。

5

目を開くと、薄暗い視界にぼんやりと見覚えのある天井が映った。

優月の寝室の天井だ。俺は優月のベッドに寝ているらしい。ああ、そうか。俺は夢を見ていたのか。それにしては身体が重かった。まるで泥を詰め込まれたように。

ゆっくりと身体を起こすと、首筋に小さな痛みが走った。触れてみると首輪はなくなっていて、皮膚の一部にひりひりとした痛みを感じた。

夢じゃない。俺はあの公園で、刑事を名乗る男に襲われたのだ。首に押しつけられたのは、スタンガン。痕《あと》はたぶんヤケドになっている。

ひやりと身の内に冷たいものが流れた。相手は想像以上にヤバいやつだった。

スタンガンで気絶させるというのは、ドラマなどではよくお目にかかるシーンだが、実際のところ市販のスタンガンにはそこまでの威力はない。感覚を麻痺《まひ》させ、一時的に行動不能に陥らせる程度だ。もし確実に相手を気絶させられるとしたら、それは意図的に威力を上げた改造スタンガン。そして確実に気絶するほどの電流を流した場合、相手は死に至ることもある。

スタンガンの改造は違法だ。刑事のくせに、あんな物騒《ぶっそう》なものをどこで手に入れたのだろう。ネットで買ったのか、はたまた押収品から持ち出してきたのか。

いずれにせよ、へたをすれば俺は死んでいた。

「とんでもねえ刑事だな……」

ひりつく首をさする。外されたのは首輪だけではなかった。金茶色のウイッグもなくなっていたし、それ以前に服を脱がされて裸になっていた。

俺は公園で気絶して倒れたはずだから、服は汚れてずぶ濡れになっただろう。そのままベッドに寝かせたくなかったのは理解できるとして、理解できないのは今の状況だ。

意識を失う直前の記憶がよみがえる。

——だめ、お兄ちゃん！

俺は確かに聞いた。あの声は、優月のものだった。

あの男が、優月の兄？

廊下を近づいてくる足音に、俺はベッドの中で身を硬くする。優月か、それともあの男か。俺は拳を握りしめ、いつでも飛びかかれるよう身構えた。

「よかった。目、覚めたんですね」

入ってきたのは優月だった。ほっと俺の身体から緊張が抜ける。だが、あの男が彼女の兄だったというなら、油断はできない。

「具合はどうですか？　どこか痺《しび》れてたり、痛んだりしませんか？」

「これでもわりと丈夫なんで。スタンガンを当てられたとこは、ちょっと痛いけど」

「ごめんなさい」

優月は素直に頭を下げた。なぜか両手を後ろにやって、唇をきゅっと引き結んでいる。

「……あの男は？」

「家に帰らせました。遅くなると、奥さんが不審がるから。このところ、ただでさえ奥さんとはあんまりうまくいってないみたいだし」

「兄さんは公務員をしてるって言ってたけど。刑事だったんだな」

「はい。平片陽政《あきまさ》っていいます」

あの男が名乗ろうとしなかったのは、優月の兄であることを知られたくなかったからだったのかもしれない。

「本当にごめんなさい」

優月は謝罪の言葉を繰り返した。

外は依然として雨が降り続いているようだ。湿った雨音に支配された室内も、そこに存在している優月も、妙に冷たく色を失って見えた。

「依頼は今日で終わりということにしてください。それと、慰謝料はきちんと払うので。今夜のことは忘れてもらえませんか」

俺の変装が取り払われて、優月の口調が他人行儀になっている時点で、既に演技は終了していた。どの道、この期《ご》に及んでムギタを続けることなどできるはずもない。

「そりゃ構わないけど、事情は教えてくれないか」

「それはできません」

静かだが、断固とした優月の口調だった。

「俺はあんたの兄さんに襲われたんだぜ。へたしたら死んでたかもしれない。理由を聞く権利はあると思うけど？」

「…………」

「あんたが公園で拾ってきて、家族の一員として大切にしていたムギタは、猫なんかじゃないんだろ？」

優月は口を閉ざしたままだったが、彼女の肩がぴくんと小さく震えるのを俺は見た。

「今年の二月に、D市の工務店で起きた事件。社長が刺されて、金庫にあった現金五百万が盗まれたって。犯人は指名手配中で、今も盗んだ現金とともに行方がわかってない」

優月は無言のまま。けれどもその反応が、俺の話す内容が見当違いなものではないことを物語っている。

「あんたのムギタは拾ってきて三ヵ月足らずで死んじまって、この家の庭に埋まってる。どうして死んだかはわからないが、あんたの兄さんの行動から察するに――」

ぎらりと鋭く光るものが俺の眼前に突き出された。包丁だ。優月が後ろ手に隠し持っていたらしい。

「レンタル役者のテイルさん。あなたが知るべきなのは、事情なんかじゃなくて自分の立場」

包丁を握る優月の目は、俺に突きつけられる切っ先と同様、鋭くひんやりとしていた。凍《こお》った三日月みたいだった。

「お兄ちゃんはあなたを殺すつもりだった。スタンガンじゃ死ななかったから、気絶したあなたをうちに運んで、浴槽に突っ込んで溺死《できし》させようとした」

「溺死……?」

「人を殺すと汚れるから。お風呂場なら、後始末もしやすいって。お兄ちゃん、刑事だから。殺人現場のことはよく知ってるの」

生々しさに吐《は》き気《け》がした。優月が淡々と話すのも恐ろしかった。その様子は公園でのあの男――平片陽政によく似ていて、確かに兄妹なのだと妙な納得をさせられた。

「でも、あたしが止めたんだ。あたしがなんとかするから、殺すのはやめてって。だって……やっぱりもう、嫌だったから」

嫌だったと言いながら、包丁の先端が俺の喉もとに近づいてくる。避けようと反射的に反《そ》らしたことで、結果的に相手に喉を見せつける格好になってしまった。

包丁と皮膚との間はほんの数センチの隙間しかない。裸の背筋を嫌な汗が伝う。ここで喉を切り裂かれた日には、凄惨《せいさん》な殺人現場になると思うのだが。

「だから、あなたは何も訊かず、今夜のことは忘れるの。でなきゃ、あたしはあなたを殺さなきゃならなくなる。それが、お兄ちゃんとの約束だから」

ゆっくりと優月が動いた。刃は少し喉から離れたが、狙いは定められたままだ。うかつに動くことはできない。

ギシ、とわずかにベッドがきしんだ。優月が上がってきたのだ。何をするつもりなのか。彼女の行動が読めない。背中はじっとりと汗ばんでいるのに、ひどい寒気を覚えた。

包丁の切っ先は、今度は横から俺の首をとらえていた。優月の顔が迫ってくる。避けようとするも、後頭部がヘッドボードにぶつかり、ままならない。

優月の唇が、俺の唇に触れた。数秒間、静かに押し当てられる。

冷たい唇だった。かすかに震えてもいた。

「していいから。あなたの好きにしていい。だから、お願い」

唇を離して言った彼女を、俺はまじまじと見た。包丁を突きつけながら、彼女は懇願《こんがん》するのだ。言う通りにしてくれと。自分のことは好きにしていいからと。そういうことをするのは好きじゃないと言っていた彼女が。

優月の強張《こわば》った顔に表情はない。その目は相変わらず凍《い》てついた月のようだ。けれど俺には、彼女が泣いているように見えた。

「……わかったよ」

俺は突きつけられた刃に注意しながら、優月の肩に手を置いた。びくっと彼女の身体が弾かれたように震える。

「何も訊かない。今夜のことも忘れる。あんたの覚悟はよくわかったから。もういい」

「そう……」優月の身体から力が抜けるのがわかった。包丁の切っ先が離れ、俺の身体からも力が抜ける。

「じゃあ、朝までゆっくり休んで。あたしは今夜は、下の部屋で寝るから」

ベッドから下りた優月はそう告げると、包丁を片手に提げて寝室を出ていった。

パタンとドアが閉まる音。俺は長く息を吐いて枕《まくら》に頭を落とす。

時刻を確かめたかったが、優月の寝室の目覚まし時計はもうずいぶん前から壊れていて、彼女は毎朝スマホのアラームを使っていた。

俺のスマホは手元にない。脱がされた服とともに、持ち物は全部優月に奪われている。

もしかすると優月の言葉は嘘で、朝になったら再び陽政がやってきて、俺をどうにかするつもりなのかもしれない。俺を逃がさないよう、優月は一階で見張っているのかもしれなかった。

ベッドから出て窓に近づく。外はまだ暗く、雨も強く降っていた。二階なので飛び下りて逃げられないことはないが、裸で町を疾走すれば俺のほうが捕まりそうだ。

あきらめて俺はベッドに戻った。どのみち無理だ。ひどく身体がだるかった。スタンガンによるダメージが、まだ身体に残っているようだ。

目を閉じると、泥の中に沈み込むように俺の意識は遠ざかっていった。

6

朝になって目を覚ますと、ベッド脇のテーブルの上には、綺麗に洗われて畳まれた俺の服があった。メッセンジャーバッグも置かれている。中には貴重品やスマホがちゃんと入っていて、確認した限りでは何かを抜かれたりいじられたりした形跡はないようだ。スマホはロックしてあるので、見ようとしても見られなかっただろうが。

服を身につけて一階に下りる。家の中は、しんと静まり返っていた。

いつも過ごしている和室に優月の姿はない。仏間にも、台所にも。手洗いや風呂場にも人の気配はなかった。

玄関を見ると、優月がいつも履いている靴がなくなっていた。まさか、俺を残して仕事へ行ったのか？　玄関ドアは鍵が掛かっているが、俺が出られないよう細工をされているわけでもない。逃げようと思えば、簡単に逃げ出せてしまう。

彼女の言葉通りだったのか。ゆうべのことは忘れて、おとなしく帰れば許してやると。

ならば逆《さか》らう気はない。こっちだって命は惜しい。

俺はドアを開けて外へ出た。雨は上がっていたが、空は相変わらずどんよりしている。

まっすぐ門へ向かうつもりだったのに。気づくと俺の足は、庭のほうへ向いていた。

こんもりと土が山をつくる小さな墓。

無性にその墓を暴《あば》きたい衝動に駆られた。ゆうべの凍った月のような優月の目。冷たく震える唇の感触。彼女にあんな顔をさせるもの、あんな言動をさせるものを、引きずり出して、暴いてやりたくなった。

縁の下に置かれていた園芸用の赤いスコップが、俺の衝動を更に突き動かした。

俺はスコップを握り、土の山に突き立てた。

思ったよりも土はやわらかかった。俺は一心に土を掘り進める。

自分の立場をかえりみる余裕などなかった。ただ、暴いてやりたいという、強烈な怒りにも似た感情だけが俺の中にはあった。

人の死体が埋められているのなら、小さな園芸用のスコップで掘り出すのは容易ではない。しかし掘り進めていくと、やがて黒い土にまぎれて透明なビニール袋が姿を現した。

ビニールを透かして、ピンク色の中身が見て取れる。大学ノートくらいのサイズの、厚みのある缶の箱だった。

スコップを置くと、俺は土を払って袋から缶を取り出した。表面に白いウサギの絵が描かれている。人の死体を入れるには小さすぎる。ここに入れるとしたら、手首くらいがせいぜいだ。

両手でそっと土の上に置く。重さはあまりない。軽く振ると、カラカラと音を立てた。

缶の蓋《ふた》を開けてみる。

中に入っていたのは、プラスチックでできたおもちゃの髪飾りだった。

アニメに出てくるプリンセスが着けていそうな、いかにも女児が喜びそうなデザイン。真ん中にはハート型のピンクの飾りがついている。宝石を模《も》した飾りは他にもいくつかついていて、恐らくは光るようになっているのだろう。

子どもの頃、優月が祭りで兄に買ってもらったというティアラ。

裏側についたスイッチを押してみても、ティアラは光らない。電池が切れてしまっているらしい。

「………」

缶の中にはティアラの他に、写真が一枚入っていた。

ピンク色の浴衣を着た幼い優月が、金茶色の髪をした少年と並んで、この家の庭に立っている。

優月の頭には、きらきら光るティアラがついていた。嬉しそうに隣の少年と手を繋いでいる。

金茶色の髪をした少年の顎には、見覚えのあるホクロがあった。

「お兄ちゃんは中学の頃、ちょっとグレてた時期があってさ」

背後から、優月の声がした。

振り返ると、コンビニの袋を手に提げた優月が立っていた。仕事に行ったわけではなかったらしい。

「でもね、あたしには変わらず優しかった」

ゆっくりと優月は近づいてくる。彼女は昨日と同じ服装のままだった。表情に乏《とぼ》しい顔の、目の下にはうっすらとクマが浮いている。

「朝ご飯、つくるけど」

食べるよね？　と言って優月が軽く掲げた袋に、牛乳のパックとベーコンが透けて見えた。

7

座卓の上には、優月のつくった朝食が並べられた。アジの開きにベーコンエッグ、豆腐とえのきとネギのみそ汁。納豆、白いご飯。そして、グラスに入れられた牛乳。

彼女のつくる朝食はいつも和風だったが、必ずベーコンエッグと牛乳が添えられる。それが誰の好みなのか、今ならなんとなくわかる気がした。

「これ」

優月が封筒を差し出してきた。金が入っていると一目でわかった。

「五十万、入ってる。あなたにしたら少ないかもしれないけど。今のあたしに出せるのはこれが精いっぱい。だから、何も言わずに受け取ってほしい」

彼女が出かけたのは、ＡＴＭで金を下ろすためだったらしい。依頼料プラス慰謝料。口止め料も込みといったところか。

俺は黙って封筒を受け取った。優月はほっとしたように見えた。俺が受け取らなければ彼女はきっと、俺の口を塞《ふさ》ぐ別の方法を考えなければならなかったのだろう。

封筒がメッセンジャーバッグにしまわれるのを見届けて、優月は箸を手に取った。淡々と料理を口に運び始める。俺もならい、箸を手にした。

料理に何かが入れられている可能性を考えないでもなかったが、構わず俺は食べた。

「公園の山のトンネルの中で、あの人を見つけた時ね」

不意に優月が、ガラス戸のほうに目を向けて言った。

庭の墓は既に元通りになっている。彼女が朝食をつくっている間に、俺が戻したからだ。

ティアラと写真は、再び土の下に眠っている。

「中学の頃のお兄ちゃんを思い出したの。お兄ちゃんも家に帰りたくない時とか、よくあのトンネルの中にいたから」

「……だから、連れて帰ってきたのか？」

「足を怪我してた。転んで挫《くじ》いたんだって。それに、寒そうに震えてたし」

「逃亡中の殺人犯だったんだろ」

「らしいね。後であたしもニュースを見て知った」

特に問題にするふうでもなく優月は応える。

「指名手配犯だって。だからもう、どこへも行けないでしょ。ムギタはあたしのとこにいるしかない。あたしが守ってあげるしかなかったんだ」

優月はそう言って笑った。宝物を手に入れた子どもみたいに。

「ムギタって名前は、どっからつけたんだ？」

「子どもの頃、あたしが大好きだったアニメのキャラクター。茶トラの猫でさ。お兄ちゃんが髪を染めてきた時、色が似てたから。しばらくお兄ちゃんのこと、ムギタって呼んでた」

「……死体は、どこに隠した？」

俺は乱暴に問いをぶつけた。お兄ちゃんとの思い出話は、もうたくさんだ。

「死んでるんだろ、ムギタは」

庭には埋められていなかったが、生きているとは思えなかった。ムギタを演じただけで電流を食らわせ、浴槽にぶち込もうとしてきた陽政だ。妹にかくまわれた指名手配中の殺人犯など、生かしておくとは到底思えない。

「……お兄ちゃんにバレたの。夜、いきなりうちにきて。ゆうべ、あなたにやったみたいに、ムギタにスタンガンを突きつけた。ムギタはそれで、動かなくなった」

俺は気絶するだけですんだが、彼の場合は心停止に陥ってしまったらしい。

「あんなエグいものを持参してきたってことは、兄さんはあんたが指名手配犯をかくまってるのを知った上で、やってきたってことだよな」

しかも、最初から殺意があったことにもなる。

「佐々木《ささき》のおばさんが、告げ口したんだよ」

「佐々木のおばさんって？」

「隣に住んでるおばさん。前はママと仲良くしてて。ママたちが死んじゃってからは、ひとりぼっちになったあたしのことを気にかけてくれてた」

ああ、と俺は頷く。ここへ来た時に、俺も姿を見かけた覚えがある。

「でもね、本当はお兄ちゃんに頼まれてあたしのことを監視してたの。うちに見知らぬ男の人が出入りするのを見たりしたら、自分に知らせてくれって。お兄ちゃんは佐々木のおばさんに頼んでたんだ」

「…………」

俺は箸を持ったまま、言葉を失った。

この兄妹の関係が見えるとともに、すべての出来事が正しい形を成した気がした。

「お兄ちゃん、誤解してた。あたし、ムギタとそういうことはしてないのに。ベッドに一緒に入って、抱きしめてもらってただけ。小さい頃にお兄ちゃんがしてくれたこと、ムギタに頼んでしてもらってただけなのに。『薄汚い人殺しのくせに、俺の優月を汚しやがって』って、お兄ちゃんものすごい顔して。ムギタにスタンガンを当て続けた。彼が倒れて、動かなくなっても、ずっと」

自分も被害者になったぶん、リアルにその光景が想像できてしまう。

そして読めてしまった。陽政は恐らく、俺のことも許さない。

優月の手前、金を握らせ一旦は逃がしたとしても。やつは後で、きっと俺を仕留めにやってくる。《海うさぎ》も知られている以上、俺を誘い出す方法はいくらだってあるだろう。天海やアテナの存在をほのめかされれば、俺はどうしたって無視することはできない。

「それで、ムギタの死体は？」

今一度尋ねると、優月は首を左右に振った。

「お兄ちゃんが大きなスーツケースに入れて。お金の入ったバッグと一緒に、どこかへ持って行った。今回のことは忘れろって。もう自分もこの家には来ないからって。それから後のことは、あたしは知らない」

陽政は死体と金の入ったバッグを処分した。そして優月は、ムギタの墓をつくった。

ひとつの罪を前にして、兄妹は一旦は決別を決めた。

妹に対する想《おも》いを、もとより陽政は自覚していたのだろう。だからこそ彼は、あえて妹と距離を置き、結婚して自分の家庭を持つこともした。

しかしこの一件で、陽政は改めて自分自身の感情の激しさを思い知った。もう二度と、自分は妹に近づいてはいけない。そう考えたに違いない。

ところが、妹はだめだった。耐えられなかった。

「ムギタがいなくなって、お兄ちゃんも連絡をくれなくて。また、あたしはひとりぼっち。一人には慣れたはずだったのに。さびしくて、たまらなくなった」

そんな時、彼女はツイッターで俺の存在を知った。

いなくなったムギタの代わりに、俺でさびしさを埋めようとした。けれどもうひとつ、優月には大きな狙いがあったはずだ。

ムギタに似た男が家に出入りしているのを知れば、きっとまた佐々木のおばさんが告げ口してくれる。

そうすればきっと、兄もまた来てくれるだろうと。

「……そんなに、兄さんがいいのか？」

俺は訊いた。「兄さんじゃないと、だめなのか？」

答えなどわかりきっていた。今、ここに至る状況が十二分に物語っている。それでも、俺は問わずにはいられなかった。

「外に目を向ければ、あんたを幸せにしてくれる相手はいくらだって見つかるはずだ。なのにあんたは、兄さんとの思い出だけを抱えて、この家でひとりぼっちで生きていくのか？　この先も、ずっと？」

優月は無言で、そっと目を伏せた。ピンク色をした前髪が、彼女の目元を覆《おお》い隠《かく》す。

土に埋められたおもちゃのティアラ。そのピンク色の飾りが、光らなくなってもなおピンク色であり続けるように。優月にとっては陽政の存在も決して変わらず、色あせることもないのだろう。

ならばもう、いっそ――

「優月」

俺は座卓を回り込み、優月の手首をつかんだ。突然の俺の行動に、優月はびっくりしたように俺を見る。

「警察へ行くぞ。行って、全部正直に話すんだ」

「え……？」

「あんたが指名手配犯をかくまっていたことも、兄さんがそいつを殺しちまったことも。警察へ行って、全部素直に白状するんだ」

「何言ってるの？」優月は俺の手を振り払った。

「そんなことできるわけない！　そんなことしたら、お兄ちゃんが大変なことになる」

「もう充分、大変なことになってんだよ！」

俺が声を荒らげると、優月はおびえたように身をすくませた。

「あんたが抵抗するなら、引きずってでも警察に連れて行く」

俺は強引に優月の腕を引っ張った。優月は激しく首を振り、その場で抗《あらが》う。

「だめ。やめてよ」

優月の瞳に涙が滲む。小さな子どものように、優月はしゃくり上げ始めた。

「警察に知られたら、お兄ちゃんは終わっちゃう。何もかも失っちゃう。仕事も、奥さんとの関係も。お兄ちゃんの人生が、あたしのせいで全部……全部壊れちゃう」

「壊せよ。壊せるもんを全部ぶっ壊せば、いっそ清々する」

「勝手なこと言わないで！」

「どっちが勝手だ！　あんたの兄さんを放っておいたら、こっちの身が危ないんだよ。俺にだって一応、守らなきゃならないもんはあるんだ」

優月は黙り込んだ。俺に腕をつかまれたまま、ぽろぽろと涙をこぼす。

俺はしばらく、声を殺して泣く優月を見下ろしていた。どうしようもなく腹立たしくて、どうしようもなく悔しかった。

つかんでいた腕を離すと、優月の肌の上には、俺の指の跡が赤く残っていた。小さく息をついて、俺は彼女のそばに膝をつく。

「なあ。兄さんが何もかも全部失うっていうなら、あんたがその兄さんを支えてやればいいじゃないか」

え、と優月は、涙をいっぱいにためた目で俺を見る。

「ちゃんと罪をつぐなって。何もかも失った兄さんと、あんたと。二人で支え合って生きていけばいい」

「でも……あたしたち、兄妹なんだよ。血の繋がった、正真正銘の兄妹なんだよ？」

「だから？　あんたたちの人生はあんたたちだけのものだろ。たとえ周りがなんと言おうと、部外者の声なんか無視すりゃいい。常識や法律がなんなんだ。ただ二人で、寄り添って静かに生きていくことの何が悪い？　他人を巻き込んで迷惑かけて生きるよりかよっぽどマシだろ」

「……いいの？」それでいいの？　と優月は訊いてくる。

「いいとか悪いとかじゃない。覚悟の問題だ」

「かくご……」

「世の中全部を敵に回したとしても、あんただけは兄さんの味方でいてやれるかどうか。兄さんを見捨てず、そばにいてやれるかどうかってことだ」

優月は少し考えるふうに黙り込んでから、こっくりと頷いた。

「警察、いく」

手のひらで涙を拭って。決意を固めた顔で、優月は言った。

「でも、あたし一人でいい。あなたにはもう、迷惑はかけない」

大丈夫だから、と優月はまっすぐに俺を見る。

「あたし、ちゃんと行くから。行って、自分のこともお兄ちゃんのことも、話すから」

俺は退場を求められていた。

彼女の舞台に、俺の存在はもう必要ない。

偽物で孤独をまぎらわすことは彼女にはもう、必要ないのだ。

「……わかった」

ならば俺は退場する。

ただ、それだけだ。

優月は玄関先まで俺を見送った。靴を履く俺の背に、彼女の視線が触れている。

「月ちゃん」

最後に俺は、ムギタの声色で彼女を呼んだ。

「楽しかったよ。月ちゃんのつくってくれたご飯も、すごくおいしかった」

「あたしも。つくったご飯、おいしそうに食べてくれるの、嬉しかった」

微笑んで応えた後、「でもね」と優月は、少しさびしげな色を口の端に載せて続けた。

「あたしは、どうしても思っちゃうんだ。あなたはやっぱり違うんだって。ご飯の食べ方も、あたしの名前を呼ぶ声も、抱きしめてくれる腕のぬくもりも。どんなに頑張って演じてくれても、あなたはやっぱり違うって」

「うん」わかってる。俺は所詮、偽物。どうやっても、本物にはなれない。

「ひどいよね。あなたにも、あの人にも。あの人だって……悪いことをしたかもしれないけど、あたしに対しては、決して悪い人じゃなかった」

「うん」と俺はまた応える。完全なる善人が存在しないように、完全なる悪人というのもまた、存在しない。たとえどんな凶悪犯であったとしても、善人の顔を見せることはあるだろう。その逆もまた、しかりだ。

「お祭りに一緒に行こうって、あなたに言えたらよかったのにね」

思い出を、新しい記憶で塗り替えることができたなら——

でも、彼女は選んだ。外ではなく内の世界を。たとえ誰にも理解されなくても、兄と二人きりの世界を守ることを。

「ごめんなさい」

優月の謝罪が玄関の床に落ちる。上がりがまちの上と下。舞台に立ち続ける優月と、下りる俺。

俺たちの間にできた、境界線。

「どうもありがとう」

境界線の向こうから、今度はきちんと投げられた礼の言葉。

優しい別れの挨拶として俺は受け取り、優月の家を後にした。

8

翌朝。テレビのニュースは、Ｄ市の工務店の事件の指名手配犯が、都内の山中から遺体となって発見されたことを報じた。盗まれた五百万円の現金が入ったバッグも、同じ場所から見つかったらしい。

市内に住んでいた女性が男をかくまい、その事実を知った警察官の兄が、怒りに駆られて相手を殺してしまったと、ニュースでは説明していた。

妹の行動を受けて、どうやら陽政のほうも素直に自供したようだ。

ワイドショーでもこの話題は取り上げられていた。自分の家族が指名手配犯をかくまっていたらどうするか、などと司会者がゲストの芸能人たちに質問していた。答えを聞く前に、俺はテレビのスイッチを切った。

俺のもとに警察が事情を訊きにやってくることはなかったし、どのニュースや新聞記事にも、俺の存在については一切触れられていなかった。

俺に迷惑をかけないよう、あえて名を出さなかったのかもしれない。だがそもそも、あの兄妹にとって俺は、初めから影に過ぎなかった。

陽政にとっては、指名手配犯の男の。優月にとっては、本物の『ムギタ』の。

もとより実体などない。俺の存在は彼らにとって、ひと時の幻影。幽霊のようなものだった。

舞台や映画の世界は所詮、つくりもの——物語が終わればその世界はなくなり、どんなに熱心に演じた人物でも、幕が下りれば幻のように消え失せてしまう。そんなままごと遊びがむなしく思えて、現実を舞台に演じることを俺は選んだ。

現実が舞台ならば、俺が演じてつくりあげた物語はずっと存在し続ける。誰かの人生の片隅に、俺が介入した足跡は残り続ける。だからこそ演じ甲斐があると、俺は思い込んでいた。

でも、同じなのかもしれない。

現実を舞台に演じたって、それが役である限り実体はない。偽物だという事実は変わらない。ほんのいっとき相手を満足させるだけならば、それはやっぱりままごと遊びと同じだ。

——レンタル役者って、なんのために演じるの？

いつかのアテナの問いが、耳の奥にこだまする。

自分が偽物なんてことは、よくわかっている。偽物が本物になれないことだって、よくわかっている。

そんなのは最初から、よくわかっている。

それなのに――

胸に広がるむなしさを、なぜか俺は一人、持て余している。

9

ニュースは見たはずなのに、天海たちは何も言わなかった。

つい先日、話題にした事件がいきなり進展を見せたのだから、当然思うところはあるはずだ。俺の首筋についたスタンガンの痕にだって、気づいていないはずはないのに。ニュースで報じられて五日が経っても、天海とアテナはともに何も言わなかったし、訊いてもこなかった。

まあ、訊かれないなら俺としては、説明する面倒がなくてちょうどいい。

「天海。悪いけど、俺も今日はもう上がらせてもらうわ」

《海うさぎ》の事務室の時計が、午後五時二十分を示した頃。帰り支度を整えたアテナを横目に、俺は天海に告げた。

一時はなぜかよくスカートを穿いていた天海は、最近またパンツルックに戻った。以前のように一緒に夕食をとるようになったせいかもしれない。その関係性が、いまだに俺にはよくわからないのだが。

仕事かと尋ねてくることもなく、「わかった」と天海は応じた。

「あとさ、バイク、駐車場に置いてっていい？」

「いいよ」と答えた天海はやはり、「どこへ行くの？」とは訊いてこなかった。

俺はアテナと一緒に《海うさぎ》を出て、虹ヶ原駅へ向かった。

試験休みに入ったアテナは頻度こそ週に一、二度と変わらなかったが、午前中に《海うさぎ》にやってくるようになり、ほぼ一日を過ごしていた。

今日のアテナは白いブラウスに、リボンのついた涼しげな水色のスカートという装い。私服で彼女が同じ服を着ているのを見たことがない。母親がたくさん買い与えているのだろう。たぶん本人の意思や趣味とは無関係に。

今日は久しぶりに朝からずっと晴れていたので、俺もアテナも傘を持っていなかった。そろそろ関東も梅雨明けが近いのかもしれない。

俺たちは並んで黙々と歩いた。いつもなら俺が黙っていると、「どうしたの？」などと訊いてくるのに。おかしな気遣いはかえって居心地が悪い。こんなことなら、時間をずらして出てくるべきだったかもしれない。

会話のないまま駅に着き、同じ方面の電車に乗る。俺の目的は弓張駅だ。アテナの最寄り駅の大鳥は弓張より手前だから、先に彼女が降りることになる。

ところが、電車が大鳥駅に停車しても、アテナは降りる素振りをみせなかった。

「着いたぞ」と肩でつつくも、ちらと窓の外に目をやるだけ。そうしているうちにドアは閉まり、電車は走り出してしまう。

「おい、通り過ぎちまったぜ」

「いいの」アテナは平然と応える。

「どっか行くところがあるのか？」

「七尾が行くところ」

どうやら彼女は、俺についてくるつもりらしい。

「俺についてったら、六時の門限には確実に間に合わないぞ」

「七尾は気にしなくていいよ。私が勝手についていくだけだから」

「気にしないでって言われてもなあ……」

そういうわけにもいかない。何かがあれば俺の責任になる。

「天海さん、七尾のことすごく心配してる。七尾、このところちょっと元気がないから。でも、詮索はしないって天海さんは決めてるんだって。だからついていくの。私も心配だし、気になるから。私には、そうする権利があるでしょ？」

「何をもってそう思うわけ？」

「私は七尾の共犯者だもん」

この期に及んで都合よく解釈したものだ。俺は呆れたが、彼女を追い返す気にもならなかった。少なくともアテナとこんなやりとりをしている間は、片づけられずに散らかった胸の内の感情を意識せずにすんだから。

アテナは何も訊いてくることなく、黙って俺についてきた。

もう来ることもないと思っていたのに。俺は再び、優月の家の前にやってきた。

どうしても、やっておきたいことがあったからだ。

時刻はそろそろ六時になるところだったが、七月の空はまだ日の光を残している。

警察や記者たちの姿はないようだ。報道から五日。事件現場という事実が嘘のように、既に住宅街はもとの静けさを取り戻している。

　優月の家もまた、人けがなく静まり返っていた。陽政とともに、彼女も罪に問われることは免《まぬが》れない。当分はこの家に戻ってくることもできないだろう。

　外出しているのか、隣家の明かりもついておらず、周囲に人の気配はない。目的を果たすには好都合だ。

　門にそっと手を伸ばす。冷たい感触が指先に伝わった途端、苦いような痛みが込み上げてきて、俺の動きを停止させた。

　境界線を意識する。門の向こうに佇む家が、あたかも番犬のようにうずくまり、主以外の立ち入りを拒《こば》んでいるように思えた。

　と、腕に温かなものが触れる。アテナの手だった。心配そうに俺を窺っている。

「大丈夫」

　小さく応え、門にかけた手に力を込めると、あっさりと内側に開いた。鍵が掛かっていたら乗り越えるつもりだったが、その必要はなかったようだ。

　念のため、ドアチャイムを押してみる。もし万が一、誰かがいたらまずい。応答がないことを確認してから、俺は庭のほうへ回った。明らかに怪しい俺の行動だが、アテナも黙ってついてくる。

　和室のガラス戸が見えた。雨戸は閉まっていないが、カーテンは閉ざされ、部屋の明かりも消えている。

　余計な物思いにとらわれる前に、俺は庭に向き直った。

「……ムギタのおはか」

　板に書かれた文字を、アテナがぽつりと読み上げる。

　俺はメッセンジャーバッグからスコップを取り出した。縁の下には依然として赤いスコップが置かれていたが、今回はあえて持参したものを使うことにした。

こんもりと盛られた山に、スコップを突き立てる。既に一度掘っているので要領はわかっている。土もまだやわらかかった。

やがて、ビニールに包まれたピンク色の缶が現れる。

事件を報じた記事には、ムギタの名はどこにもなかった。警察はムギタを知らない。だからこの墓に注目することもなく、優月の大切な思い出は守られたのだ。

缶の中には俺が戻した時のまま、おもちゃのティアラと一枚の写真がおさまっている。

俺はその傍らに、バッグから取り出した封筒を添えた。

アテナはやはり何も言わず俺の行動を見守っていたが、中に金が入っていることはすぐにわかったはずだ。ただ、少し不思議には思ったかもしれない。

優月から受け取った五十万。口止めはもはや必要ない以上、俺が持っている意味もない金だ。

だから俺は、その金を祝儀袋に入れた。優月への祝福として。

罪をつぐない、この家に戻ってきた兄妹はきっと、この墓を掘るだろう。大切な思い出の品を前にして、二人で生きて行くことを誓うだろう。

誰も祝福はしない。ならばせめて、俺だけは――

缶の蓋を閉め、土をかけて元通りに埋め戻す。

『ムギタのお墓』

それが彼女たちの墓標ではなく、道標になればいいと思った。

ふと気づくと、傍らに屈《かが》んでいたアテナが俺をじっと見つめていた。

「……なんだよ?」

「七尾、泣かないの？」

「なんで俺が泣くんだよ」

「そういう気分なのかなって思って」

「別に」

「嘘つき」

叩きつけるように言い捨て、アテナは腰を上げて玄関のほうへ戻っていく。

嘘も何も、俺には泣く理由なんてひとつもない。ただ胸の中に、どうしても拭い去れない何かがこびりついているだけで。

俺も腰を上げ、土に汚れたスコップをビニールに入れてバッグにしまう。

最後に、カーテンの閉ざされた暗いガラス戸を振り返る。

これで本当に最後。俺はもうここへ来ることはないし、優月に会うこともないだろう。

ガラスの向こうに、彼女と過ごした短い日々を思い描きながら、俺は小さく告げた。

「さよなら、月ちゃん」

10

アテナの姿を捜すと、彼女は門を出て、優月の家から少し離れた道の端に立っていた。スマホを耳に当て、誰かと話している。

「――はい。すみません。よろしくお願いします」

俺が近づくと、ちょうど会話が終わったところだったらしく、アテナは端末を耳から離した。

「電話？」

「うん。門限が過ぎた後、お母さんから電話やラインが来てたんだけど、無視してたの。そしたらお母さん、三浦先生に相談したみたいで。三浦先生から電話がかかってきた」

「三浦先生って、担任？」

訊きながら、俺は自分のスマホを見た。門限を過ぎたといっても、まだせいぜい三十分といったところだ。

「スクールカウンセラー。入学した頃から私のことを気にかけてくれてて。お母さんも、私のことで何かあると担任じゃなくて三浦先生に相談するの。今回はとりあえず、先生がうまく説明しておいてくれるみたい」

「理解ある先生なんだな」

「後で必ず理由を聞かせてねって言われたから、先生が納得するような理由を考えなきゃいけないけど」

本当のことは言えないだろう。やましいことなど何もないが、女子高生が身内でもない男と、夜に二人でいたというだけで世間では即アウトだ。

「生徒を信頼して話を合わせてくれるだけ、いい先生じゃないか」

「まあ、悪い先生ではないよ」

少々含みのある答え方をして、「行こう」とアテナは俺を促した。

駅へ向かう途中、どこからかにぎやかな音が聞こえてきた。お囃子《はやし》のような音が、風にのって流れてくる。

「お祭りをやってるみたいだね」

アテナが足を止め、右手の路地の先に顔を向ける。浴衣を着た親子連れがやってくるのが見えた。子どもは頭にアニメキャラのお面をつけ、ピカピカ光るおもちゃを嬉しそうに振り回している。

優月が話していた、神社の祭りかもしれない。

「ねえ、七尾。行ってみない？」

アテナはもちろん、優月の思い出など知らない。だから単純に、興味を引かれただけだろう。

「帰りが遅くなるぞ」

「どうせもう門限は過ぎてるんだし。今更だよ」

アテナは嬉々《きき》として俺の腕を引っ張っていく。

路地を進んでいくと、やがて石段が現れた。上のほうには鳥居が見える。やはり、この神社が祭りの会場らしい。明るい喧騒《けんそう》に包まれているのが下からでも窺える。

浴衣姿の若い男女が、仲良く綿菓子をつまみながら石段を下りてくる。アテナは羨ましそうに彼らを見送った。

石段を上ると、予想していたよりも神社の境内《けいだい》は広かった。参道の左右にはずらりと夜店の屋台が立ち並び、ソースや甘い砂糖の匂い、鉄板の熱気、人々の活気がまざりあって、祭り特有の空気を生んでいた。

「七尾、何か食べようよ」

アテナが俺のシャツを引っ張る。きらきらと輝く目が、焼きそばや綿菓子、たこ焼きを売る屋台をせわしなく巡っていた。

ヨーヨー釣りや金魚すくい、光るおもちゃを売っている屋台もあったが、彼女は関心がないようである。どうやらさっきの羨ましそうな目も、男女が食べていた綿菓子に向けられたものだったらしい。色気より食い気か。

とはいえ、そろそろ夕食時なのも確かだ。

「じゃあ俺、あそこで待ってるから。好きなもんを買ってこいよ」

俺はアテナに財布を渡し、境内の外れにあるベンチを指差した。アテナは一瞬だけ不満そうな顔を見せたものの、「うん」と素直に頷き、俺の財布を持って参道の活気の中に飛び込んでいった。

俺は人けのない一角にぽつんと置かれたベンチに腰を下ろす。深く息をついて、ベンチの背に頭をもたれるように空を見上げた。

空は既に濃い藍色に塗りつぶされている。その中に丸い月が、金色の輝きを放ちながらぽっかりと浮いていた。

今夜はこんなに綺麗な月が出ていたのか。ここ最近、雨ばかりで月なんてろくに見えなかったから。まるで気づかなかった。

星の少ない東京の空の月は孤独に見える。でもだからこそ、その輝きはひときわ美しくも見える。

優月に似ていると思った。

でももう、彼女は孤独じゃない。そのはずなのに。敗北感にも似たむなしさが広がるのはなぜだろう。こんなふうに一人、打ちのめされているのはどうしてだろう。

「七尾、口開けて」

言われて反射的に開いた口に、丸くてやわらかい物体が押し込まれた。噛んだ瞬間、とろりと熱い中身が口の中にこぼれ、俺は上向いていた顔をもとに戻す。

「あっふぃっ！」

熱い、と叫んだつもりが言葉にならない。噛めば噛むほど熱い中身が口内に溢れて、ちょっとしたパニック状態だ。

「熱かった？　ごめん。じゃあ、これ食べて」

今度はやたら冷たいものが口に押し込まれる。熱いんだか、冷たいんだか、甘いんだか、味覚は大混乱を起こしていたが、とりあえず口内の焼けるような熱からは解放された。ついでに、むなしいだけの孤独な思考からも。

「俺の口の中をぶっ壊す気かよ」

「ごめんごめん」

青いシロップのかかったかき氷の容器を持って、アテナはベンチの隣に腰を下ろした。

やけに間を空けて座ると思ったら、俺と彼女の間には、たこ焼きと焼きそばとお好み焼きとフランクフルトとイカ焼きが入ったパックが並べられていた。

「……ずいぶんたくさん買ってきたな」

「あとね、綿菓子とりんご飴もほしかったんだけど、持ちきれなかったから。もう一度行ってくる。先に食べてていいよ」

再び雑踏の中に消えていったアテナは、宣言通りに綿菓子とりんご飴と、ベビーカステラまで持って戻ってきた。

おまけに「はい、これ」と言って俺の顔に被《かぶ》せられたのは、キツネの面だ。

「なんだよこれ」

「それ被ったら、思う存分に泣けるかなって」

「そんなに俺に泣いてほしいのかよ」

「泣いてほしくなんかないよ」

泣いてほしくなんかない、と小さく繰り返し、アテナはぶすっとした顔で黙り込む。

「つーか、あんたのほうが泣きそうな顔してんだけど」

俺はアテナの頭にキツネ面を被せてやった。

「……泣いたもん、私」

呟くように落としたアテナの言葉の意味がわからず、「は？」と俺は返す。

「七尾が死んじゃって。すっごく泣いたもん」

一瞬、スタンガンで死にかけたことを知っているのかと驚いたが、すぐに、彼女はヒロヤのことを言っているのではないかと思い至る。

「もしかして《残月の白》、観た？」

だとすれば天海からＤＶＤを借りたに違いない。アテナがどこでその映画の存在を知ったかは知らないが、可能性として高いのは中谷のジイさん辺りか。

「気になったから。天海さんに無理言って、ＤＶＤ借りた。……ごめん」

「別に謝ることじゃない。なんの映画を観ようと、そりゃ個人の自由だ」

「七尾は、すごいと思うよ。すごく、すごいと思う」

日本語がだいぶ混乱しているが、とても褒めてくれているのはわかる。そしてたぶん、俺の存在を肯定しようとしてくれているのも。

「ありがとう」俺は素直に礼を言った。

「でも、私はハッピーエンドがいい」

「あの話、一応はハッピーエンドだけどな」

俺が演じたヒロヤは死ぬが、主役の二人はそれぞれ幸せを見つけて終わる。

「七尾が死んじゃったら、全然ハッピーエンドじゃないよ」

アテナはぎゅっと唇を噛みしめた。黒い瞳の表面が大きく揺らぐ。

「ちゃんとみんな、幸せになってほしい。物語は、絶対にハッピーエンドがいい」

「わかったから、泣くな」

「泣いてない」

アテナはぶんぶんと首を振った。綿菓子とりんご飴を持ったまま。膝にはベビーカステラの袋を載せて。

「とにかくあんた、食いもの持ちすぎだから。ひとまず食おう。せっかく買ったのに冷めちまう」

俺は焼きそばのパックを手に取った。割り箸を割ると、「お金、後でちゃんと返すから」とアテナがぼそりと言う。買いすぎたと、今更ながらに自覚したらしい。

「いいよ、別に。それよりほら、口開け」

たこ焼きのお返しに、最初のひと口をアテナの口に押し込んでやる。

もぐもぐと咀嚼《そしゃく》して、「おいしい」とアテナは言った。物足りなそうな顔をするので、もうひと口押し込んでやる。ヒナ鳥に餌《え》づけしている気分だ。

「こういう食べ物、うちではお母さんに禁止されてるから。お祭りに行っても、食べさせてもらえないの。だからお母さんがいない時に内緒で行って、こっそり食べるしかないんだ」

そういえばアテナの母親は、娘にファストフードを食べることを禁止しているのだった。祭りの屋台の食べ物なんて、そりゃあＮＧだろう。

「おいしいよ、七尾」

にこっと微笑んだアテナの舌は、かき氷のシロップのせいで真っ青になっていた。

「そりゃよかった」

泣きそうになったり、笑ったり。よくわからない。でもひとつわかるのは、俺は彼女を楽しませてやらなきゃいけないということ。

俺の横にいるのは優月ではなく、アテナなのだから。

優月の『ムギタ』は終わり、今の俺はアテナの『共犯者』なのだから。

「ねえ、七尾」

「ん？」

「あのアイドルの人って、そんなに嫌な人だった？」

無邪気な口調だった。それが俺の心中を慮《おもんぱか》って装った無邪気さであることは、手に持った綿菓子をつまむ彼女の、ほんの少し震えた指先に表れていた。

彼女が尋ねているのは、赤槻監督の二作目の作品の撮影中に俺と揉めたアイドルのことだ。俺が階段から突き落とし、相手に大怪我を負わせたというのが、巷での事実となっている。

別に、などと答えて早々に話題を打ち切る。それが、俺のいつものパターンだった。

「……あいつ、演技はそう下手じゃなかったんだけどさ」

手を伸ばし、彼女が持つふわふわの菓子をむしって口に入れる。菓子はすぐに溶け、ザラメの甘さが舌に広がった。懐かしい味だ。

「前の仕事が長引いたとかで、平然と遅刻してくるし。その上、ろくに台詞《せりふ》も覚えてなくて、ＮＧ

を連発する。そんなことが何度もあった」

　どうして俺は、こんなふうに素直に話しているのだろう。

「なまじ器用なぶん、真剣さに欠けてたんだよな。『出てやってる』って態度を隠そうともしなかったし」

「そんな態度で、よく周りに叱られなかったね」

「誰も叱らなかった。せいぜい軽く注意する程度でさ。『じゃあやめます』なんて言われたら、大変だからな」

「なんで？　真剣にやらない人なら、やめてもらったほうがいいのに」

　アテナはまだ知らない。正しさではなく、利害関係で人やものが動く世界を。あの頃の自分もそうだった。いいものが、純粋に認められると信じていた。

「《残月の白》は、高い評価は得たもののヒットというまでには至らなかった。ヒットさせるには、映画が好きな連中に観てもらうだけじゃ足りない。普段映画を観ないような人間も、劇場に足を運ばせないといけないんだ。そのためには話題性が必要になる。たとえば、巷で人気のアイドルを主役に据えるとかしてな」

「……だから態度が悪くても、その人が必要だった？」

「そう。本人も周りも、それを充分にわかってた。けど俺は、腹が立ったから言ってやった。芝居を舐めんなって。無名の役者風情に注意されて、あいつもプライドが傷ついたんだろうな。地味に嫌がらせしてきた。俺の衣装を汚したり、小道具を隠したり。あいつの私物を俺が盗んだって騒いだり。オリジナリティのかけらもない方法で」

「小学生のいじめみたい」

アテナの呟きに「まったく」と俺も苦笑する。

「で、うっとうしいし、何より周りに迷惑がかかるから、俺はあいつを呼び出して、いい加減にしろって怒ったんだ。あいつは殴られるとでも思ったのか、避けようとして足を滑らせて、階段から落っこちた」

咄嗟に俺は手を伸ばしたが、間に合わなかった。階段を転がっていった彼は、幸い命には別状なかったものの片足を骨折して、顔にも大きなすり傷をつくったのだ。

「もちろん撮影は中断。あいつは俺に突き飛ばされたと主張して、赤槻監督はあいつの事務所から、俺を降板させろと迫られた。でなきゃこっちが降りると」

「もう降りてやる、じゃなくて、七尾を降板させなきゃ自分が降りるって……」

「なんだかんだ、あいつも降りたくなかったんだよ。初めての主演映画だったからな」

そしてあいつは、自分が降ろされないことを知っていた。

「結果、赤槻監督は俺を降板させたってわけ」

「監督に言わなかったの？　自分が突き飛ばしたわけじゃないって」

「言わなくても、監督は全部知ってたよ。知った上で、俺を切るって決めたんだ」

正しい判断だと思う。自分が赤槻でもそうする。脇役を務める無名の役者と、主役を務める人気アイドル。天秤《てんびん》にかけるまでもない。

「ひどい」

けれどアテナは怒った。「ひどいよ。そんなのって、ひどすぎる」

泣きそうになって、笑って。今度はまた、それこそ泣き出しそうな勢いで怒っている。そんな彼女を見ていると、なぜか俺のほうは笑いが込み上げてきた。

「ああ、ひどいよなあ」

「なんで七尾、笑ってるの」

アテナは心外そうだ。頬を膨《ふく》らませるアテナの顔に、俺はますますおかしくなる。

「くだらないなあって、思ってさ」

なんだかんだ、ずっとこだわっていた自分が。

本当は降板させられてショックを受けたし、腹を立ててもいたのに。「まあ仕方ない」なんて道理をわきまえたふりをして、結局はずるずると引きずっていた自分が。くだらなくて、おかしかった。

「くだらなくないよ。大事なことでしょ」

「俺にとっては、今のほうが大事だ」

俺は言って、ベンチから腰を上げた。どこへ行くの？　とアテナが目で問うてくる。

「ビール買ってくる。祭りを楽しむなら、やっぱビールがないとな」

にっと笑ってみせると、アテナは目を瞬いてから、

「じゃ、私にも」

調子に乗って便乗した。ビールなんて飲んだことがないくせに。

「あんたはジュースな」

ぽんと頭に手を置くと、アテナは不服そうに唇を尖らせたが、その目は楽しそうに笑っていた。

空から丸い月が、静かに金色の腕を伸ばしている。

けれど俺は振り返らず、まっすぐに飲み物を売る屋台を目指した。

第四章　聖女の擬態

1

あの時——もし私が「七尾、泣かないの？」と訊かなかったら、たぶん七尾は泣いていたと思う。

『ムギタのお墓』と書かれた板の下に、おもちゃのティアラが入れられていた意味も、そこに七尾が祝儀袋を添えて再び土に埋めた意味も、私にはわからない。

でも、あの時の七尾は、決壊をぎりぎりで抑えているダムみたいだった。

テレビのニュースで見た、平片優月という名前。D市の工務店の事件の犯人をかくまっていたという人。たぶん七尾は、なんらかの形で関わっていたのだろう。

七尾の心は泣きたがっていた。何かを吐き出したがっていた。

だから、私は訊いた。平片優月という人のことではなく、七尾のことを。

私は、七尾が泣くのを見たくなかった。

私の知らない人のことを想って、涙を流す七尾を見たくなかった。

「空木さんは、紅茶にお砂糖は使わなかったわよね」

穏やかなアルトの声が耳を打ち、私はソファの上で顔を上げる。

向かいに座った三浦先生の手には、スティックシュガーの入った袋があった。ローテーブルの上には紅茶の入ったカップが二つと、チョコレートを盛った小鉢。カップからは、ダージリンの温かな香りが立ちのぼっている。

「いえ、ください」

私は答え、三浦先生が差し出した袋からスティックシュガーを三本取った。

「そんなに入れて大丈夫？」

三本すべてカップに入れた私に、三浦先生が窺うように尋ねてくる。わからないけど、七尾は普通に飲んでるから。たぶん、大丈夫なはずだ。

スプーンでよく溶かして飲んでみると、紅茶の香りを押しのけて真っ先に甘さが口に広がった。でも、覚悟したほどではない。もっと凄《すさ》まじいものを想像してたけど。意外に飲める。

「空木さんがそんなに甘党なんて。知らなかったわ」

夏休みが明けたばかりの九月。放課後のカウンセリング室には、私と三浦先生の二人きり。

スクールカウンセラーの三浦先生は、この部屋で生徒たちの色んな悩みを聞く。ショートヘアがよく似合う三浦先生は、保健室の先生みたいに白衣は着ていない。いつも動きやすそうなパンツスタイルで、たまに用務員さんの手伝いなんかしながら、フットワーク軽く校内を歩き回っている。先生いわく、学校内の雰囲気や生徒たちの様子を把握するためには大事なことらしい。

カウンセリング室は、普通の家のリビングルームみたいな内装になっている。放課後に行くと、三浦先生はお茶とちょっとしたお菓子を出してくれるので、それを目当てに通ってくる子もいるほどだ。

私は今日、三浦先生に招かれてここに来た。先生は入学当時から私を気にかけて、真っ先にラインのアカウントも教えてくれた。何かあればいつでも気軽に相談してね、と。

「夏休みは楽しめた？　ご家族で熱海《あたみ》の別荘へ行ったんでしょう？　見たところ、あまり日焼けはしてないみたいだけど。海で泳いだりはしなかったの？」

「泳ぐのは、あまり……」

「私なんか、島にいた頃は服のまんま海に飛び込んで、泳いだり貝をとったりしたものだけどなあ。楽しいわよ、そういうのも」

三浦先生は、生徒に対して気さくに話してくれる。私もこの部屋で、今までに先生から色んな話を聞いた。先生は小笠原《おがさわら》の出身だということ。小学校卒業を機に本土に引っ越して、清天女学園の中等部に進学したこと。先生は軽度の学習障害を抱えていたため、普通の子たちと同じペースでは学びづらさを感じていたということも。

清天女学園は生徒の個性を重んずる教育を第一として、それぞれの生徒が学びやすい環境を整えることに力を注いでいる。

たとえば三浦先生のような学びづらさを抱えた生徒には、それに適した勉強方法や教材を提供し、芸術など特定の方面に秀でた才能を見せる生徒には、その能力を伸ばす教育をするといったふうに。思春期の生徒たちの心の健康を保つため、スクールカウンセラーの存在にも重きを置いている。

三浦先生は清天女学園でとてもいい形で学ぶことができたらしく、恩返しがしたいという思いから、スクールカウンセラーとして母校に戻ってきた。現在二十九歳。熱意を持って後輩たちに接し、どんな相談事も親身になって聞いてくれる。

三浦先生は生徒たちからも親しまれている。先生にとってはそれが何よりの喜びで、だから三浦先生はいつも潑剌《はつらつ》としている。

「でも、空木さんが元気で夏休みを過ごせたならよかったわ」

特に風邪などもひかなかったという点では、確かに元気で過ごすことができたのだろう。

夏休み中、私は一度も《海うさぎ》へは行かず、七尾にも会わずに、空木安天奈として忠実に日々を送っていた。

母と買い物に行ったり、パッチワーク教室に一緒に連れて行かれたり、熱海の別荘へ行ったり。別荘へは父も一緒に行ったが、父は一日中、別荘の書斎にこもって読書をしていた。いつもの生活が場所を変えただけで、家族旅行にはほど遠い姿だった。

カチンとかすかな音を立てて、三浦先生が自分のカップをソーサーに戻した。

「実は今日、空木さんを呼んだのはね、私にもぜひ紹介してもらいたいなって思って」

「紹介って、誰をですか？」

「ほら、試験休みの一件の時。空木さんがお世話になったという人」

試験休みの一件とは、私が門限を無視して七尾について行った時のことだ。どこかぼんやりとして元気のない七尾を、天海さんが心配していた。私も心配で。だから七尾について行った。途中で入った母からの連絡は、邪魔だったので全部無視した。

母はそれで三浦先生に相談をしてしまい、私は話を合わせてもらう代わりに、先生に説明をしなければならなくなったのだ。

――最近、色々と相談に乗ってもらっている人がいて。その人のところにいたんです。帰りが遅くなったのは、その人の用事に付き合っていたからです。

私はそんなふうに説明した。まったくのでたらめというわけではない。ただし、相談に乗ってもらっている『その人』は、七尾ではなく天海さんということにした。どんな理由をつけたところで、相手が七尾では絶対に納得してもらえない。

でも天海さんに迷惑をかけたくないので、具体的な名前とか職業とかは言わなかった。三浦先生も、無理に聞き出そうとはしてこなかった。

だけどやっぱり、気にはなっていたらしい。

「誤解しないでね。別に空木さんの話を疑ったわけじゃないの。ただ私が、その人とちょっとお話ししてみたいなって思っただけ」

「それはちょっと……。相手の迷惑になるかもしれないし」

きっと、天海さんは嫌とは言わないだろう。人当たりのいい人だし。笑顔で「いいよ」って言ってくれると思う。

でも、私が嫌だった。三浦先生に《海うさぎ》に来てほしくない。天海さんや、七尾に会ってほしくない。

だってあそこは、私の大切な居場所なのだから。

2

「ああ、アテナさん。久しぶり」

翌日の学校帰りに《海うさぎ》に寄ると、事務室の机でノートパソコンを広げていた天海さんは、いつものように笑顔で私を迎えてくれた。棚の上ではバロックが香箱をつくっている。クーラーの風があたって気持ちいいようだ。

　夏休みは一度も顔を出せなかったので、丸々ひと月は間があいていたことになる。

「よかった。鎌倉《かまくら》へ行ったお土産にお菓子をたくさん買ってきたんだけど、賞味期限内にアテナさんが来なかったらどうしようかと思ってたんだ」

「鎌倉へ行ったんですか？」

　熱海のお土産を何も買ってこなかったことを後悔した。私にとって、別荘へ行くのは行楽ではなく義務だ。年々、その義務は私を憂鬱《ゆううつ》にさせる。お土産のことなんて考える余裕もなかった。

「うん。せっかくだからどこか行きたいなあって思ってね。《シエル》の沖田さんがバロックを預かってくれるって言ったからさ。鎌倉で寺社巡りして、一泊して温泉に入ってきた。なんで真夏にわざわざ汗が吹き出すようなことしなきゃいけないんだって、七尾は文句言ってたけどね」

「……七尾も一緒に？」

「付き合ってくれるの、七尾くらいしかいないから。お土産を選んだのは七尾だよ。アテナさんは色気より食い気だから、へたなものを買うより食いものにしとけって」

　すっかり食いしん坊みたいに思われてる。すると天海さんは、机の脇に置いてあった自分のスマホを手に取って、

「七尾を呼ぶね。さっき、散歩してくるって言ってさ。出て行っちゃったんだ」

「散歩？」

「たぶん河原にいると思う。散歩っていうと、彼は大抵あそこに行くから。私は苦手だから、あまり行かないんだけど」

「苦手って、川がですか？」

「うん……昔、ちょっとしたことがあって。それからだめなんだ。だから海もあんまり得意じゃなくてさ。そういう事情もあって、真夏に寺社巡りと温泉なんてことになったんだけどね」

天海さんが川が苦手な理由も気になったけど。私としては、七尾の様子のほうが気になった。

「私、七尾を呼びに行ってきます」

河原への行き方を教えてもらい、私は《海うさぎ》を出た。

外に出た途端、アスファルトの照り返しにむっとした。九月に入ってもまだ暑い日は続いており、少し歩くだけで汗が浮いてくる。セーラーの夏服は見た目には涼しそうだけど、案外そうでもない。セーラーの制服は夏は暑くて冬は寒い。見た目はともかく、着心地はお世辞にもいいとはいえない代物だ。

商店街を抜けて五分ほど歩いていくと、やがて堤防が見えた。この下に流れているのは二葉川。川上の方向へずっと歩いて行けば、私と七尾が初めて会ったあの河原にたどり着く。

土手に上がると、捜すまでもなく七尾の姿はすぐに見つかった。

歩行者と自転車専用の橋の上で、七尾は欄干《らんかん》にもたれるようにして佇み、眼下の川をぼんやりと眺めていた。

3

空の色を映して、川は青く流れている。

残暑の厳しさなどそ知らぬふうに、涼しげに。

――もう一度、司水駿と一緒に仕事がしたい。

ゆうべ、スマホ越しに数年ぶりに聞いた、赤槻丈の声を思い出す。

三年前の上京の折に、俺は携帯番号やメールアドレスをすべて変えていた。例の一件以降、教えた覚えのない相手から電話がかかってきたり、メールが送られてきたりということが多々あり、うんざりしていたからだ。

新しい番号やアドレスは、赤槻には伝えていなかった。訊かれても教えないようにと、劇団の団長にも頼んでおいたのだが。三年経って、そろそろいいかと判断したらしい。

赤槻丈は昔から、したたかになりきれない男だ。自身の作品に妥協はせず、そのため役者に繰返し厳しい指示を出しても、後でひそかに申し訳なさそうな顔をしている。そんな男だった。

だから彼が、俺に対してずっと罪悪感を抱えているのはわかっていた。実際、団長から聞いたこともあった。俺のことを気にかけているようだと。それに対して俺は、「気にしないよう伝えてくれ」と応えていた。あの一件のおかげで俺は、自分が本当に演じるべき場所を見つけたのだから、と。

嘘ではない。俺はレンタル役者という仕事を見つけた。人気のあるなしとか、スポンサーがどうとか、そんなものは関係なく、より純粋に、自由に演技が楽しめる舞台だ。

ただ――赤槻に対して、わだかまりを持ち続けていたのもまた、事実だった。

ずっと罪悪感を抱えていればいい。俺を切り捨てることでお前は今、輝かしい道を順調に歩み続けているのだから。それくらいは抱えていたっていいだろう？

そんな子どもみたいな意地の悪い気持ちが、俺の中には確かにあったのだ。それでいて自分では認められず、「まあ仕方ない」なんて、道理をわきまえた大人のふりをしていた。

気づかせてくれたのは、あの子だった。

俺の話を聞いて、「ひどい」と彼女は、まるで自分のことのように怒った。そんなのひどすぎると、泣き出しそうな勢いで。

俺も本当は、そうしたかったのだと思った。

俺は悪くない。なのにどうして、俺が切られなきゃならない？　どうして俺が、世間から悪し様に叩かれなきゃならない？

でも、そうしなかったのは正しかったとも思っている。

俺は、赤槻丈というのがどういう人間なのかをよく知っていた。

自分の作品をより多くの人に観てもらいたい。世間に認められる映画監督になって、いい作品をつくり続けていきたい。夢と野心を抱いて、ずっと努力を続けてきたこと。ようやくつかんだチャンスとして、彼があの作品にどれだけ懸けていたのかも。

彼は全力で、目指す大きなものを手にしようとしていた。そんな彼に対して、ただ演じることが好きなだけの俺の怒りやプライドなんて、ほんの瑣末《さまつ》なものだった。

俺の怒りは、たまたま手に入れたおもちゃを取り上げられて泣く子どもと同じ。別にそれがほしかったわけではないのに。手に入ったから、執着しただけ。最初からそれがほしくてほしくて、必死で努力を続けてきた者の手に渡るのが、道理というものだ。

俺の抱えるわだかまりなんて、ちっぽけでくだらないものだった。

あの子のおかげで、俺はようやく認められた。

ようやくちゃんと赤槻に、本心から気にするなと伝えられ、彼の活躍を祝福することができた。

その祝福に対し、相手から返ってきたのが先の言葉。

――もう一度、司水駿と一緒に仕事がしたい。その気になったら、いつでも連絡をしてほしい。

罪悪感からではなく。俺の実力を認めた上で、赤槻は言ってくれた。

その言葉だけで、充分だ。

「そうだよな、司水駿」

橋の欄干にもたれ、穏やかな水の流れを瞳に映しながら、俺は呟く。

映画に出て、世間にその名で認知され、生きていくのもいいと、一度は思った。

でも、俺にとっては今のほうが大事だから。

だから俺は考える。亡き姉の影を背負って不安定に揺らぎながら、黒い瞳でまっすぐに俺を見つめてくる、少女の顔を思い浮かべて。

彼女の共犯者の七尾駿真として、自分は何をしてやれるだろうと。

物語は絶対にハッピーエンドがいいと言った、アテナのために。

俺は一体、何をしてやれるだろうと。

4

橋の欄干にもたれ、眼下の水の流れに視線を落とす七尾は、何を考えているのだろうか。

私の前では七尾は、いつも変わらず『素の七尾駿真』を演じてくれている。

でも彼が私に見せる顔は、本当の意味での素の七尾駿真ではない。私の共犯者という薄布が、そこには一枚被さっている。その薄布でもって、七尾はしっぽを隠してしまう。

七尾はまだ私に気づいていない。だから川を眺めているあの七尾の顔は、何も演じていない、何も装っていない素の顔だ。

ずっと眺めていたい気がした。声をかけたら消えてしまう。彼は演じ始めてしまう。私の共犯者としての七尾駿真を。

だけど彼をじっと眺めていると、なぜだか胸が痛くなる。

七尾に近づくのはやめ、私は河川敷に下りることにした。どうしてそうしようと思ったのかはわからない。ただ、土手は暑くて。流れる川は涼しそうで。

河川敷に人の姿はなかった。砂利を踏みしめながら、私は川へ近づいていく。きらきらと日の光を弾く水面が綺麗だった。

強い既視感。私はこの場面を知っている。ああ、でもだめだ。私の胸元にはお姉ちゃんのペンダントがある。まずはこれを水の中に投げなくちゃ——

ペンダントのダイヤを握った瞬間、ぐいと身体が引かれた。私の胴に回された力強い腕の感触。背中に触れるぬくもり。

「ったく、あんた、川を見ると、入って行きたくなる習性でも、あるのか」

荒い呼吸まじりの七尾の声が降ってくる。背中越しに、彼が肩で大きく息をしているのが伝わる。

私は七尾に背後から抱き止められていた。川へ入って行こうとする私を見て、彼は慌てて駆けてきたのだろう。私の身体に回された七尾の腕の皮膚に汗が浮いている。でも、不快には感じなかった。

「七尾こそ、どうしてそんなに慌てて引き止めるの？　流れも穏やかだし、浅い川だよ。入ったって、危険なことなんかないのに」

言いながら——でもたぶん、私にはわかっていたのだ。七尾が止めにくるということが。まさか、こんなふうに抱き止められるとは思わなかったけど。だから私は河川敷に下りた。川の中に入っていこうとした。たぶん、そういうこと。

自分の行動を客観的に分析しながら、変なことをしてしまったと思う。

「……」

七尾は無言で私を抱きしめたままでいた。七尾も変で、私は不安になる。

「……七尾?」

おずおずと彼を仰ぎ見ると、七尾は我に返ったように慌てて私を腕から解放した。「ああくそ。余計な汗かいちまった」などとぶつぶつ文句を言う。

「何かあった?」

私が尋ねると、「えっ」と七尾は少しうろたえた様子をみせた。

「散歩、したくなる陽気じゃないよね」

「ああ、そういう意味」

どういう意味だと思ったのだろう。やっぱり七尾はちょっと変だ。

「何もねえよ。ちょっと、ここに来たい気分になっただけ」

七尾がそんな気分になる心当たりが、ひとつだけ私にはあったけど、あえて口にしなかった。

夏休み中に、赤槻監督の新作映画が公開された。結構評判がいいらしく、今もたまにテレビでCMが流れている。七尾が観に行ったかどうかはわからないけど、それで少しナーバスになっているというのは、充分にあり得る話だった。

でも、「今のほうが大事だ」と言って吹っ切ろうとしている七尾を私は知っているから。それを指摘することはしない。

「この場所、好きなの？」

「別に、好きってわけじゃない。ただ、思い出が残ってる気がするっていうか……」

「思い出って？」

私が尋ねると、七尾はちらと私を見てから、さっき自身が佇んでいた橋に視線を向けた。

「昔——ガキの頃、あの橋の下に仔猫が捨てられててさ。天海と二人で世話してたんだ」

七尾の口から出た天海さんの名前に、私の心のどこかがぴくりと小さく反応する。

「……天海さんは、その頃から猫が好きだったんだね。やっぱり、バロックみたいな白い猫？」

すると七尾は橋の下を見つめたまま、少し考えるふうにして、

「……どうだったかな。細かいことは忘れちまった」

明るい色をした目が、私のほうへと戻される。

「ところであんた、夏休み明けだってのに相変わらず生《なま》っ白《ちろ》いな」

そういう七尾は、少し日に焼けたようだ。天海さんと鎌倉の町を歩き回って焼けたのだろうか。

「七尾は夏休み、楽しかった？」

「夏休みって言われても、こっちは学生とは違うから。基本的には仕事だよ」

「でも、天海さんと鎌倉へ行ったんでしょう？」

七尾は「ああ」とごく普通の調子で答えた。

「クソ暑いのに町中を引きずり回されてなあ。大仏とか見て、何が楽しいのか俺にはよくわかんねえよ。しかもシメに温泉って。年寄りの旅行プランかっつーの」

文句を言いつつも、それなりに楽しんできたのだろうということは、彼の口調から充分に察せら

れた。

「……お寺とか神社って、お年寄りに限らず人気あると思うよ。御朱印集めとか、流行ってるみたいだし」

「天海はそういうんじゃない。ジイちゃんの影響で、趣味の一部が異様にシブいだけ。カラオケとか行くとあいつ、やたら古い演歌ばっか歌うし」

「カラオケとかも、行くんだ」

久しぶりに七尾に会ったのに。さっきから私は、嫌な話し方ばかりしている。どうしてだろう。胸の中がモヤモヤして、うまく感情のコントロールができない。

「そういや、鎌倉の土産を買ってきたぜ」

幸い七尾は気にしていないふうだ。「聞いた」と私は、努めていつも通りの調子で応える。

「それで七尾を呼びにきたの。お土産にお菓子を買ってきてくれたのは嬉しいけど、色気より食い気っていう認識はちょっと心外」

「だって、天海のやつアクセサリーとか選ぼうとするから。あんた、そういうの好みじゃないだろ」

七尾のこういうところに、たびたび驚かされる。アクセサリーが好きじゃないなんて、私はひと言も言ったことがないのに。七尾は知っているのだ。そっけないふうでいて、見るべきところはしっかりと見ている。

たぶんそれは、演じる上で必要だからだろう。依頼人のことを理解するために、七尾は観察している。きっとそれだけのことなのに。嬉しいと、私は感じてしまう。

自分のことしか考えられない自分に嫌気が差した。つくづく私は子どもだ。

「ごめん。私、熱海へ行ったのに。お土産、買ってこなかった」

「いいってそんなの。ガキの頃から妙な気ぃ遣ってると、早く老《ふ》けるぞ」

七尾は川に背を向けて、土手のほうへと足を動かす。私は彼の背中を追いかけながら、

「でも、今月の末に修学旅行で北海道へ行くから。その時はちゃんと買ってくるね」

「だから、そんなのは――って、北海道へ行くのか」

足を止め、振り返った七尾の顔に浮かぶ郷愁の色。北海道は七尾が住んでいたところ。私は行ったことがない。だから、とても楽しみだった。

「うん。札幌も行くよ」

「地味だな。私立の修学旅行っていったら、海外へ行くもんだと思ってた」

「そういうところもあるけど、うちは国内。沖縄か北海道かでアンケートをとって、北海道に決まったの」

ふうん、と七尾は再び足を動かして、土手の斜面をのぼる。

「七尾の家って、札幌に今もあるの？」

「実家なら」

「どこにあるの？　あと、七尾の通ってた劇団も教えてよ」

「ダメ」七尾は即答だった。

「なんで？」

「それはこっちの台詞。訊いてどうするつもりだよ。ストーカーの本領を発揮されても困るんだけど」

「ないよ、そんな本領」

心外だとむっとしてみせると、七尾に頰の皮膚を引っ張られた。

「沖田さんの前科があるだろーが」

自覚がないやつが一番怖いんだよなあ、とぼやく七尾。引っ張られてちょっと赤くなったらしい頰を、申し訳なさそうにそっと撫でて離れていく指先の動きが優しかった。

「その代わり、うまい札幌ラーメンを食える店を教えてやるから」

「……うん」

頷くと、「やっぱ色気より食い気だな」と七尾に笑われた。

5

七尾と一緒に《海うさぎ》に戻ると、応接室には意外な姿があった。

育音ちゃんだった。

私と同じ制服を着た育音ちゃんが、《海うさぎ》の応接室のソファに座り、傍らに寝そべるバロックの背中を撫でている。

「あ、安天奈ちゃん」

私を見ると、育音ちゃんはふんわりと綿菓子みたいな笑みを向けてきた。テーブルの上には紅茶の入ったティーカップと、いくつも並んだお菓子の箱。鎌倉のお土産に天海さんと七尾が買ってきてくれたお菓子だろう。蓋が開けられて、空になったお菓子の包装がいくつか、育音ちゃんのカップのソーサーの端に置かれていた。

「どうして……」

理解不能だ。どうして育音ちゃんがここにいるのか。私の横で、七尾も少し驚いたふうな顔をしている。

「たまたまね、ここの商店街に用事があったの。そうしたら安天奈ちゃんがこの建物から出てきたから、驚いちゃった。呼び止めようと追いかけたけど、安天奈ちゃん、スタスタ歩いていっちゃうんだもん」

七尾を捜しに河原へ向かった時のことだろう。全然気づかなかった。

「入り口の扉のガラス越しに、この子が中を覗き込んでいるのが見えてね。声をかけたら、アテナさんのお友達だっていうから」

天海さんは説明してから、私たちのぶんのお茶を淹れるために席を立った。「俺は冷たい麦茶にして」と七尾が、天海さんの後ろ姿にリクエストする。

呆然と立ち尽くしたままでいる私の背中を、七尾が促すように軽く突いてくる。そうして自身は育音ちゃんの向かいのソファに座った。少し迷って、私は育音ちゃんの隣に腰を下ろす。

私が隣に座ると、育音ちゃんはぴたりと身を寄せてきた。育音ちゃんは人見知りをするタイプだから、いくら天海さんが人当たりのいい人でも、二人きりというのは心細かったに違いない。お菓子を食べたり、バロックを撫でたりして間を持たせていたのだろう。

「俺は七尾駿真。はじめまして」

七尾は初対面を装ってにこやかに挨拶した。「雑用のバイトとして、天海にここで働かせてもらってるんだ。幼なじみのよしみでね」

レンタル役者ということは明かさないらしい。説明が面倒になるし、万が一にも沖田さんの一件がバレるとまずいからだろう。

「……斎藤《さいとう》育音です。はじめまして」

はにかみながら、育音ちゃんも自己紹介する。

ともすればぎくしゃくしてしまう場を、七尾は上手に盛り上げてくれた。戻ってきた天海さんもまじえて、私たちはお茶を飲み、お土産のお菓子を食べながら、三十分ほどを過ごした。

いつもならお客さんがこない限り、一時間ほどはおしゃべりしている。だけど今日は、私がそれ以上耐えられなかった。

育音ちゃんは七尾や天海さんから話しかけられれば応える程度で、自分から何かを話すことはなかったけど、育音ちゃんが口を開くたび私は緊張を強いられ、「そろそろ帰ろう」と切り出すタイミングばかりを計っていた。だから会話の内容も、せっかくのお土産のお菓子の味も、ほとんど覚えていない。

ようやく《海うさぎ》を出られた時はほっとした。いつもは後ろ髪を引かれて帰るのに。こんなのは初めてだ。

「素敵なところだったね。天海さんたちもいい人だったし。今度、パパとママと家族写真を撮りにこようかな」

駅へ向かって商店街を歩きながら、育音ちゃんが言った。《海うさぎ》の雰囲気を気に入ったのも事実だろうけど、多分に私への気遣いを含んだ言葉だった。言い方を変えれば、自身の後ろめたさをまぎらわすための言葉だ。

私は足を止めた。すると育音ちゃんもまた足を止めた。不安そうに私を窺う。

「ねえ、育音ちゃん。たまたまこの商店街に用事があったって、嘘だよね。だって今日は、ピアノ教室がある日でしょう？」

「……うん」

育音ちゃんは素直に認めた。叱られた子どもみたいな顔で「ごめんね」と謝ってくる。

「本当はね、ピアノ教室をサボって安天奈ちゃんの後をつけたんだ」

「……どうしてそんなことを？」

育音ちゃんがピアノ教室をサボるなんて初めてだ。そんな大胆なことができる子じゃない。

「三浦先生に言われて……」

「三浦先生が育音ちゃんに頼んだの？　私の後をつけろって？」

私の表情と声が強張ったのを見て、「あ、違うの」と育音ちゃんは慌てて首と両手を振る。

「先生からは、安天奈ちゃんの最近の様子を訊かれただけ。空木さんに何か変わったところはない？　とか、このところ相談に乗ってもらってる人がいるみたいなんだけど、斎藤さんは知らない？　とか」

お節介だ。私のことを心配してくれているのはわかるけど、育音ちゃんにまで探りを入れるなんて過干渉に過ぎる。まるで母みたいだ。

「安天奈ちゃんのお母さんが、すごく心配してるんだって」

私の心中を読んだようなタイミングで、育音ちゃんの口から母の名が出た。

「二年生になってから、安天奈ちゃんが寄り道して帰ってくることが多くなったって。三浦先生、よく相談を受けてるらしいよ。わたしも、ナイショで安天奈ちゃんをマックとかに誘ったりしちゃってるから、そのせいかなって思ったんだけど、それって一年の時からずっとだし……」

「うん。育音ちゃんは関係ない。うちのお母さん、育音ちゃんのことは信頼してるから」

母が問題にするのは《海うさぎ》のことだ。もちろん、私が《海うさぎ》に通っていることは母は知らない。言えば必ず見にやってきて、あれこれと口を出す。だから絶対に教えたくない。

でも私だって気を遣ってる。《海うさぎ》へ行くのは週に一、二度。本当は毎日でも行きたいけど、さすがに母に不審がられると思って我慢している。門限だって、一度だけ無断で破ってしまったけど、いつもはきちんと守っている。夏休み中も、私は一度も《海うさぎ》へ行かなかった。なんとなく、母が私の行動に目を光らせてる気がしたから。

やましいことなんて何もない。ただ、母や学校のみんなには知られていない避難場所が――私が私でいられる場所が必要なだけ。私は最低限のルールは守っている。だから放っておいてほしい。週にたった一、二度。ほんの一、二時間くらい、私の自由にさせてほしい。

「三浦先生にそんな話を聞いて、わたしも気になっちゃって。だから……」

思い切ってピアノ教室をサボり、後をつけてきたということらしい。

「ごめんね」と育音ちゃんは今一度、謝ってくる。

育音ちゃんが悪いわけじゃない。育音ちゃんは私を心配してくれたのだろうし、仮にそこに多少の好奇心がまざっていたとしても、私は育音ちゃんを責めることはできない。立場が逆だったらきっと、私も同じことをしたはずだから。

だけど――どうしても言えない。「私のほうこそ心配かけてごめんね。ありがとう」と、かけるべき言葉は頭に浮かぶのに。どうしても、口から出てこようとしない。

あそこは、私だけの大切な場所なの。あのお菓子は、私へのお土産だったの。

今、口を開いたら、そんな駄々っ子みたいな言葉が出てきてしまう。だから私は、血が滲みそうなほどきつく唇を噛みしめる。

「安天奈ちゃん……怒ってる？」

育音ちゃんがおろおろと私の顔を覗き込んでくる。

「……怒ってないよ」

込み上げる感情を呑み込み、私は答えた。これは怒りじゃない。少なくとも、育音ちゃんに対する怒りではない。

「それより、ねえ、育音ちゃん。天海さんに私のこと、話したりした？」

《海うさぎ》にいる間、ずっと気掛かりだったことを私は訊いた。咄嗟になんのことかわからなかったらしく、育音ちゃんはきょとんとする。けれどすぐに理解したようで「ううん」と首を振った。

「わたし、何も話してないよ。でも……えっ、天海さんは知らないの？」

「知らない。天海さんも七尾も、二人とも」

「そうなんだ。当然、知ってるんだと思ってた。よかった。余計なこと言っちゃわなくて」

育音ちゃんはほっと胸を撫で下ろす。私も心底ほっとした。

「でも、どうして秘密にしておくの？」

無邪気に問われて、私も返答に窮した。どうして——確かに、秘密にしておく必要なんてないのかもしれない。

私だって、別に秘密にするつもりだったわけじゃない。最初は警戒心もあったから、あえて口にしなかったけど。その後は、なんとなく打ち明ける機会を逸《いっ》してしまっただけ……。

いや、違う。天海さんに話したかどうかを育音ちゃんに確認した私の中には、明らかに『それ』を天海さんたちに知られたくないという意識があった。

いいや。天海さんたち、ではない。私は七尾に、『それ』を知られたくないのだ。

「好きだから？」

育音ちゃんに問われてぎくりとする。育音ちゃんは無邪気な色を湛《たた》えた瞳で、じっと私を見つめていた。

「安天奈ちゃん、七尾さんのことが好きなの？」

「そんな……」

もちろん七尾のことは好きだ。天海さんのことだって。でも、育音ちゃんが言うのはそういう意味の『好き』ではないだろう。

「七尾さん、カッコイイもんね。おしゃべりも楽しいし。わたし、人見知りだからあんまり上手に話せなかったけど、気を遣ってくれてたよね」

育音ちゃんは楽しそうに七尾を褒める。クラスでも、いつもこんなふうに恋愛話で盛り上がっている。クラスの子たちはみんな恋愛の話が大好きだ。誰々のことが好きとか、誰々がどこの学校の誰々と付き合っているとか。恋人とデートでどこへ行ったとか、初めてキスをしたとか。集まれば、決まってそんな話になる。

私は輪に加わりながら、いつもどこか遠い視点からその様子を眺めていた。私にとっては他人事《ひとごと》だった。男の子と恋愛したいなんて思ったことはないし、興味もなかった。

だってそんなの、あり得ない。

「そっかあ。安天奈ちゃんは七尾さんのことが好きなんだ」

育音ちゃんの中では既に決定事項となったようだ。ふふっと嬉しそうに笑う。まるで自分のことのように。

「違うよ」

言いながら私の脳裏では、カチンカチンとパズルのピースがはまるみたいに、様々な場面が組み合わさっていく。

私の知らない人のことを想う、七尾を見るのが嫌だった。

七尾と天海さんが私の知らない時間を共有しているのを、見せつけられるのが嫌だった。

七尾にあの時みたいに引き止めてほしくて、私はわざと川へ下りて行った。

七尾が私のために買ってきてくれたお土産のお菓子を、先に育音ちゃんに食べられてしまったのが悲しかった。

そして私は、自分自身の一番大切なことを、七尾に知られたくないと思っている。

「だって七尾は、大人の男の人で……」

発した声が小さく震えている。すがるように胸元のペンダントを握りしめた。

「あり得ないよ。だって、変でしょ、そんなの」

「変じゃないよ」

育音ちゃんはぶんぶんと首を振って主張する。

「全然、変じゃないよ。安天奈ちゃんは女の子なんだから。男の人を好きになるのは普通だよ」

胸元で握った拳に、育音ちゃんの手が優しく添えられる。

「わたし、誰にも言わないから。安天奈ちゃんと、わたしだけの秘密ね」

にっこりと笑うと、育音ちゃんは私の手を取って握った。

「帰ろ」そのまま手を繋いで、育音ちゃんは歩き出す。

育音ちゃんに手を引かれて歩きながら、私は赤い靴を思い浮かべていた。

母の手によって、幼い頃から履かされてきた赤い靴。

その下の、いびつに歪んだ素足を私は思った。

6

育音ちゃんは、秘密を守ってくれた。

七尾のことは誰にも言わず、私と二人きりの時だけ、嬉しそうに私の恋を応援してくれた。

だけど私は心の中で否定した。私は恋なんてしてない。私にとって七尾は共犯者。それ以上でも以下でもない。

赤い靴の下の素足はまだまっすぐな形を保っていると、私は信じたかった。

私はしばらく、《海うさぎ》へ行くのをやめた。「わたしも行く」と育音ちゃんが言い出すのではないかと危惧《きぐ》したせいもあったけど、一番の理由は七尾のことを変に意識したくなかったからだ。

もういっそ、共犯者なんてやめてしまおうかとさえ思った。ラインでひと言、伝えればいい。そうすれば七尾もあっさりと「わかった」と返してきて、それで終わり。簡単だ。

もとより私たちは、それほどの軽くて希薄な関係でしかないのだから。

でも、できなかった。軽くて希薄な関係。それを意識するだけでつらくなる。

会いたいけど、会いたくない。一人で悶々《もんもん》としているうちに修学旅行の日が近づいて、私は北海道へ旅立つことになった。

楽しみにしていたはずなのに。こんな乱れた気持ちで行くなんて最悪だった。

だけど、初めて降り立った北海道の空気は、私を優しく迎え入れてくれた。

東京はまだ夏の尾を引きずっていたけれど、北海道はもうすっかり秋めいて、近づく冬の気配さえ感じられる。

冷たく澄んだ空気に身を浸していると、私の心もすっきりと澄んでいくようで、不思議と素直な気持ちになれた。

素直にいいとおしいと思えた。七尾が住んでいた場所。七尾が触れていた空気。札幌という地を、町ごと抱きしめたくなるほどいとおしく感じた。

歪んでいたって、別にいいじゃないか。

それが、誰でもない私自身の形だというならば。

七尾が教えてくれたお店のラーメンも、とてもおいしかった。

修学旅行は、とても楽しかった。

おいしいものはおいしい。楽しいものは楽しい。好きなものは好き。

だから私は、私を受け入れる——


北海道から戻ってくると、私はいそいそと《海うさぎ》へ向かった。早くお土産を渡したかった。北海道の話をしたかった。何より、七尾に会いたかった。ちょっと前の自分を思えば、我ながら現金だ。

育音ちゃんはピアノ教室なので、私一人。とはいえ育音ちゃんは、「安天奈ちゃんの邪魔はしないから」と言っているので、もとよりついて来るつもりもないのかもしれないけど。

「よう」

入り口の扉を開けると、さっそく七尾の姿があってどきりとした。バロックを肩に乗せて、受付カウンターの椅子に座っている。珍しい光景だけど、七尾がそこにいるのは、天海さんが他のお客さんの応対をしている時だ。

「修学旅行のお土産、持ってきたんだけど。天海さん、忙しいかな」

「土産なんていいいって言ったのに」

七尾は言ってから、「上のスタジオの常連の相手をしてるだけだから、もうそろそろ下りてくると思うぜ」

事務室にお茶の用意を整えたところで、ちょうどよく天海さんがやってきた。

「そうか。アテナさん、修学旅行で北海道へ行ったんだっけね」

事務机の上に置かれたお菓子の箱を見て、天海さんが言った。

「あんたなら絶対に買ってくると思ったよ。白い恋人」

箱からお菓子をひとつつまんで、ふふんと七尾は憎たらしく笑う。

「好きなんだもん。育音ちゃんたちも買ってたし」

私が頬を膨らませると「私も好きだよ」と天海さんが同意してくれた。

「おいしいよね。七尾がいらないなら、そのぶん私がもらうよ」

天海さんはひょいと七尾の手からお菓子を取り去る。「いらないなんて言ってねえだろ」と七尾は慌てて奪い返した。

「あのね、でも、メインのお土産はこっちなの」

私は七尾と天海さんに、小樽《おたる》オルゴール堂の店名がプリントされた袋を渡した。

「へえ。小樽にも行ったんだね」

嬉しそうに受け取る天海さん。「私、北海道って行ったことがないんだけど。もし行くなら、小樽は絶対に行ってみたいと思ってるんだよね」

「綺麗でしたよ、夜の運河。ね、七尾。小樽の夜の運河、すごく綺麗だよね？」

「らしいな。俺は見たことないけど」

「えっ。見たことないって？」

「小樽、行ったことねえから」

　衝撃的な発言だった。私は札幌だけでなく、小樽でも七尾の存在の名残《なごり》を感じていたのに。まさか七尾は行ったことがなかったなんて。

「じゃああんた、スカイツリーのぼったことあるか？」

「そんなことってあるの？」

「……ない」

「ほらな。そういうもんだって」

　そう言われてしまうと、ぐうの音も出ない。

「スカイツリーにのぼったことがないのに、東京タワーのほうが好きとか言うの、東京人のあるあるだよな」

「私は別に、東京タワーのほうが好きとか言ってないし」

「わあ、すごく綺麗」

　天海さんの声に、私と七尾の顔がそろってそちらを向く。

　天海さんは私のお土産を開けていた。手のひらに載るサイズの小ぶりなオルゴールで、土台の上にガラス製の銀のバラが一輪咲いているデザインだ。ネジを巻くと、オルゴールは可憐な音で曲を奏《かな》でる。

「《世界に一つだけの花》だね」

天海さんはオルゴールを耳に寄せ、音色に聴き入っている。そんな天海さんを見て、七尾も自分の袋を開けた。

七尾にあげたのも、もちろんオルゴールだ。土台部分は天海さんと同じで、七尾のは上にキツネのフィギュアがついている。七尾はくるりと一回転させて観察した後、ネジを巻いた。少しもの悲しげなオルゴールの調べが流れる。

「この曲、なんだっけ」

首を傾げる天海さんに、「《禁じられた遊び》」と七尾がぼそりと答えた。

「そのオルゴールね、自分でパーツを組み合わせて自由につくれるの。だから、二人のイメージに合わせてつくってきたんだ」

「どうもありがとう。すごくいいお土産をもらっちゃった」

天海さんはとても喜んでくれた。一方で七尾は、釈然としない顔で自分のオルゴールを眺めている。

「七尾は気に入らなかった？」

「そうじゃないけど。あんたの俺に対するイメージって、なんか歪んでないか？」

「そう？」

キツネと《禁じられた遊び》。七尾にぴったりだと思う。もっともそこには、多分に私自身の感情が含まれてはいたけれど。

私はそれから、北海道で体験してきたことを二人に話して聞かせた。

「——でね、札幌では七尾が教えてくれたラーメン屋さんに行ってみたの。観光客っぽい人はあんまりいないし、入っていいのか少しためらったけど。勇気を出して入ってみたら、すごくおいしかった」

「だろ？　あそこは劇団仲間とよく行ってたとこでさ。ガイドブックには載ってないし、観光客に訊かれても地元の人間は教えてやらない秘密の店なんだ。店主のおっさん、元気にしてた？」

「うん。から揚げオマケしてもらっちゃった。ザン……なんとかっていうやつ。おいしかった」

「ザンギな」

「そうそう。あとね、大通公園の屋台で売ってた焼きトウモロコシもおいしかったよ」

「あれは俺、食ったことないわ」

七尾がまた衝撃発言をして、「ええっ」と私は驚かされる。

「なんで？　ずっと札幌に住んでたんでしょう？」

「じゃああんた、東京ばな奈を食ったことあるのかよ？」

「……ないよ」

「だからそういうことだって。大体、とうきびをわざわざ金出して食おうと思わねえし。向こうにいた時は大抵、もぎ立てのやつを誰かしらがくれたから。それを自宅で茹《ゆ》でたり焼いたりして食うのが普通だった」

「それって逆にすごい贅沢《ぜいたく》。でも、東京ばな奈と比較するのは違うと思う。だって、東京ばな奈は東京駅とかまで行かないと売ってないもん」

「近いだろ、東京駅なんて」

「近くないよ。ここからだと一時間以上かかるよ」

「北海道の基準で言えば、それは充分近い」

三泊四日の旅行で体験したことをすべて話すには、一、二時間では全然足りない。だというのに七尾が白い恋人を齧りながら、カニは食ってないのかとか、ジンギスカンはどうしたとか、質問やら文句やら説明やらを差し挟んでくるので、結局ほとんど食べ物の話しかできなかった。あげく、「食い物の話ばっかだな」なんて七尾に呆れられるのだから理不尽だ。

「とても楽しい旅行になったみたいでよかったね。おかげで私も楽しい気分を味わえたし。北海道、行きたくなっちゃった」

七尾とは違い、黙って話を聞いていてくれていた天海さんがにっこり笑う。

でも、「上のお客さんの様子を見てくるね」と言って背を向けた一瞬の天海さんの表情は、なぜだか少し悲しげに見えた。

「あんたも、そろそろ帰る時間だな」

七尾は天海さんの表情には気づかなかったようだ。時計を見ながら、椅子の上で伸びをする。

「……私、調子に乗っておしゃべりしすぎたかな」

「いいんじゃないのか。北海道を気に入ってくれたようで何よりだよ」

腰を上げると、七尾は私の頭にぽんと手を置いた。「久々に故郷の話が聞けて、俺も楽しかったし」

「七尾にとって、故郷は北海道なんだね」

すると彼は、意外なことを言われたというふうに私を見た。

「だって七尾、生まれたのはこっちでしょ。北海道へ行ったのは、十歳の頃だよね」

「そりゃ、まあ……」七尾は頭を掻きながら、

「けど、向こうにいたほうが長かったから。実家だってあっちにあるし」

長さも重要かもしれないけど。人は思春期を過ごした場所に、より強い思い入れを持つものなの

かもしれない。ふと、そんなことを私は思った。

だとすればこの先、私がどんな人生を歩むことになっても、今こうして《海うさぎ》で七尾たちと過ごすひと時は、きっと思い出深い大切なものとなるはずだ。

たぶん私は今、人生の宝物の中にいる。

「七尾は今日これから、仕事の予定ってあるの？」

私を見送ろうと事務室を出かけていた七尾は、ドアノブに手をかけたまま振り返る。

「今夜はない。ここの後片づけを手伝うくらいだな」

「じゃあ、ひとつお願いしてもいい？」

「何？」

「バイクで送ってほしい」

7

七尾は天海さんに外出を伝えてから、一旦、事務室に引っ込み、黒い上着を手にして戻ってきた。

「その格好で乗ると寒いから、これ羽織っとけ」

手渡された黒いライダースジャケットは、前にバイクに乗せてもらった時に彼が着ていたものだ。七尾自身は今日は深い茶色のジャケットを着ている。

借りたジャケットからは、七尾の匂いがした。当然、私にはサイズが大きかったけど、羽織ってみると七尾に包まれている感じがした。

「ねえ。門限まではまだ余裕があるし、ちょっとだけ遠回りして」

まっすぐに大鳥駅に向かうと、十分程度で着いてしまう。できるだけ長く、七尾と一緒に、七尾のバイクに乗っていたかった。

七尾は私の我がままに応えてくれた。それでも、私に許された時間は三十分足らずだったのであっという間だ。

以前と同じ大鳥駅近くの路地で、七尾は私を降ろした。以前とは違い、私はすぐにヘルメットを返し、ジャケットも脱いで彼に返した。

十月になろうという夕方の空気は冷たい。着ていっていいと七尾は言いかけたようだったけど、すぐに思いとどまりジャケットを受け取った。私も本当は着ていきたかった。七尾の匂いに包まれたまま家に帰りたかった。だけど、母に見つかったら大変なことになる。

「じゃあ、送ってくれてありがとう」

言いながら、門限も、母の待つ家もなくなればいいのにと思った。そうすれば私は自由になれる。好きな人と、好きな場所で、好きなだけ過ごすことができる。

「こっちこそ、ありがとな」

七尾にお礼を返されて、「え？」と私は彼を見る。

「土産の礼。思えば、ちゃんと言ってなかった」

「……うん」

帰りたくない。一分でも、一秒でも、別れの時間を引き延ばしたかった。でも、引き延ばすための言葉が見つからない。《海うさぎ》ではあんなに一人で話し続けていたのに。肝心な時ほど、言葉というのは出てきてくれないのだ。

「なあ、アテナ」

必死で別れ以外の言葉を探していると、七尾のほうが声をかけてきた。

「あんたって、今いくつだっけ。十六？　七？」

「十六。十一月で十七になるけど」

「十一月生まれ？　何日？」

「二十一日」

「へえ。俺、三十日」

「七尾も十一月生まれなの？」

たった十二分の一の偶然に、私は運命という名前をつけたくなってしまう。

「じゃあさ、十一月に一緒にお祝いしようよ」

「沖田さんにでっかいケーキつくってもらって、《海うさぎ》で食うか？」

「それもいいけど――」

ふっと頭に浮かんだ情景があった。この情景を本物にできたら、どんなに楽しいだろう。でも、口にするのはためらわれた。だって、これは明らかに――

「他にやりたいことがあるのか？」

やりたいことがあるなら叶えてやる。そんな肯定的な響きが、尋ねてきた七尾の声には確かにあった。

私はだから、思い切って口にした。

「東京人のあるある」

「スカイツリーと東京タワー、どっちが好きかってやつ？」

「うん。私ね、どっちものぼったことがないの」

「東京タワーにも？　マジで？」

「マジで。だからね、両方のぼって、どっちが好きか確かめたい。七尾と二人で」

「一日で両方のぼるって、欲張りすぎだろ」

「いいじゃん。北海道の基準で言えば、充分近いでしょ」

「そう言われりゃ、まあそうだな」

じゃあ行くか、と七尾は答えた。私の頭に浮かぶ情景が、鮮明さを増す。

七尾にとっては、共犯者の企《たくら》みに付き合うことでしかないのかもしれない。

だけど私にとっては、好きな人との初めてのデートの約束だった。

8

アテナは大きく手を振って、街灯の向こうへ去っていった。

あんなに明るくはしゃいだ姿を見せたのは初めてだ。よほど北海道旅行が楽しかったのだろう。

「スカイツリーと東京タワーか……」

ようやくちゃんと、依頼らしいものをされたと言えるかもしれない。

当初、《海うさぎ》では打ち合わせをするだけのつもりだった。それが、いつの間にかアテナが通ってくるようになって、天海と三人であの場で過ごすのが当たり前になっていた。

アテナが来る時間帯はなるべく他の依頼は入れず、《海うさぎ》にいるようにしているが、これで共犯者が務まっているのかという疑問は、常に俺の中にあった。

まあ本人が満足しているのなら、俺としては構わないのだが――

《海うさぎ》を出る前、天海に言われた言葉を思い出す。

――君の仕事は残酷だって、時々すごく思うよ。

アテナの旅行の話を聞いた後、事務室を出ていった天海が妙な表情をしていたのには気づいていた。アテナを送っていくことを伝えるついでに、どうしたのかと尋ねてみたら、返ってきたのがそんな言葉だ。

天海だって、わかっているはずなのに。

俺の仕事は、依頼人が求める人物になりきり、求める場所へ出向いて、求めることをすること。

俺は所詮、ただの役者。レンタル役者が演じるのは、どこまでいっても偽物でしかない。どんなにうまく演じたところで、本物にはなれない。

それでも、俺は演じる。伸ばしても本物をつかめないその手を、俺が代わりにつかむ。

たとえ残酷だと言われようと。誰もつかまなければ、その手は沈んでしまうから。

ヘルメットのシールドを下げたところで、ふと、足もとに長く伸びてくる影の存在に気がついた。

顔を上げると、人けのなかったはずの路地にスーツ姿の中年の男が佇み、俺をじっと見つめていた。

9

中間試験に体育祭に文化祭。十月は行事が多くて、あっという間に日々が過ぎていった。

七尾と相談のすえ、東京タワーとスカイツリーへ行くのは十一月の最後の土曜日ということに決まった。私と七尾の誕生日の間の日。

私の誕生日のお祝いはいつも、お姉ちゃんのお墓参りとセットになる。命日と誕生日が一緒というのは、そういうことだ。

幼い頃はまだよかった。お墓参りはパーティーの前の儀式にすぎず、退屈な時間を我慢すれば、ごちそうやケーキが食べられて、プレゼントがもらえると、単純な認識しかなかった頃は。

けれど成長して、首にかけられたペンダントの重さを知るようになると、誕生日がくるのが憂鬱になった。お姉ちゃんの命日と私の誕生日が重なるこの日、母は私たちを重ねようとする。一年の間に生じた『愛天奈』と『安天奈』のズレを、きちんと整えて合わせようとする。

年々、そのズレは大きくなり、もはや歪んでさえいるというのに。それでも母は強引に合わせようとするのだ。

私にとびきりのおしゃれをさせて。鏡の前に立たせて。「アテナちゃん可愛いわ」とか「とっても綺麗よ、アテナちゃん」とか、「こんなに美人に育って嬉しいわ」とか、鏡の中の私に向かって母は言う。まるで呪文《じゅもん》のように言い聞かせる。母が発する「アテナ」という名は、「愛天奈」に変換されて私に届く。

私は誕生日が嫌いだ。だけど、今年は違う。

私の誕生日の数日前には、《海うさぎ》へ行くとケーキが用意してあった。七尾から聞いて、天海さんが《シエル》で注文してくれたらしい。フルーツがたっぷり載った丸いケーキの上にはチョコレートのプレートがついていて、『ＨＡＰＰＹ　ＢＩＲＴＨＤＡＹ　アテナ・シュンマ』と書かれていた。

七尾と一緒に名前が書かれていることが嬉しかった。ケーキに立てたロウソクに——七尾にとっては二十八歳の誕生日だったけど、私に合わせてロウソクは十七本だった——火をつけ、天海さんがハッピーバースデイの歌を歌ってくれた。「俺はいいよ」と七尾は遠慮したけど、二人でやりたかったから一緒に吹き消した。

「俺も十七歳になるみたいだな」と七尾が苦笑すると、「精神年齢はそんなものなんじゃないの」と天海さんが笑って言った。

楽しかった。そして先には、もっと楽しいことが控えている。だから誕生日当日の儀式も、いつものような苦痛を感じることなくやり過ごせた。母の呪文も、鏡の中の私には通じない。だって、この姿は私の擬態。かりそめの衣の下にちゃんと『私』が存在することを、私はもう知っている。

七尾との約束の日。私は初めて自分の意思でお化粧をし、アクセサリーをつけ、初めて自分の趣味で選んで買ってもらったワンピースを身にまとった。

落ち着いた上品なデザインの紺色のワンピース。いかにも女の子らしい可愛いデザインの服を好む母は、初めは少し難色を示したけど、「アテナちゃんももう十七歳だし、一着ぐらいそういう大人っぽい服があってもいいかもね」と、最終的には買うのを承知してくれた。私が自分から服をねだったのは初めてだったので、嬉しくもあったのだろう。

ただ、過剰に母を喜ばせたくはなかったので、アクセサリーは自分で学校帰りにお小遣いで買ったし、化粧品も母に借りることはせず、百円ショップでそろえた。お化粧のやり方も、ネットを見ながらひそかに部屋で一人練習した。

七尾と釣り合うような大人の女性になりたかった。せめて今日一日は。ごく自然にカップルとして映る姿で七尾の隣に並びたかった。

髪はへたに結ぶと幼くなってしまうので、そのまま背中に流し、ワンピースの上にはグレーのコートを羽織った。本当はコートも大人っぽいものがほしかったけど、さすがにそこまでおねだりはできない。自分が持っているコートの中で一番落ち着いたデザインのものを選んだ。

家を出る前に、何度も鏡で自分の姿を確認した。チークが少し濃すぎる気がして、ティッシュでちょっと拭ってみたりする。気づけば時間が迫っていて、慌てて部屋を飛び出した。

「あら、アテナちゃん。上手にお化粧までしたのね」

リビングにいた母は私の姿を見て、嬉しそうに目を細めた。ソファに座って本を読んでいた父は、ちらりと顔を上げて私を一瞥しただけ。父が何も言わないのはいつものことだ。

「育音ちゃんたちによろしくね」

母は玄関まで見送りに出てきた。今日、育音ちゃんはピアノ教室の友達と一緒に憧れのピアニストのコンサートへ行く。私も誘われて一緒に行くのだと母には言ってあった。もちろん育音ちゃんには了承済みだ。

「いってきます」と発した声がかすれていた。

最近、どうも喉の調子がおかしい。声が出づらくてかすれる。二週間前に育音ちゃんたちクラスの子とカラオケに行った、その後ぐらいからだ。日頃、カラオケなんかめったに行かないから、変な歌い方をして喉を痛めてしまったのかもしれない。

せっかく頑張っておしゃれしたのに。喉の不調だけがひどく悔《く》やまれる。

待ち合わせの場所へ行くと、既に七尾はやってきていた。壁にもたれてスマホをいじっている。

薄手のセーターの上にファー付きのミリタリージャケットを羽織り、下はジーンズ。七尾は特に気負うこともなく、いつも通りだった。当然だ。七尾には、デートなんて意識はないのだろうから。でもそれでいい。いつも通りの七尾、自然体の七尾が、私は一番好きだ。

私に気づくと、七尾はちょっと驚いたような顔をした。スマホをポケットにしまいながら私の姿を眺め、

「化けたな」

にやっと笑って、そんな第一声を放った。

「うん、化けたよ」

同じように笑って私は応える。

「だって、東京タワーとかスカイツリーって、デートスポットでしょ。だからね、私も今日は演じてみようと思って」

「何を？」

「七尾のカノジョ役」

軽口めいてさらっと言いたかったのに。顔が熱くなる。本気だと悟られたくなかった。デートのつもりで本気でおしゃれしてきたなんて知られたら、七尾に呆れられる。面倒だと思われる。

「ねえ、どんなカノジョがいい？　リクエストはある？」

ごまかすため、私はあえて明るい口調で七尾に尋ねた。依然として声はガサガサだ。可愛いカノジョを演じるには、この時点で既に致命的ではある。

ああもう。こんなことになるならカラオケなんて行かなければよかった。

「素の空木アテナ」

「えっ……？」

七尾の答えはたぶん、『素の七尾駿真』という私の依頼に対抗してのものだろう。だけど、私の

顔は反射的に強張ってしまう。

「とか言われると、結構困るもんだろ」

唇の端に小さな笑みを浮かべて、「ほら」と七尾は何かを差し出してくる。

受けた手のひらに落とされたのは、はちみつ入りののど飴だった。

10

芝公園駅で地下鉄を降り、公園内を歩いて東京タワーを目指す。

東京タワーもスカイツリーも、七尾はのぼったことがあるらしい。「上京して真っ先に行った。つっても、同じ日に両方は行かなかったけどな」とのこと。

東京に住んでいた頃には行かなかったわけだ。ならば北海道に行かずにずっと東京に住んでいたら、七尾も私みたいに「どちらも行ったことがない」という状態になっていたかもしれない。

赤と白の鉄骨の塔が間近に迫ってくる。おなじみの姿ではあるけど、こんなに近くで見るのは初めてだ。下から見上げると、いかにも天に向かってそびえ立っているという感じがする。

これからこれにのぼるのだと思うと、胸の鼓動が激しくなった。隣に立つ七尾のジャケットの袖《そで》を強くつかんでしまい、「何？」と怪訝な目を向けられる。

「高いなあって思って」

「おのぼりさんかよ」七尾は小さく苦笑してから、

「展望台まではエレベーターで行っていいのか？　足でのぼるとか言う？」

「足でって？」

「外階段を使って上までのぼるって手もあるから」

外階段——

「無理！」語気荒く即答してから、我に返って冷静に言葉を返す。

「……運動靴じゃないし。たぶん足が痛くなる」

七尾は紺色のパンプスを履いた私の足に目を落とし、「確かに」と納得した。

「じゃ、素直にエレベーターで行くか」

タワーの中に入ると、クリスマスツリーが飾られていた。十一月も下旬ということで、ここに来るまでの街も既にクリスマスムードだった。デートにはぴったりの時期なのかもしれない。でも、せっかくのクリスマスの飾りを楽しむ余裕は私にはなかった。とにかく緊張していたからだ。

エレベーターに乗ると、私はまた自然と七尾のジャケットの袖をつかんでしまったが、「カノジョ役だから」と主張することで七尾のもの言いたげな視線から逃れた。

「おー。いい眺め」

メインデッキと名づけられた展望台に着くと、七尾はなんのためらいもなく大きなガラス窓に歩み寄っていった。

「今日は天気がいいから、遠くまでよく見渡せるな」

振り返った七尾は、私が窓から離れたところの椅子に座っているのに気がついた。眉をひそめ、怪訝な顔で近づいてくる。

「なんで速攻で座ってるんだよ」

「ちょっと座りたかったから。ここからでもよく見えるよ。いい景色だね」

我ながら白々《しらじら》しかった。自分の笑顔が強張っているのがよくわかる。手のひらにはじっとりと汗をかいていた。

「……あんた、まさか高所恐怖症とか言わないよな？」

とうとうバレた。もとより、隠し通せるとも思っていなかったけど。

「うん。実はそう。だから今まで、タワーと名のつくものにのぼったことがない」

七尾は大いに呆れたようだった。腕を組み、深いため息を足もとに落とす。

「よくそれで、東京タワーとスカイツリー両方にのぼろうなんて考えたもんだな」

「克服したかったから」

私は胸元のペンダントを握りしめて、

「七尾と一緒なら、克服する勇気が持てるかと思ったんだ」

すると、七尾の手が伸びてきた。私の手をペンダントから外し、自身の手の中に握り込む。汗ばんでいるのに。気にせず七尾は手を握ったまま、私を椅子から立たせて窓に近づいていく。

「見ろよ」

促され、七尾と並んで恐る恐るガラスの向こうの景色を見た。

視界いっぱいに広がる、青い空と灰色の街。街には隙間なくびっしりと建物が連なり、合間を小さな虫のように車が動いている。

お尻の辺りがぞわぞわして足が震え出しそうになる。私は七尾に身を寄せ、すがるように両手で彼の腕につかまった。下のほうはなるべく見ず、遠くを見るよう心掛ける。

「……ゴミゴミしてるね」

私は率直な感想を口にした。絶景とは思えなかった。遠くまで見渡せたところで、どこまでも灰色の街が続くばかり。わざわざお金を出して見る景色がこれなのかと、正直思ってしまう。もっとも、お金を出してくれたのは七尾だったけど。

「そういう意味じゃ、夜景のほうが綺麗なんだろうけどな。でも俺は、上京してこの景色を見た時に感動したよ。やっぱ東京はすごいって」

「ゴミゴミした街しか見えないのに？」

「見渡す限り、ずっと街が続いてるんだぜ。街には当然、人がいる。人が生活して、それぞれの物語をつくってる。そのすべてが俺の舞台になるんだ。そう思ったら、ものすごくわくわくした」

見上げた七尾の目は、ガラスの向こうの灰色の景色を映して、いつも以上に明るく輝いていた。まるで星みたいに。昼の東京タワーの展望台で、私はとびきり綺麗な星を見ている。

灰色の街は好きになれないけど、その街を見て輝く七尾の星はとても好きだ。

「七尾は、演じることが本当に好きなんだね」

「演じるって行為に取《と》り憑《つ》かれてるんじゃないかって、言われたこともあるけどな」

ガラスの向こうを見つめたまま、七尾の口元に自嘲を含んだ笑みが浮かぶ。

ぎゅっと七尾の腕をつかむ手に力を込めると、七尾の目が私を向いた。その瞳の中には、もう星は見えない。ただ私だけを映している。

「やっぱ怖いか」

私を気遣って七尾の足が窓のそばを離れようとする。私は首を振って彼をとどめた。

怖くないといえば嘘になる。でも、七尾と寄り添って景色を眺めているのは、決して不快な時間ではなかった。空と同じように私の心も、青く透明に澄んでいくような気がする。

「……高いところを怖がる私を見るとね、お母さんは言うの。かわいそうにって。公園で落ちた時のことを覚えているのねって」

お姉ちゃんは公園の遊具のてっぺんから落ちて死んだ。だから私の高所恐怖症は、母にとってはとても道理にかなったことなのだ。

右手は七尾の腕をつかんだまま、私の左手はペンダントのダイヤをなぞる。お姉ちゃんの輪郭を確かめる。

「私、公園で落ちた時のことなんかもちろん覚えてない。だけど、高いところが怖いのは本当だし。だから、たまにわからなくなる。生まれ変わりって、ほんとにあるのかな」

私は一度、ダイヤを捨てた。捨てたダイヤを見つけてくれたのは七尾だった。ふと思う。お姉ちゃんは七尾に救われたのだ。今、私が七尾に対して抱いている気持ちは、果たして本当に私自身のものなのだろうかと。

「だとしたら、なんなんだ?」

七尾の右手が、ダイヤをいじる私の左手をつかんだ。射るような強さをもって、七尾の瞳はまっすぐに私をとらえていた。

「仮にあんたが姉さんの生まれ変わりだったとしても、もう生まれ変わってるんだ。その前が誰であろうと、あんたは別の人間として新たに生まれてきた。姉さんが高いところから落っこちて死んだことと、あんたが高所恐怖症なのはまったく別のことだ。あんたは空木安天奈であって、他の誰でもない」

七尾の手が、私の胸元で光るお姉ちゃんのダイヤをつかむ。

「今、生きてこの世に存在しているのは安天奈だ。あんたが何を考えようとそれは全部、あんた自身のもの。あんただけのものだ。それが信じられないっていうなら――そんなにも縛られるっていうなら、こんなものはいっそ捨てちまえ」

「できないよ。お姉ちゃんなんだよ。拾ってくれたのは七尾でしょ」

「姉さんの遺灰でつくられてようが、所詮はただのモノだ。あんたが生きていく上での妨《さまた》げになるっていうなら、俺が捨ててやる。姉さんが俺を恨むっていうなら上等だ。呪《のろ》いでもなんでも引き受けてやるよ。俺は、あんたの共犯者だからな」

「七尾……」

感情が溢れてくる。抑えきれず、どうしようもなくて、私は七尾に抱きついた。七尾の手が私を受け入れ、優しく髪を撫でてくれる。

周りの人たちが私たちに一瞥をくれながら、ちょっと遠巻きに通り過ぎていく。いつもなら恥ずかしくて居たたまれなくなるところだけど、全然気にならなかった。むしろ、カップルとして見られているのなら嬉しかった。

もっと見てほしい。認識してほしい。

みんなが恋人同士と認識してくれれば、それは真実になるような気がして。

11

展望台を下りて昼食をとった後、予定通りに次はスカイツリーを目指した。地下鉄を途中で乗り換えて、押上駅で降りる。もっと遠いかと思ってたけど、芝公園駅からは三十分足らずで到着した。「東京って狭いよな」と七尾。

赤と白の東京タワーに対して、スカイツリーは水色と白のイメージだったけど、実際にはほぼ白で、展望台などの一部が青みがかった銀色をしている。ひょろりと天に突き出すスカイツリーはとてもスタイリッシュだ。

「スカイツリーってさ、遠くから見るとシャーペンみたいだなっていつも思う」

細身のシルエットが七尾の目にはそう映るらしい。人の感想は様々だ。

東京タワーの倍近くの高さがあるスカイツリーは、近くで見上げると首が痛くなった。まだ地上にいるというのに、早くも身がすくんでしまう。

スカイツリーには一般のお客さんがのぼれる階段はないので、展望台までは必然的にエレベーターを使うことになる。天望デッキと名づけられた場所の更に上には、天望回廊というものがあるらしい。

「両方セットになってるチケットもあるけど、とりあえず天望デッキだけにしとくか」

チケット売り場を前にして七尾が言った。明らかに私を気遣っての発言だ。

「私なら大丈夫だよ」

これほどの高さになれば、もはや天望デッキも天望回廊も変わらない気がする。

「けど俺の記憶が確かなら、デッキから天望回廊に行くエレベーターって、ドアとか天井が透けてた気がするんだけど」

「……じゃあ、天望デッキだけで」

七尾は口角を上げて「ＯＫ」と答えた。

エレベーターに乗る段から、七尾はしっかり私の手を握ってくれた。目が合うといたずらっぽい笑みを浮かべたから、私を支えてくれているというよりは、逃げ出さないよう捕獲しているつもりだったのかもしれない。

「どう？」

到着した天望デッキで、ガラス窓の前に立って七尾が尋ねてくる。

とても高い。青い空の下に広がる街並みは、いっそう密集してごちゃごちゃして見えた。まるで灰色に塗りたくったミニチュアのようだ。

「やっぱり、すっごいゴミゴミしてる」

どうあっても私の目には絶景とは映らないけど、七尾の目にはきっと、更に広大な舞台として映っているのだろう。

私は七尾を見た。灰色の街を見下ろす彼の目は、明るく生き生きと輝いている。ほらやっぱり。私にとってはこの星こそが、この展望台で一番、見るべき価値のあるものだ。

「すごく綺麗」

「あんた今、すっごいゴミゴミしてるって言ったろ」

「うん。でも、綺麗だなって思うものもある」

「どれ？」

まさか七尾の目だなんて言えず、私は少し答えに迷ってから「あれ」と指差した。

濃い青からごく薄い水色へ、淡く変化しながら灰色の街へ下りていく空。その見事なグラデーション。

「ああ、確かに。今日は雲ひとつないもんな。富士山《ふじさん》も綺麗に見える」

「七尾のおかげで、ちょっと克服できたかも」

隣に確かなぬくもりを感じながら、ミニチュアのような遠い街と、澄んだ青空を見ているぶんには怖くない。むしろ、この時間がずっと続けばいいとさえ思う。

「そりゃよかった」

じゃあさ、と七尾はいたずら小僧みたいな笑みを浮かべて、

「向こうに床がガラスになってるとこがあるんだけど、試しにそこに立って――」

「立たないよ！」

速攻で全力拒否した私に、七尾は声を上げて笑った。

天望デッキを下りた後は、下の階にあるソラマチを見て回り、カフェでお茶を飲んだ。

今日は展望台のチケットも、お昼ご飯も、お茶代も、お金は全部七尾が出してくれている。かろうじて交通費だけは自分で出したけど、本来なら依頼人である私がそれこそ七尾の交通費も含めてすべて出さないといけないはずだ。

そんなところだけ忠実にカノジョ役を演じたくはなかったのだけど、「未成年から金は取らないって言っただろ」と七尾は、私がお財布を出そうとするのを許さなかった。「ちゃんと全部ツケにしといてやるから」とも言われたけど、それはそれでちょっと怖い。

ソラマチでゆっくりしていたせいか、外に出た時には既に辺りは暗くなっていた。時刻は午後五時になったばかり。日はすっかり短くなった。空気も冷たく尖り始め、秋から冬へと季節が変わりつつあるのを感じる。

振り仰いだスカイツリーは、青く光り輝いていた。

「綺麗」

「こういうシャーペン、ガキの頃だったらほしがってただろうな」

七尾がシャーペンにこだわっているところがおかしい。ここからだと近くて大きすぎて、全然シャーペンみたいには見えないのに。

「ところであんた、今日は門限は大丈夫なんだっけ？」

「うん。夕ご飯も食べてくるって言ってあるから」

「夕飯にはまだちょっと時間が早いよな」

スマホを取り出し、七尾は改めて時刻を確認する。

「ねえ。もう一回、東京タワーへ行こうよ」

「はあ？」七尾は顔を上げ、信じられないといったふうに私を見た。

「だって、スカイツリーはこうやって昼と夜の両方の姿を見られたけど、東京タワーは昼しか見てないもの。それってフェアじゃないでしょ」

「フェアとかそういう問題？」

「そういう問題。だって、どっちのほうが好きか決めるんだもん」

「東京タワーとスカイツリーを両方のぼるってのはまだしも、そこからまた東京タワーに戻るとか、さすがに聞いたことねえわ」

「いいじゃん。わりと近かったし。北海道の基準で言うなら、ほんのご近所でしょ」

「……まあ、いいけどさ」

私たちは地下鉄を乗り継いで、芝公園に戻った。

駅から外に出ると、さっそくライトアップされた東京タワーの姿が見えた。私は光に誘われる虫みたいに、七尾の手を引っ張って近づいていく。

「展望台、まだ上がれるみたいだけど。夜景を見てみるか？」

オレンジ色に輝くタワーの真下まで行くと、七尾が訊いてきた。すごく魅力的な申し出だったけど、「ううん」と私は首を振る。

「いいのか？　わざわざ戻ってきたのに」

行くって言ったらきっとまた、七尾がお金を出すんだろう。ツケとか言ってたけど、領収書なんかはもらってなかったし、レシートの扱いもかなりぞんざいだったところを見ると、本気かどうかはかなり怪しい。

「のぼって夜景を見ちゃったら、スカイツリーでも夜景を見ないとフェアじゃなくなるでしょ」

「これでまたスカイツリーに戻るとかいうのはさすがに勘弁だな」

「うん。だからここで結論を出そう。どっちが好きか、せーので同時に言うの」

「俺にも決めろって？」

「もちろん。あ、先に言っとくけど、どっちも好きっていうのはナシね」

いくよ、と確認してから「せーの」と私は掛け声をかける。

「東京タワー」

二つの声がぴたりと重なって、私と七尾は互いに意外そうな目を見交《みか》わす。

「あんたはスカイツリーのほうが好みかと思った。ソラマチも楽しんでたみたいだったし」

「七尾こそ。展望台が高くて眺めがいいし、シャーペンとかやたらこだわってたし。スカイツリーのほうが好きなのかと」

「まあ、施設としてより楽しめるっていったら、スカイツリーかもしれないけど」

七尾は目の前の東京タワーを見上げながら、

「単純にどっちの塔が好きかって訊かれたら、東京タワーだな。形に安定感があってさ。見てて落ちつく」

「わかる。オレンジのライトアップも、あったかくて安心する感じだよね」

私と七尾は、しばらく並んで東京タワーを眺めた。

「ねえ、七尾」

「ん？」とこちらを向く七尾に、小さく手招きする。不思議そうに顔を寄せてきた七尾の頬に、私はそっとキスをした。

ほんの一瞬、軽く触れる程度のキスだったけど、心臓が飛び出るんじゃないかというくらいドキドキした。こんなことをするのは、もちろん初めてだ。

「あの、ほら、七尾のカノジョ役を演じるって言ったでしょ。でも私、それっぽいこと何もしてない気がしたから。今はまさに、そういう雰囲気かなと思って」

恥ずかしさに耐えきれなくて、私はまくし立てるように言い訳する。空気は冷たいのに、顔がすごく熱かった。

七尾は、私にキスされた頬をさすりながら、

「頭突きされんのかと思った」

「なんで頭突き？」あり得ない。

「沖田さんとこの綿毛がさ、顔を近づけるとよくしてくるんだよ。頭突きっていうか鼻突き？ 命中するとやたら痛ぇの。向こうだって痛いだろうに、けろっとしてんだよな」

私と綿毛は七尾の中で同レベルということ？ あんまりだ。私はものすごく勇気を出したのに。それとも、七尾も気恥ずかしくてわざと茶化《ちゃか》そうとしているのだろうか。

「私の演技にダメ出しするなら、七尾がお手本を見せてよ」

我ながら大胆なことを言った。本気でお手本を見せられたらどうしようという不安と期待が私の中でないまぜになる。

「俺の演技指導を受けたがるなんて、三年早い」

七尾は平然と返してきた。三年。リアルな数字だ。つまり、二十歳未満の子どもの相手はしないということ。七尾は日頃、子どもっぽい表情や態度を見せることが多いのに、こういう時にはしっかりとした大人を前面に出してくる。

だからこそ私は彼のことが信頼できるし、好きにもなったのだけれど。

「代わりに飯を食わせてやるから」

「また色気より食い気とか思ってるでしょ」

「腹、減らない？」

「……減った」

ほらな、と言いたげに笑う七尾が憎らしかった。だけど、こんなやりとりをしている時間も私にとっては楽しくて。それが悔しいから、私は七尾の手を握った。『カノジョ』らしく、しっかりと七尾の手を握って歩いてやった。

12

芝公園近くのお店で夕食を食べた後、七尾は私を大鳥駅まで送ってくれた。

なるべく時間がゆっくり過ぎるようにと願っていたのに。楽しい時間はあっという間に終わってしまう。見慣れすぎた駅に到着すると、魔法が解けてしまったようなさびしさを覚えた。

「今日はどうもありがとう。どっちもすごく楽しかった。東京タワーも、スカイツリーも」

言葉にするとひどくあっさりしてしまう。本当はもっともっと楽しかったし、すごく嬉しかったし、とても幸せだったのに。

「ああ」と七尾は頷いた。わかっているというふうに。でもきっと、伝わりきれてない。心を取り出して、直接見せられたらどんなにいいだろう。

「七尾は？　楽しかった？」

「楽しかったよ」

七尾は答えた。優しい大人の顔だった。子どもが楽しんだなら自分も満足という、父親みたいな顔。わかってしまうのが悲しいから、私はわからないふりをする。

「ありがとう」

私を楽しませてくれて。続く言葉は心の内で添えた。やけにガサガサの声が不快だった。咳《せき》をして、なんとか整えようと試みる。

「無理するな」

七尾に飴を手渡された。はちみつ入りののど飴。今日一日、私は何度この飴をもらっただろう。私が声を出しづらそうにするたび、七尾はポケットから取り出して差し出してくれた。

「ん……ごめん。ありがと」

「この間、《海うさぎ》で誕生日のケーキを食った時もそんな調子だったよな。あれからずっとか？」

「うん。二週間ぐらい前から続いてる。カラオケ行ったのが原因じゃないかと思うんだけど」

「たぶんまだしばらく続くだろうな。無理して声を出すと喉を痛めるから、わずらわしいだろうけど我慢しろよ。そのうちちゃんと落ちつくから」

「……どういうこと？」

「声変わりってやつだよ。男なら誰でも起こるもんだ。まあ、稀《まれ》に起こらないやつもいるらしいけど」

足もとにぽっかりと穴があいたような感覚。私の中で、何かが大きく音を立てて崩れていく。

声変わり。その事実も私の心に大きな衝撃をもたらしたけれど、七尾にそれを指摘されたということが更に激しく私を揺さぶり、心に嵐《あらし》を巻き起こす。

「七尾……知って……？」

うまく声が出ない。高いところにいるわけでもないのに、足が震え出しそうになる。だけど七尾につかまれない。だって、七尾は知っている。私の事実を知っている。

「あんたが男だってことか？　ああ、知ってるよ」

「どうして……」

なんで？　どうして？　いつから？　混乱する頭を疑問符が占める。

「ちょっとした違和感は前々からあったけど。気づいたのは、九月のはじめ——イクネちゃんが《海うさぎ》に来た日。あんた、俺を呼びに河原へ来たよな。で、また川へ入っていこうとして、俺が抱き止めた。そん時の感触っていうか……まあ、それで」

「わかったの……？　私が、男だって」

「はっきりと知ったのは、もう少し後だったけどな。あんたが修学旅行の土産を持ってきた日、頼まれてバイクでここまで送ったろ。あの時、あんたが帰った後に、俺は親父さんに会ったんだ」

「親父さんて……私のお父さん？」

ああ、と頷く七尾。そんなの私は知らない。父は何も言わなかった。七尾に会ったなんて。七尾のことを知ってるなんて、ひと言も。

だけど父は、いつだって何も言わないのだ。

「俺に手を振りながら、あんたが路地から出てくるのを見たらしい。で、気になったんだろうな。俺に声をかけてきたよ。『君は息子の知り合いなのか？』ってさ」

足ががくがくと震える。立っていられず、崩れ落ちそうになった身体が七尾の腕によって支えられる。

「アテナ。あんた、親父さんといっぺんきちんと話をしてみたほうがいい。お袋さんのいないところで、二人だけで」

すぐ近くにいるはずなのに、七尾の声が遠くから聞こえた。

七尾は知っていた。全部知りながら、今日も私に付き合っていた。

そうと知らずに私は、いそいそとおしゃれをして、お化粧をして、七尾のカノジョ役を演じるなんて言って。手を繋いだり、キスをしたり――

さぞ滑稽だっただろう。道化のように見えただろう。だけど、七尾は付き合ってくれた。

彼は役者だから。そんな素振りは一切見せず、完璧な演技でもって私に付き合ってくれた。

「もういい！」

私は七尾の腕を振り払った。彼の身体を思い切り突き飛ばした。

「もう演じてくれなくていい。いらないよ。もういらない」

そんな言葉さえ、かすれた声で満足に伝えられない自分がみじめだった。

「アテナ……」

「そんな嘘の優しさも、気遣いも、もういらない。偽物なんか、もういらない！」

私は駆け出した。背中に私を呼ぶ七尾の声を聞いたけど、無視して駆けた。

みんなみんな、嘘つきだ。

だけど、わかってる。一番の嘘つきは私だ。

一番嘘つきで、偽物で、醜《みにく》くて、歪んでいるのは私自身。

歪んでいてもいいと思った。その歪みを、自分の形として受け入れようとしていた。

それなのに、どうして今更？

ぽろぽろと涙がこぼれる。潰れたカエルみたいな醜い嗚咽《おえつ》が漏れる。

どうして今更、私の身体は歪みを正そうとするの？

全部、台無しだ。全部、壊れてしまった。

ふと、握りしめたままの拳に気づく。開くと、セロファンに包まれた丸い黄色の物体があった。

七尾にもらった、はちみつ入りののど飴。

「――っ！」

大きく振りかぶり、地面に叩きつけようとする。

でも、できなかった。全部、台無しになったのに。壊れてしまったのに。七尾からもらった小さな飴玉を、私は捨てることができない。

みんな嘘つきで、私も嘘つきで、全部が偽物で。

だけど、それでも――

七尾を好きな私の気持ちだけは、まぎれもない本物だったのだ。

第五章　ミミックのしっぽ

I

「君は息子の知り合いなのか？」

アテナが去っていった後、いつの間にか路地に立っていた中年の男が、俺に近づいて声をかけてきた。

仕立てのいいスーツを着た、五十代くらいの男だ。白髪まじりの灰色の髪にも乱れがなく、きっちりとした身なりをしていたが、彫りの深い顔立ちには長年の疲れが染み込んだような、濃い翳《かげ》りが浮いていた。

息子。ついさっき別れたばかりのセイジョの制服姿が脳裏に浮かぶ。いつになく明るくて楽しそうだったアテナ。スカイツリーと東京タワー、両方のぼるという約束をかわして、嬉しそうに帰っていった。

河原でアテナを抱き止めた時の感触が俺の手によみがえる。少女というには薄くて硬い身体の感触。あれはやはり、気のせいではなかったらしい。

「そちらは？」

ヘルメットのシールドを上げて俺は尋ねる。

「空木安天奈の父親だ」

俺は空木氏に誘われて、近くにある喫茶店に入った。仕事が早くに終わった時、彼はその喫茶店に寄って、コーヒーを飲んでから家に帰るのだという。

尋ねられ、俺はレンタル役者という自分の仕事と、アテナとの関係を説明した。目の前の男がアテナの父親だというのは間違いなさそうだったし、見たところ分別のある人間でもありそうだった。何より彼は、アテナをはっきりと「息子」と呼んだ。

俺の話を聞いた後、空木氏は謝罪と礼の言葉を口にした。謝罪は「息子が迷惑をかけている」ことに対して。礼は「息子に付き合ってくれている」ことに対して。どちらも俺にはぴんとこなかった。俺はただ、自分の仕事をしているだけなのだから。

会話が途切れたところで、空木氏は鞄からタブレット端末を取り出して操作し始めた。父親は何も言わないとアテナは語っていたが、もともとあまり口数の多くない男ではあるらしい。

彼は無言で端末を俺のほうへ向けてきた。清天女学園の校舎の写真が目に飛び込んでくる。セイジョの教育のあり方を取材したネット記事らしい。日付は四年前のものだった。

セイジョではＬＤ（学習障害）やＡＤＨＤ（注意欠陥・多動性障害）といった軽度の発達障害を抱えた子どもに対して、よりよい学びの環境を提供することに力を注いでいるという。生徒の自主性や個性を重んじる清天女学園においては、『障害』もまた個性というわけだ。

なぜ空木氏がこんなものを俺に読ませるのかわからなかったが、答えは記事の最後にあった。今年――つまり四年前に入学した生徒について書かれている。

『この年、清天女学園中等部では、性同一性障害を抱える子どもを初めて受け入れた』

「性同一性障害……？」

　女子校であるセイジョで、身体的には男である生徒を受け入れたということだ。それがアテナだと言いたいのだろうが、俺には納得がいかなかった。

「つまり、そういうことなんだ」

　空木氏はタブレット端末を引き寄せ、鞄にしまう。問題点は、父親である彼も理解しているのだ。

「『そういうこと』だとわかっていながら、ずっと放置していたんですか。四年半も」

　つい責めるような口調になってしまう。

「妻が安天奈を清天女学園へ入れると言い出した時には、もちろん反対した。だが、最終的には息子自身が行くと言ったので……それ以上は何も言えなかった」

「……事実を偽って女子校へ通うのは、かなり大きな問題があると思いますけどね」

　口をつけた紅茶が苦く感じた。砂糖を入れ忘れていたことに気づき、スティックシュガーを三本手に取る。

　――これはおかしい、なんか嫌だなって私が思い始めた時にはもう、既にできあがっちゃってた。周りも、私自身も。

　ティースプーンでかき回して三本分の砂糖をゆっくりと溶かしながら、いつかのアテナの言葉を思い返す。

「不甲斐《ふがい》ないのは承知している。私は過去に娘を自分の不注意で死なせてしまった負い目があってね。そこを突かれると……どうしても、妻には強く出られなくなってしまう」

　空木氏もまた、苦そうにコーヒーを飲んだ。

「言っておきますけど」

スプーンをソーサーに戻し、俺は告げた。

「俺に何かを期待しないでください。俺はただの役者。依頼された役を演じることだけが仕事です」

「……ああ、そうだな。もちろん、わかっている」

残酷だと、天海はまた言うかもしれない。でもやっぱり、それが事実なのだ。

「依頼人の心にあいた穴を、俺はほんのいっとき埋めることはできるかもしれない。だけどそれは、あくまでつくりものの代用品に過ぎません。あいた穴は本来、きちんと形の合う本物の何かで埋めるべきなんです」

空木氏は無言で、睨むような視線を自らのカップにそそいでいる。

「代用品なんか、求めさせちゃいけない。まして代用品を務めさせるなんて。もってのほかです」

勢いのまま言ってしまってから、「すみません」と俺は空木氏に向かって頭を下げる。

「ただの役者の分際で、生意気かつ失礼なことを言いました」

「いや……」空木氏はゆるゆると首を振り、

「君の言う通りだ」

そしてまた彼は黙り込み、俺たちの間には沈黙が流れた。

次に空木氏が口を開いたのは、互いのカップの中身が空になった後。「いくらだ？」と彼は尋ねてきた。

「え？」

「息子の依頼料だよ。未成年だからといって、君は金をとっていないのだろう？」

空木氏は懐から財布を取り出した。アテナの代わりに払ってくれるつもりらしい。

ああ、と俺は応じる。

「それなら――」

2

十二月に入って、すぐに期末試験があるのはちょうどよかった。《海うさぎ》に顔を出さない理由になる。

あれ以来、私は七尾にも天海さんにも会っていない。電話やラインのやりとりも一切ない。ひと言くらい七尾からメッセージがあってもいいのにとつい思ってしまうけど、七尾を拒絶したのは私のほう。

喉の調子は相変わらずだ。育音ちゃんやクラスの子たちは心配して、喉にいい食べ物や飲み物なんかを色々と教えてくれる。でも彼女たちも、これが声変わりだということは薄々勘付いているはずだ。

期末試験の最終日。試験が終わった後に、私はまた三浦先生にカウンセリング室に呼び出された。

「テストはどうだった？　まあ、空木さんのことだから心配はないと思うけど」

テーブルの上には、いつものように温かい紅茶の入ったカップが置かれている。まだお砂糖は入れていないのに、ふわりと甘い香りがした。

「今日のお茶にはね、かりんシロップを入れてみたの。かりんは喉にいいのよ」

私は何も言っていないのに、三浦先生は当然のように私の喉の状態を知っている。母から聞いたのか、それともクラスの子か。尋ねる気にはならない。ただ放っておいてほしいと思う。

「身体が不安定だと、心も不安定になりがちだから。空木さんはもう少し、周りに相談する癖をつけたほうがいいかもしれないわね」

私は黙って紅茶を飲む。ほんのりと甘い味が喉に沁みた。おいしいけど、心にまで沁みるには甘さが足りない。

「私でなくてもいいの。親御さんでも、友達でも。でもね……」

三浦先生が口ごもる。紅茶を飲んで間を持たせながら、言葉を探している。私は黙ったまま、三浦先生が口を開くのを待った。

「ねえ、例の人はどんな人なの？　教えてもらえない？」

「例の人？」

「空木さんがお世話になって、相談に乗ってもらっているという人。会わせてほしいとは言わないわ。ただ、どんな人なのか聞きたいだけ」

私は三浦先生の真意を探る。先生は何か言いたいことがあるのに、あえて遠回りをしている。私を刺激しないよう、様子を窺いながら少しずつ近づこうとしている。

「先生は、何を心配しているんですか？」

回りくどい質問はやめて、「でもね」の続きをはっきりと言ってほしい。

「……空木さんは、その人とお付き合いしているのよね？」

心が強張る。かりんシロップは沁みてこなかったはずなのに。先生の言葉は、私の心の一番やわらかくて敏感な部分を刺激した。

「好きな人ができるのは自由よ。私だって高校生の頃は好きな人がいたし、デートもしたわ。生徒の恋愛にいちいち口出しするような無粋《ぶすい》な真似をするつもりはない。だけどね、相手が大人の男性となると、やっぱり見て見ぬふりはできない。わかるわよね？」

「……付き合ってません」

七尾は私が望む通りの役を演じてくれているだけ。私が一方的に七尾に恋をしてるだけだ。それでも、いけないことなのだろうか。

「でも、デートをしたんでしょう？」

「え……？」

「親御さんに嘘をついてデートをするというのは、あまり感心できることじゃないわ」

三浦先生は、私が七尾と二人で東京タワーとスカイツリーへ行ったことを知っている。

「……育音ちゃんから聞いたんですか？」

知っているのは私と七尾と、七尾から聞いているとすれば天海さん。そして、育音ちゃんだけ。七尾と天海さんは三浦先生の連絡先なんか知るはずもないし、仮にどちらかが三浦先生に話したとすれば、先生は「どんな人」なんて今更訊いてはこないはずだ。

「誰からというのは、重要じゃなくて――」

先生が否定しないのを、私は肯定と受け取った。ソファに置いていたバッグをつかんで、カウンセリング室を飛び出す。

なんで？　誰にも言わないって育音ちゃんは言ったのに。「安天奈ちゃんと、わたしだけの秘密ね」って。私の恋を応援してくれていたはずなのに。

学校を出ると、スマホを取り出して育音ちゃんに電話をかけた。私が三浦先生に呼ばれたことを知り、育音ちゃんは先に帰った。今日はピアノ教室はないはずだ。

〈なあに、安天奈ちゃん〉

数回のコール音の後、育音ちゃんが出た。移動しているような気配。声の後ろに、にぎやかな音楽が聞こえる。

「帰ってる途中？」

〈ううん。実はね、今、エミちゃんたちとカラオケにいるの〉

エミちゃんというのはクラスの子だ。カラオケが大好きで、前に私が行ったのも彼女に誘われたからだった。

〈三浦先生のお話、終わったの？　安天奈ちゃんも来る……って、ごめん。喉、調子悪いんだよね〉

みんなが歌っている個室を出て、育音ちゃんはロビーのソファに落ち着いたようだ。聞こえる音楽は、店内に流れるＢＧＭだろう。

「育音ちゃん。七尾のこと、三浦先生に話したの？　この間、私が七尾と二人で出かけたって」

沈黙。ややあってから、〈ごめんね〉と声が返ってきた。

〈三浦先生に訊かれて……〉

「二人だけの秘密って言ってたのに」

咎《とが》めるような口調になってしまい、気弱な育音ちゃんはしゅんとするかと思いきや、案に違《たが》って強い声を返してきた。

〈安天奈ちゃんが七尾さんに恋してるのはいいと思う。でも、それと実際に七尾さんと付き合うこととは違うよね〉

ああ、そうなのか。私は理解した。

育音ちゃんが応援してくれていたのは、あくまで私の恋愛ゴッコだったのだ。

七尾は大人の男の人だし、私は普通の女の子じゃないから。どうせ相手にはされない。私の恋がかなうはずがない。そう思っていたからこそ、育音ちゃんは私に協力してくれていた。

だけど、私が七尾とデートすると知って、育音ちゃんは焦ったのだ。私の恋が成就してはまずいと考え、表向きには協力してくれながらも、裏で三浦先生に相談をしたのだ。

〈ねえ、安天奈ちゃんもやっぱりおいでよ。歌わなくても、一緒に盛り上がるだけで楽しいよ〉

いつものふんわりした口調に戻って、育音ちゃんは言う。

「……無理」

そう答えるだけでやっとだった。

端末の向こうがまた沈黙する。通話を切ろうとした時、育音ちゃんの押し殺したような声が聞こえてきた。

〈安天奈ちゃん、変わったよね〉

「え？」

〈二年生になってから。たぶん、七尾さんに会ってからなんだよね。安天奈ちゃんていつも、わたしたちの楽しみに付き合う形だった。それが、ようやく自分の楽しみを見つけたって感じで。すごく楽しそうだった。でも、わたしたちと共有はしてくれない。秘密の宝物みたいに、自分一人で抱え込んでるんだもん。さびしかったよ、わたし〉

親友なのに、と育音ちゃんは涙声で訴える。私を責める。

「……私のせいなの？」

〈違うよ〉育音ちゃんは焦った声を発した。

〈安天奈ちゃんを責めてるわけじゃない。わたし、安天奈ちゃんを守りたかったんだよ。だって、七尾さんと付き合ってたら、安天奈ちゃんは周りからよくない目で見られる。安天奈ちゃんはいい子なのに。そんなの嫌だもん〉

育音ちゃんは泣いている。いい子の私が、七尾と付き合うことで悪い子になるのが嫌だと泣いている。

私は通話を切った。スマホの電源も切った。

泣きたいのは私のほうなのに。涙が出ない。声と一緒に、心までがガサガサに乾いていた。

どうしてみんな、私のことを放っておいてくれないのだろう。

いつだって私のことを勝手に決めつけて。私から私の形を取り上げて。自分たちの形を押しつけてくる。私のためなのだという顔をして。

私ってなに？

もうよくわからない。

どこか遠くへ行きたかった。誰も知らない、遠い場所へ。

私が私でいられないのなら。いっそ、私が存在せずにすむ場所へ行きたかった。

3

――偽物なんか、もういらない。

あの夜、アテナはそう言って駆けていった。

俺は追いかけなかった。追いかけて捕まえたところで、自分にはどうにもできない。

それでも、アテナが帰らないことがあれば俺の責任だ。空木氏に連絡をとり、無事に帰ったと聞いて安堵した。帰宅したアテナはしかし、父親と話をすることはなく、すぐに自室にこもってしまったようだったが。

以降やりとりはなく、アテナは《海うさぎ》にも姿を見せなかった。十二月になり、期末試験で忙しいというのもあるだろう。メッセージを送ってみようかとも思ったが、拒絶された身でなんと送っていいのかもわからなかった。

偽物はいらないと言われてしまえば、俺の存在は否定されたも同じ。もはやできることもない。

「七尾。今夜は依頼、入ってないよね?」

《海うさぎ》の二階のスタジオで、客が帰った後の片づけをしていると、天海が顔を覗かせた。

時刻は午後七時半を過ぎたところ。《海うさぎ》の営業時間は午後六時までだが、事前の予約があればそれ以降の時間も対応する。今日は六時半から七時半までの一時間、二階のスタジオの予約が入っていたため、閉館が遅くなったのだ。

天海の手には、宅配ピザのメニューが握られていた。

「夕飯はピザ?」

「うん。七尾の仕事がないなら頼もうと思って。ピザ、食べたくない?」

「いいよ。俺、てりやきチキン」

「じゃあ、シーフードとハーフにしよう」

好きなものを一枚ずつ頼むのではなく、天海はいつもLサイズのピザを頼む。俺に手料理をふるまってくれる時も大皿に盛るし、冬は鍋《なべ》料理をよく食べたがる。天海は誰かと分け合ってものを食べるのが好きだ。

俺が来る前は、一人で食事をすることがほとんどだったはず。だけど今は、俺と一緒に食べることが当たり前になっている。

もし俺がいなくなったとしたら。俺といることに馴《な》れた天海は、耐えられるだろうか。

俺の仕事が残酷だと天海が言うのはつまり、そういうことだ。

ピザを頼みに出ていったと思いきや、振り返ると天海はまだそこに立っていて、どこか物憂《ものう》げな目で俺を見つめていた。

「どうかした?」

「私って、ずるいなあって思ってさ」

「何が」

「君の仕事のやり方は残酷だとかなんとか責めておきながら、私は今、あえてアテナさんの話題を君に振らないし、アテナさん本人に『何かあった?』と尋ねることもしないんだ」

「それが、ずるいのか?」

「うん。だって私は、アテナさんと君を引き離したいと考えてる。あの子のことを心配する気持ちは確かにあるのに。それ以上に君を自分のもとにとどめておきたいから。アテナさんのことを、君にもう考えないでほしいと思ってる」

そばに置かれていた玉座ふうの椅子の背を指先でなぞりながら、天海は言葉を落とす。

「私にも、こんなふうに一丁前の独占欲があったなんてね。初めて知ったよ」

「俺は最初から知ってたけど」

「そう?」

「なんで俺がここにいると思ってるんだよ」

「そういえばそうだったね」

天海はくすりと笑い、「適当なところで下りてきてよ」と言い置いてスタジオを出ていった。

天海には、自分が輪から外れた人間だという自覚がある。

だからこそ、天海は孤独を嫌う。人当たりがよくて争いごとを好まない性格も、恐らくは人に拒絶されたくないという意識によって形成されたものだ。

天海の心にあいた大きな穴を、俺は思う。


廊下に出ると、階下が騒がしかった。聞きなれない女の声が何かをわめいている。

閉館の札は既に表に出してあるはずだ。不審に思いつつ、俺は階段で一階へ下りる。

「いいから、とにかく七尾という男の居場所を教えて！」

受付カウンターの前には、二人の見知らぬ女の姿があった。三十前後のショートヘアの女と、五十歳くらいの中年の女だ。中年の女のほうがひどく興奮しているようで、長い髪を振り乱して、つかみかからんばかりの勢いで天海に迫っている。

「落ち着いてください、律子《りつこ》さん」

若いほうの女が中年の女をなだめていたが、律子と呼ばれた中年の女は「七尾という男はどこにいるの！」といよいよ激しく天海に詰め寄る。

よくわからないが、俺に用があるらしい。

「七尾ならここにいますけど？」

六つの目が一斉に俺を見た。天海は戸惑ったふうに、ショートヘアの女は驚いたように、そして律子と呼ばれた女はまなじりを上げて、俺の目の前までやってくる。

「あなたが七尾？」

「そうですが」

応えた瞬間、頬に衝撃が走った。いきなりひっぱたかれたのだ。

「娘をどこへやったの！」

「は？」叩かれた頬をさする俺のセーターを乱暴につかみ、女はまくし立てる。

「うちの娘よ。あなたがどこかへやったんでしょう！　返して！」

「娘って……」

「空木安天奈さんです。ご存じですよね？」

ショートヘアの女のほうが説明した。

「この方は、安天奈さんのお母様の律子さんです。私は、清天女学園でスクールカウンセラーをしている、三浦と申します」

入学当時からアテナのことを気にかけているという、理解ある先生か。「まあ、悪い先生ではないよ」などと、アテナは含みのある評価を下していたが。

「アテナに何かあったんですか？」

母親は興奮して会話になりそうもないので、俺は三浦に尋ねたのだが、

「しらばくれないで！　あなたが隠したくせに！」

母親はつかんだセーターをぐいぐい引っ張ってくる。伸びるので勘弁してほしい。

「隠した？」

「安天奈さん、門限を過ぎても自宅に帰ってこないそうです。携帯も電源が切られているようで、

連絡がつかなくて」

「それで、俺のところに来たってわけですか」

「七尾さんは、安天奈さんとお付き合いをしているんですよね？　だから安天奈さんは、学校帰りによくここに立ち寄っている。そういう話を聞いています」

　アテナがそんなことを彼女に話したとは思えない。話したとすれば育音か。

「残念ながら、アテナはここには来てませんよ。先月の終わりくらいから、俺も天海も会ってないし、連絡も取ってない」

「嘘をつかないでちょうだい。娘はどこ？　上にいるの？」

　階段をのぼって行こうとする母親を、「上には誰もいません」と天海が押しとどめる。

「本当にご存じないんですか？」と三浦。

「俺たちは知りません。今日、学校でのアテナの様子はどうだったんですか？」

　何事もなく普通だったのならば、誘拐の可能性も出てくる。こんなところで言い合っている場合ではない。

「それが……」

　口いっぱいに広がる苦味を嚙みしめるようにして、三浦は今日あった出来事を説明した。

　期末試験の最終日で、試験の後にアテナをカウンセリング室に呼び出したこと。そこで俺とのことを問い詰めた結果、アテナが部屋を飛び出して行ったこと。更に育音から聞いたという、その後のアテナとの電話のやりとり。以降、連絡がつかなくなったという。

　誘拐ではなさそうだ。アテナは自分の意思で行方をくらませた可能性が高い。きっと、嫌になったのだろう。何もかも嫌になり、耐えきれず逃げ出したのだ。

「ねえ、お願い。アテナちゃんを……娘を返して」

母親は俺にすがり、今度は涙まじりの声で訴えてくる。

「娘じゃないでしょう」

俺は軽い怒りを覚えた。「いえ」と三浦が言葉を挟む。

「確かに、戸籍上は男の子ではありますけど。安天奈さんは女の子です。私たちはこれまで、きちんと安天奈さんを女の子として扱ってきました」

その点において、自分たちに非はないと三浦は言いたげだった。

生徒の自主性や個性を重んじ、障害もまた個性とみなして積極的に受け入れる清天女学園。『性同一性障害』の生徒を入学させたことは今の時代、いい宣伝になったに違いない。

「あんたはスクールカウンセラーのくせして、生徒の一番肝心なところが見えてないんだな」

アテナの評価の意味がよくわかった。「理解ある先生」であろうとするあまり、三浦は相手の望まない部分まで立ち入り、あげく一番大切なところを見逃す。

「どういうことですか」三浦は心外だといわんばかりの顔をする。

「女として扱われることを、アテナが本当に望んでいたと思うのか？」

「当然でしょう。安天奈さんは身体は男の子でも、心は女の子です。だからこそ本校に通っているんです」

そうよ、とアテナの母親も主張する。

「昔からアテナちゃんは女の子の格好をするのが好きだったし、清天女学園へ行くと言ったのもアテナちゃんだわ。私たちに嘘をついてあなたと出かけた時も、アテナちゃんは自分で綺麗にお化粧をしてた。あなたも知ってるでしょう！」

相手をするのが面倒になった。アテナのその時々の心境をいちいち説いてやらなければ、この母親はわからないのか。

　こんなやりとりは時間の無駄だ。

「ねえ、七尾。アテナさん……まさか、川へ行ったりしてないよね？」

　ひどく青ざめた顔で、震えた声を発したのは天海だった。

「君、初めてアテナさんと会ったのは二葉川だったって言ってたよね。もし、アテナさんが川へ行ってたら……もしも……」

「落ち着けよ」俺は天海の肩に手を置き、

「仮に川へ行ったとしても、危険はない。大雨で増水しているわけでもないし。あの時とは違うんだ」

「だけど……」

「白々しい。何が川よ！　あなたが隠してるくせに。もう騙《だま》されないわ。娘はまだ十七歳なのよ。未成年なの。それなのに……汚らわしい！」

　俺と天海の間に割り込んで、再び俺につかみかかってくる母親。いい加減イライラした。ひっぱたかれた仕返しに一発、叩き返してやろうかと思った時、
　ぱん、と乾いた音が響いた。

　アテナの母親は頬を押さえてぽかんとしている。数分前の俺みたいに。

　だが、俺はまだ叩いていない。

「七尾、行って」

　天海だった。いまだ顔は青ざめていたが、瞳は冷静さを取り戻している。

「アテナさんを捜しに行って。君じゃなきゃ、きっと連れ戻せない」

「天海……」

「さっき上で言ったことは忘れていい。もう後悔したくないから。何かを失って、自分の言葉を後悔し続けるのはもう嫌なの。だから、彼女たちのことは私に任せて。七尾は行って」

　天海の脳裏を占めているものは容易に想像できた。大切なものを押し流す、禍々しくも残酷な奔流。その中に沈む、決して消えることのない後悔と罪悪感。

「……わかった」俺は天海に約束した。

「アテナを見つけて、無事に連れ帰る。必ず」

4

　アテナが姿を消したきっかけは、三浦と育音の言動だったのかもしれない。

　だが、原因は俺にもある。アテナが嫌になり、耐えきれなくなった「何もかも」の中には、確実に俺の存在も入っているはずだ。

　みんなが少しずつ、アテナを追い詰めた。

　そうと意識していなくても。善意や好意と信じておこなっていたとしても。無知や無自覚は時として、明確な悪意よりも深く鋭く人を傷つける。

　自分の形を求め、自分が自分でいられる場所を求めて、アテナは俺にすがってきた。

　それなのに、俺はアテナを傷つけた。俺なりにアテナのためだと信じて起こした行動であったし、かけた言葉でもあったが、結果としてアテナを追い詰めた。

結局、俺も他のやつらと同じだった。

でも俺の一番の罪は、傷つけたことに気づきながら、なんのフォローもしなかったことだ。投げつけられた言葉を真に受けて、俺はあっさり引き下がった。

アテナはまだ、手を伸ばし続けていたというのに。

バイクを飛ばし、二葉川の河原へ向かう。

俺とアテナが出会い、アテナが姉の形見のペンダントを投げ捨てた場所。天海の言葉がなくても、アテナが向かう可能性は高いと俺も考えた。

土手の下にバイクを停め、斜面を駆け上がる。

夜の八時を過ぎ、冷たい冬の空気に満たされた土手の上に、人影はほとんどなかった。コートの前をかき合わせて帰路につくサラリーマンと、通り過ぎていく一台の自転車。

明かりのない河川敷は暗かったが、土手から見下ろす限り、人の姿はなさそうだ。それでも念のため、下へおりてスマホのライトで辺りを照らす。

川はいつも通り穏やかに流れていた。天海の記憶に巣食う凶悪さなど微塵《みじん》もない。

アテナの姿はなかったし、やってきたような痕跡も見つからなかった。こちらへ来る前に虹ヶ原のほうの河原も確認していたが、同様だった。

試しにアテナのスマホに電話をかけてみる。やはり電源は切られていた。

川でないとすれば、どこへ行ったのか。もしアテナが誰にも捜されたくないと考えて本気で身を隠したとすれば、いくら考えたところで無駄だった。俺たちが思いつくような場所は、真っ先に避けるだろうから。

だから俺は賭《か》けるしかなかった。アテナは待っている。俺が捜しにくるのを待っているはずだと。虫がよすぎるとしても、信じるしかなかった。

俺を待っているのなら、当然俺が知っているところ。俺と一緒に行ったところにいるはずだ。

東京タワーかスカイツリー？　いや。俺とあそこへ行ったことは、育音を通じて恐らく三浦に知られている。アテナとしては、三浦たちに迎えに来られたくはないだろう。彼女たちが知っている可能性のあるところは避けるはず。

では、どこだ？　他にどこがある？　俺とアテナだけが知っているところ――

焦りが思考を鈍らせる。馬鹿なことを考えてなきゃいい。そうでなくとも制服姿でうろうろしていれば、よからぬ連中に目をつけられかねない。

すがるように空を見上げた。今夜も月が出ている。静かに輝いて、優しい光を地上に投げかけている。

ふっと脳裏にひとつの場所が浮かんだ。

足もとの砂利を蹴《け》散《ち》らすようにして、俺はバイクのもとへ駆け戻った。

石段を駆け上がる。

鳥居を抜けた先の境内は夜の闇《やみ》に沈んで、しんと静まり返っていた。

前に来た時にはあれほど明るくて、人の活気に満ちていたのに。祭りだったのだから当然だが、あの活気しか知らない俺の目には、同じ場所とは思えないほどさびしく映った。

D市の神社。ムギタの墓標の下に兄妹への祝福をひそませた帰り、祭り囃《ばや》子《し》に誘われて立ち寄った。それは、俺とアテナしか知らないことだ。

静寂に包まれた境内には一見して人の気配はなかったが、奥へ進んでいくと、ぽつんと置かれたベンチに人影が見えた。

アテナだった。ぼんやりと空を見上げる白い横顔が、月明かりの中にうっすらと浮かんでいる。

俺は手早くスマホを操作して、「見つけた」と天海にひと言だけメッセージを送った。

「アテナ」

ゆっくりと近づいて声をかけると、アテナの顔がこちらを向いた。

表情はない。驚きも喜びも、拒絶も見せず、ただじっと俺を見つめている。泣き腫《は》らした赤い目でもって。

「捜したぜ」

無言でアテナはうつむく。膝の上に置かれた両手。右手に何かを握りしめている。

慎重にならねばならないと感じた。今のアテナは、ひどくもろいガラス細工のようだ。扱い方を間違えたら、たやすく壊れてしまう。

「ずっと、ここにいたのか？」

俺は隣に腰を下ろした。アテナを傷つけないように、そっと。

やはりアテナは答えない。膝の上で、右手がより強く何かを握りしめる。

「何を握ってるんだ？」

ちょんと指先でアテナの右手に触れる。冷たくかさついていた。いつからここにいたか知らないが、かなり長時間なのは間違いなさそうだ。学校指定のコートはあまり暖かそうには見えない。きっと身体も冷え切っているだろう。

「………」

ゆるゆるとアテナの右手が開く。中にあったのは、透明なセロファンに包まれた黄色い飴玉だった。

はちみつ入りののど飴だ。先月出かけた時、喉がつらそうだったアテナにいくつかやったが、まさかそれを持ち続けているのか。

冬だというのに、セロファンの中の飴は溶けて形を崩していた。

「……ななお」

アテナの唇が動き、かすれた声がもれた。声変わり中のせいもあるだろうが、震えてつたない発音は、寒さのせいも多分にあるはずだ。

「ん？」

応えた瞬間、アテナが抱きついてきた。いきなりだったので驚いたが、俺はしっかりとアテナの身体を受け止める。

俺の胸に顔をうずめながら、アテナは涙声で俺の名を繰り返した。俺は黙ってアテナの頭を撫でる。長い黒髪もまた、冬の空気を含んでひんやりとしていた。

「帰ろうぜ。ここにずっといるのは寒いだろ」

俺の胸に顔を押しつけたまま、アテナはいやいやをするように首を振る。

「あんたがいなくなったって、天海もみんなも心配してる。三浦センセイとお袋さんが《海うさぎ》に来てさ。あんたのお袋さん、すげえ剣幕で。俺、いきなりひっぱたかれた」

「……ごめん」くぐもった声でアテナは謝罪した。

「いや、それは全然いいんだけど。むしろ天海が叩き返したし」

「天海さんが？」

さすがに驚いたらしく、アテナは顔を上げた。涙と鼻水でぐずぐずになっている。でも、すぐにまた顔をふせて、「帰らない」と首を振る。

「じゃあ、どうする？」俺は訊いた。「ずっとここにいるわけにもいかないだろ」

「どこか連れてってよ。みんなが知らない、どこか遠いところ。家族も、先生も、友達も、もういらない。全部いらない。七尾だけがいればいい」

アテナの黒い瞳が俺を見上げる。その中に、俺の姿が映っている。

「七尾は私の共犯者でしょ。だからここへ来たんでしょ。だったら帰れなんて言わないで。私を助けてよ。どこかへ連れてって」

お願いだから、とアテナは訴える。震える手で、俺のジャケットを強く握りしめて。壊れそうな声で懇願する。

「わかったよ」

俺は応えてから、「ただし」と続けた。

「天海に報告だけはさせてくれ。最初の打ち合わせの時にも言ったろ。犯罪に関わる真似はできないって。このまま何も言わずにあんたを連れてったら、俺は誘拐犯になっちまう」

少し不満そうではあったが、アテナは頷いた。

片腕にアテナを抱いたまま、俺はスマホを取り出して天海に電話をかける。

〈七尾〉天海はすぐに出た。連絡を待ちかねていたらしい。

〈アテナさんは見つかったって？　無事なの？〉

「ああ、大丈夫。怪我もない。今、一緒にいる」

〈よかった〉天海は心から安堵したようだった。

「そっち、センセイとお袋さんはまだいるのか？」

〈いるよ。みんな夕食を食べてなかったから、ピザを頼んでね。見つかったっていう七尾の報告が入って、ようやく少し手をつけられるようになったところ〉

そういえば、ピザを頼むとか話していた矢先にアテナの母親たちが来たのだった。

〈それで、アテナさんはこっちに連れてくる？　それとも自宅のほうへ送っていくの？〉

「いや。今夜は俺が預かる」

俺の言葉に天海は一瞬、沈黙した。けれどすぐに〈わかった〉と返してくる。

「そういうことだから――」

〈ああ、ちょっと待って。ねえ、アテナさんがそこにいるなら代わってくれない？〉

俺はアテナを見た。会話の内容を察したらしく、アテナは無言で首を振る。

「悪いけど」

〈お父さんが来てるんだ。アテナさんと話したいって〉

「親父さんが？」

帰宅して誰もいないのを不審に思い、妻に連絡をとって駆けつけたのだろう。「ちょっと待って」と言い置いて、俺は自分のスマホをアテナに差し出した。アテナは戸惑い顔で、差し出されたスマホと俺の顔とを見比べる。

「親父さんがあんたと話したいらしい。何も話したくないなら、あんたは話さなくていい。けど、親父さんの話は聞いてやれ」

冷たいアテナの右手から飴玉を取り去り、代わりにスマホを握らせた。アテナはのろのろと耳に当てる。溶けた飴玉は、俺の口の中に放り込んだ。

時おり小さな相槌《あいづち》をうちながら、アテナは父親の話に耳を傾けていた。寡黙な父親の話はそう長くは続かなかったようで、五分と経たずにアテナはスマホを俺の手に返してくる。通話は既に切れていた。

「親父さん、なんだって？」飴玉を噛《か》み砕《くだ》きながら俺は尋ねた。

「……気持ちの整理がついたら帰ってくればいいって。お母さんたちのことは、お父さんに任せておけばいいからって」

「そっか」あの父親も、ようやく息子のために動く気になったのかもしれない。

「七尾、お父さんに信用されてるんだね。七尾と一緒にいるなら心配しないって言ってた」

「信用されるようなことをした覚えはねえけどなあ。でもま、これで向こうもひと安心してピザが食えるってわけだ」

「ピザ？」

「天海が頼んだんだってさ。みんな夕飯を食ってないままだからって」

きゅうう、と情けない音がした。アテナが慌てて自分の腹を押さえる。

今日は期末試験の最終日ということだった。学校で昼食を食べる時間はなかったはずだから、もしかするとアテナは昼から何も食べていないのかもしれない。

「腹減ったよなあ。とりあえず、どっかへ飯を食いに行かないか？」

恥ずかしそうに腹を押さえたまま、アテナはこっくりと頷いた。

5

七尾はやっぱり来てくれた。

もう会えないと思っていた。会う権利はないはずだった。だって私は、七尾にひどいことを言ってしまった。自分から彼を拒絶したのだから。

だからもう全部捨てて、誰も知らない遠い場所へ行こうと思った。それなのに気づくと私の手は、七尾からもらった飴玉を握りしめていた。

はちみつ入りののど飴。偽物なんかもういらないと七尾を振り払ったあの夜から、未練がましく私はずっと持ち歩いていた。

そして私の足もまた、未練がましく七尾との思い出をたどり、あの神社に行き着いた。

ベンチに座って、自分が吐き出す白い息を眺めながら、このまま消えてしまえればどんなにいいだろうと考えた。

もし私がいなくなったら、七尾は悲しんでくれるだろうか。私の存在を、心にとどめてくれるだろうか。

そんなことを考えていると涙が出てきた。拭っても拭っても止まらなかった。七尾に会いたい。何度もスマホの電源を入れようとして、思いとどまった。会えない。今更、助けてなんて言えない。

だったらこんなところにいるべきじゃないのに。未練がましい私は動けず、七尾が来てくれるのを待ち続けていた。ずっと握りしめていた飴玉は、セロファンの中でいつしか形を変えていた。溶けて歪んで、まるで私みたいに。

だけどこんな私を捜して、やっぱり七尾は来てくれたのだ。

怒ることも、責めることもせず。先日の私の拒絶もなかったかのように。七尾は、いつも通りの様子で接してくれた。いや、いつも通りというのは少し違う。七尾はいつも以上に私を気遣い、私の我がままを聞いてくれた。

　街道沿いにあるファミリーレストランでご飯を食べた後、七尾がバイクで私を連れていったのは、古い二階建ての小ぢんまりとしたアパートだった。

　もしここから自分で帰れと言われても、たぶん無理だ。まるで知らないところで、どの駅がどっちにあるのかもわからない。

「ここ、どこ？」

「俺が住んでるアパート」ヘルメットを脱ぎ、七尾は答えた。「みんなが知らない、どこか遠いところへ連れていけって言ったろ。ま、それほど遠くはないけど。みんなが知らないってのは確かだ」

「でも、七尾のうちなら天海さんは知ってるでしょ」

　階段をのぼる七尾の背中を、ヒナ鳥みたいに私は追いかける。塗料がはげて、さびの浮いた外階段。七尾の部屋は二階にあるらしい。

「天海にも教えてない」

「そうなの？」私は驚いた。「どうして？」

「自分の巣を人に知られるのって、あんまり好きじゃないから」

　七尾は一番奥の、二〇五と記されたドアの前で足を止め、ポケットから取り出した鍵を鍵穴に差し込んだ。表札にはちゃんと、『七尾』と記されていた。

「言っとくけど狭いし、そんな綺麗でもないから」どうぞ、と招かれて中に入る。

　短い廊下の左手にキッチンがあり、右手にトイレとお風呂と思しきドア。その奥が居室になっていた。ワンルームというやつだ。部屋の空気は冷えていて、七尾がエアコンのスイッチを入れた。

ここが七尾の住まいなのだと意識するとドキドキした。家具はあまりなくて、折り畳み式の小さなテーブルが真ん中に置かれている他は、テレビが載った台と、衣服がたくさん掛かったハンガーラックと、大きな鏡。ベッドもなくて、壁際にはマットレスが床にじかに敷かれている。鏡の脇にお化粧道具がたくさん置かれているのが、七尾の部屋という感じがした。

一人暮らしの男の人の住まいなんて日頃見る機会がないけど、たぶん七尾の部屋は片づいているほうだろう。というより、あまり物がない。

「よかったらこれ、着ろよ」

ハンガーラックの陰にあった衣装ケースを開けて、七尾はきちんと畳まれた服を取り出し、私に差し出してきた。

「制服、ずっと着てると皺になるだろ。新品じゃないけど、ちゃんと洗濯してあるから」

そういえば、初めて会った時も私は七尾から服を借りたんだっけ。あれは制服のスカートだったけど。あの時は私たちは互いに偽っていて、私は育音ちゃんだったし、七尾は沖田さんだった。思い返してみれば不思議な縁だ。こういうのを人は運命というのだろうか。

バスルームで七尾が貸してくれた服に着替える。黒いスウェットのパーカーと、同じ色のスウェットパンツ。七尾の部屋着なのだろう。男性用の服を着るのは初めてだ。少しサイズは大きいけど、しっくりと身体になじむ気がした。

着替えて部屋に戻ると、七尾がお茶を淹れてくれた。ティーバッグのダージリンティー。

小さなテーブルを挟んで、七尾と温かな紅茶を味わう。スティックシュガー三本分の甘味が、私に大きな安堵とささやかな幸福感をもたらしてくれる。

「ねえ。ずっと気になってたんだけど。あれって何？」

私は壁に貼られた写真を指差した。雑誌か何かから切り抜いたものらしい。写っているのは、シマシマの模様をしたタコに見える。

「ミミックオクトパス」

七尾は答えた。やっぱりタコらしい。普通ならアイドルのポスターとかを貼りそうなものなのに。なんでタコ？

「擬態の名人なんだぜ。っていっても、俺も実物は見たことがないけど」

「カメレオンみたいな？」擬態の名人といえば、私の頭に浮かぶのはカメレオンだ。

「カメレオンは、感情とか気温の変化によって身体の色が変わるだけだから。それはそれですごいけど、擬態ってのとはちょっと違う。自分の意思で自由に変えられるわけじゃないから」

「そうなんだ」それは知らなかった。

「その点、タコは身を守るために、皮膚の色や模様なんかを自由自在に変えられる。中でもミミックオクトパスはレパートリーが豊富でさ。形や泳ぎ方なんかも変えて、ヒラメとかイカとかウミヘビとか……色んな生物になりすますんだ」

「すごいね」

すごいよなあ、と尊敬の眼差しでタコの写真を眺める七尾の横顔が、生き物大好きな小学生みたいで、なんだか愛らしかった。一緒に水族館に行きたくなる。

七尾は自分もミミックオクトパスのようにありたいと思っているのだろう。でも七尾には、タコよりもキツネのほうが似合ってる。テレビ台の上に置かれたオルゴールを見ながら、私は思う。私があげた北海道のお土産。ちゃんと飾ってくれているのが嬉しい。

頭に葉っぱを載せ、くるんと一回転して見事な変化《へんげ》を見せる七尾。その陰に、たまにちらりと覗くしっぽを私は探す。

そんな私は、たぶんカメレオンだ。私は自分の意思ではなく、周りの環境で変化していた。

「あのさ。この間の別れた夜に、七尾は言ってたよね」

両手で包み込んだカップの中に、私は言葉を落としていく。

「私のことで、前々から違和感はあったとか。それって、どんな？　私、普通の女の子と何か違った？」

『普通の』という言葉をつけるたび、心に滲む淡い自虐。私はそれを紅茶の甘みで押し流す。

「……あんたから姉さんの話を聞いた時、正直、それだけだったら大した問題じゃないよなって思った」

七尾もまたカップに口をつけ、慎重に言葉を選ぶように答えた。

「もちろん、あんたにとっちゃ充分な重しになってるんだろうけどさ。高校を卒業して、親元を離れりゃいくらだって自由になれる。そのために早く大人になりたいって望むのが普通なのに。あんたはどうしてだか、もう手遅れなんじゃないかっていう不安を抱えてるように見えた」

怖かったのだ。このまま大人になったら、私はどうなるのだろうと。

姉の生まれ変わりとして、私は姉と同じ名を与えられた。姉の身代わりに、母の『理想の娘』となるべく育てられた。

その意味がまだわからない頃は、女の子の格好をさせられても無邪気に喜んでいた。

でも、だからといって女の子になりたいと思ったことは、一度もなかった。

自分の環境に不自然さを感じ始めた時には既に、私は周りから『そういう子』として認識されていた。女の子の格好をするのが好きな子。よくも悪くも、周囲は私に対して『理解』を示した。あの子はそういう子なのだと。

最大の過ちは、清天女学園に入ったことだったのだろう。

もっと考えるべきだった。女子校なんかに入ったら、後戻りできなくなるのはわかりきっていたのに。家族がばらばらになるのが嫌で、私は母の希望を自分の希望としてしまった。ひと時の平穏を得るために、安易に重大すぎる決断を下してしまった。

性同一性障害。清天女学園に入学した私には、自動的にそんなラベルがつけられた。私の入学は、学園にとっては特別で重要なことだったらしい。

園長先生は私をとても歓迎した。当時まだ新米だったスクールカウンセラーの三浦先生を紹介して、不安なことがあればなんでも相談すればいいからと言った。地元の新聞記者だという人や、教育関係の記事を書いているというライターの人が私を取材しにきたりもした。

他の先生やクラスの子たちも、私を女の子として迎え入れた。この学園の人たちも、みんな私に『理解』を示したのだ。

そのラベルは間違ってます、なんて言えなかった。

そしていつしか私の身体は、男になるための成長を止めてしまった。

周囲から女の子として扱われ続け、私の身体はとうとうそれに従い始めてしまったのだ。

このまま自分はどうなってしまうのか。不安でたまらなかった。だけど、誰にも相談できなかった。相談したところで、返ってくるのは貼りつけられたラベルに基づく答えばかり。そのラベルが私を歪ませていることには、誰も気づかない。

そんな中で、七尾と出会った。

七尾と一緒にいる時は、不思議と男も女も意識することなく、私は私でいられた。

だから、七尾に対する想いを育音ちゃんに指摘された時はショックだった。とうとう自分は完全に歪んでしまったのだと思った。

でも私は受け入れることにした。だって、七尾が好きだったから。自分の気持ちも、歪んだ形も、これが私自身なのだと認めることにした。

それなのに——今の形を認めた途端に、私の身体は変化を始めた。今更、歪みを直し始めた。

きっと私は、これからどんどん変化していく。変化できないことにあれほど不安を抱えていたのに。今は、変化してしまうことが怖い。この形を、気持ちを、失ってしまうことが怖い。

「……七尾は嫌だよね。男の子から、好きって言われても困るよね」

「んー」と七尾は後ろ頭を掻きながら、

「あんま気にしないんだよな、俺は。男とか女とかってのはさ。自分が役者として両方を演じるせいかもしれないけど」

「じゃあ……私が男でも、七尾は気にしない？」

「あんたはあんただからな。実は男ですって言われたところで、俺が今まで見てきたあんたは別に、なんも変わりゃしないだろ」

「うん……」

七尾は最初から、私を女とか男とか、そういうもので線引きして見てはいなかった。だから私も、彼の前では装うことを意識せずに自然体でいられたのだろう。

「性別なんてのは俺にとっちゃ、大した問題じゃない。ただし、あんたは未成年。まだ子どもだ」

子ども。七尾の言葉が、私の胸の真ん中に突き刺さる。

「ようやく大人になりはじめた子どもだ。あんたの身体は不安定で、心も同じように不安定だ」

まるで三浦先生みたいなことを七尾は言う。

「そういう時、自分を正しく理解してくれたり、受け入れてくれたりする人間に出会えば、当然すがりたくなる。運命の相手なんて錯覚することもあるかもしれない」

「……私の気持ちが錯覚だって、七尾は言いたいの？」

「今現在のあんたにとっては、確かに本物なんだろう。けど、それが本当に本物かどうかは、今の状態じゃ誰にもわからない。未成年と交際するのが罪みたいに世間で言われるのは、そういうことだ。実際、付き合う行為自体は別に犯罪じゃない。十代だって結婚はできるしな。けど、『真剣な交際です』って主張したところで、それが本当に『真剣』かどうかを見定めるのは難しい。成長期の子どもの心は不安定だし、その不安定な心につけ込むのは、大人にとっちゃ簡単なことだ」

そんなのずるい。今の状態じゃ誰にもわからないなんて。そんなふうに言われたら、『今の状態』の私は何も言えない。反論できない。

「だからこそ、あんたの身体は決めたんだろうな。自分を偽るのはやめようって。大人になるために、ちゃんと成長しようってさ」

七尾と対等になるために。私の身体は、変化することを選んだのだろうか。

「それは自然なことだ。だから怖がる必要なんてない。大人になるなんて、言葉にすると大層に聞こえるけど、ぶっちゃけ実際はそう大したもんでもないぜ？　どんな変化が起ころうと、結局、根っこの部分は変わらないんだ」

「私は私のままってこと？」

「よくも悪くもな。ま、そのへんは大人になってみりゃわかるよ」

「その言い方、なんかずるい。大人の高みから見下ろしてる感じ」

「だって俺、大人だし」

にっと笑う七尾は、例によっていたずら小僧みたいだった。

「ただまあ、あんたの場合は周りがちょっとやっかいかもしれない。お袋さんや学校があんたの変化をどう受け止めるか……。でもきっと、親父さんが力になってくれる。今まで傍観者でいたぶん、親父さんに助けてもらえばいい」

気持ちの整理がついたら帰ってくればいいと電話で言った父は、七尾だけでなく、私のことも信用してくれた。

「……うん」

私はきっと、これから変わっていく。そうして大人になっていく。

でももう、それを怖いとは思わない。

「ありがとう、七尾」

私はテーブルを回りこんで、そっと七尾に身を寄せた。

「この間は私、ひどいことを言っちゃったけど。七尾はね、偽物なんかじゃない。本物だよ」

七尾の目が私を見る。少し驚いたように。意味を問うように。

うまく説明するのは苦手だ。でも、私は懸命に言葉を探す。私が七尾からもらった本物を、私も七尾に返したいから。

「私、七尾からたくさん本物をもらってる。私だけじゃない。七尾が誰かのために演じる時、その誰かにとって七尾は、確かに本物なんだよ。傍《はた》からは偽物に見えたとしても。七尾がその役として与えてくれたものは、相手の心にずっと、本物として残り続ける」

七尾は、じっと私を見つめている。私の言葉に耳を傾けている。

「七尾のいるところが本物になる。だから、七尾はすごいんだよ。すごく、すごいの」

ちゃんと伝わっただろうか。私の精いっぱいの言葉。精いっぱいの気持ちが、七尾にうまく伝わればいい。

七尾の手が、そっと伸びてくる。私の髪に触れる。ふっと口元に笑みがこぼれた。

「ありがとう、アテナ」

とても優しい——今までで一番優しい微笑みを見せて、七尾は言った。

6

マットレスの上で、毛布にくるまってアテナは静かな寝息を立てている。

時刻は午後十一時を過ぎたところ。テレビで映画を観ている途中、しきりとあくびをしていたので寝るようすすめたら、「まだ寝たくない」などとごねつつ、横になるとすぐに寝息を立て始めた。疲れていたのだろう。

俺はスマホを手に取った。まだ天海は起きているはずだ。

〈アテナさんの様子はどう？〉

電話が繋がると、天海はすぐに尋ねてきた。

「問題ない。俺の寝床で寝てる」

〈そう。よかった〉

「言っとくけど、手は出してないからな」

〈わかってるよ〉

天海は答えたものの、多少の疑いはあったはずだ。俺を信じていないわけではないが、役として必要ならば一線を越えることも辞さない俺の性質も、天海はよくわかっているから。

「これでも俺も、色々と考えるようになったんだぜ」

〈色々って?〉

「たとえば、物語の終わらせ方とか」

〈終わらせ方……〉

「偽物をはめ込んでるだけじゃ、穴は完全には塞げない」

人の心にあいた穴。俺の存在はいっときそれを塞ぐが、代用品である限り、穴の形と完全に一致はしない。ぴったりとおさまったように見えても、どこかにわずかな隙間があいている。

「その状態をずっと続けてるっていうのは、本物を得られる機会を奪い続けてるってことなのかもしれない。それは、それこそ残酷なことだろ」

〈……そうかも、しれないね〉

俺の言わんとすることを、天海も理解したらしい。

「物語の結末はさ、やっぱりハッピーエンドであるべきだ。俺は、できるなら人をハッピーエンドに導く手助けがしたい。そのために演じたいって、思うんだよ」

現実の物語ならなおさら。人が不幸になるのではなく、人が幸せになる終わり方がいい。たとえ小さなものだったとしても、救いの光が見える終わり方がいい。

〈……そうだね〉落ち着いた声で、天海も応えた。

〈そのために演じてほしいって、私も思うよ〉

互いの理解を確認し合うような、わずかな間を置いた後、

「ところでそっちは？」俺は訊いた。

〈一時間くらい前に、三人は帰ったよ。ずっと話してた。今までのアテナさんのこととか、色々ね。これからのことはアテナさん次第だけど、あのお父さんがいる限りは大丈夫じゃないかな。少なくとも、アテナさんの意思が無視されるようなことはないはず〉

「そっか。お疲れさん」

〈七尾もね〉

ねぎらいの言葉をかけ合い、「お休み」と通話を切った。

室内に目を戻す。毛布の中で、アテナは変わらず静かに眠っている。

アテナは娘を亡くした母親の心の穴を、ずっと埋めさせられていた。そのために、自分自身を偽ることを強いられてきた。

俺はそんなアテナの『共犯者』となった。

たぶん俺は、アテナに色々なものを与えたのだろう。それは物理的なものであったかもしれないし、精神的なものであったかもしれない。そして、アテナに変化をもたらした。

けれど俺自身もまた、アテナからは多くのものを与えられた。

アテナは教えてくれた。

——レンタル役者って、なんのために演じるの？

時にはそんな、素朴な疑問でもって。

——ひどいよ。そんなのって、ひどすぎる。

時には純粋な、怒りでもって。

——七尾はね、偽物なんかじゃない。本物だよ。

そして、そんな答えまでくれた。

俺の心もまた、アテナによって大きな変化をもたらされたと思う。

俺たちは、確かに『共犯者』だった。

子どものようにあどけない寝顔を見せるアテナ。この先、どんなふうに成長したとしても、きっとこの寝顔は変わらないに違いない。

俺はたまに自分自身の顔がわからなくなる。あまりに長い時間、様々な役を演じすぎて。自分の本当の姿、本当の感情というものを見失ってしまう。

けれどアテナがまっすぐな好意を俺に向けてくる時、彼女の瞳の中に、俺は自分自身の姿を見るのだ。

幸せそうに眠るアテナに顔を寄せ、俺はその唇にそっと自分の唇を重ねた。

これは、俺の感謝と謝罪の証《あかし》。

恐らく俺はもう一度、この子を泣かせることになるだろうから。

7

翌朝。七尾は「ろくな食いもんがないけど」と言いながら、トーストと目玉焼きをつくって食べさせてくれた。それから七尾に送ってもらい、私は自宅へ帰った。

家では、両親がそろって私の帰りを待っていた。父が時間をかけてなだめたのだろう。母は比較的落ち着いていて、私たちは三人でリビングで話し合いをした。話し合いといっても、話したのは主に私。今まで抱えていた自分の素直な気持ちを、私は両親に対して初めて口にした。

父は静かに聞いてくれたけど、母はやっぱりだめだった。「どうしてそんなことを言うの」とうろたえ、涙を流しながら自分の不幸を嘆き、しまいにはお姉ちゃんの仏壇がある部屋に閉じこもってしまった。

これまでの私なら、すぐに謝りに行っただろう。自分の意見を引っ込めて、母の言い分に従っただろう。でも、もう違う。私は母の機嫌をとるような真似はしなかった。

何かをすぐに変えるのは大変だ。私がお姉ちゃんと違うことを、母にすぐ認めさせるのは難しいと思う。でも、変わるべきものは自然と変わっていく。どんなに否定したところで、時計の針が進むのは止められない。

だから私は焦らない。私だって、何もかもをいきなり変えていくのは無理だから。

天海さんから連絡があったのは、冬休みに入り、今年も残すところあとわずかとなった頃だった。

〈今日、これからうちに来られる?〉

天海さんから来てほしいと頼まれるのは珍しかった。新庄さんの一件があった時以来かもしれない。

《海うさぎ》を訪れてみると、入り口の扉には閉館の札がかかっていた。まだ午後二時。こんな時間に閉館しているのは初めてだった。

扉の鍵はかかっていない。私を招いたのだから当然か。受付ホールには天海さんの姿はなく、カウンターの上にバロックが寝そべっていた。

「こんにちは、バロック。天海さんは?」

ニャア、と鳴いてバロックはカウンターから飛び下りる。まるで言葉が通じたみたいに、左手の廊下に通ずる扉をカリカリと引っかいた。

扉を開けると、天海さんがちょうど応接室から出てきたところだった。

「あ、アテナさん。来てくれたんだ」

「こんにちは。外に閉館の札が出てましたけど。何かあったんですか？」

「ちょっとね。気が乗らないから、今日はお休みにしちゃった。応接室に入ってて。お茶の用意をしてくるから」

足もとに寄ってきたバロックを抱き上げると、天海さんは私の手にバロックを託して、給湯室のほうへ去っていく。

このところ忙しかったみたいだし、休むのは全然構わないと思うけど。「気が乗らないから」という理由は天海さんらしくない。

どうしたのだろう。天海さんの笑顔にも、どこか翳りがあるように見えた。

バロックを抱いて応接室に入ると、ローテーブルの上には大皿に盛られたシュークリームが山をつくっていた。

これは何？　もしかして天海さんのお誕生日とか？　いや、確か天海さんは三月生まれだと以前、何かの折に聞いたことがある。

「お待たせ」

やがて天海さんが戻ってきた。温かな湯気を立てるカップを二つ、トレイに載せている。私はまた、ささやかな違和感を覚えた。

カップから香るのはダージリンティーではなく、コーヒーだった。

「それね、好きなだけ食べていいよ。《シエル》で買い占めてきたのはいいんだけど、一人じゃさすがに食べきれないから」

それで私を呼んだらしい。いよいよ変だ。

「天海さん、どうしたんですか？」

天海さんは答えず、ブラックのままコーヒーに口をつけた。天海さんがコーヒーを飲むところを、私は初めて見た。

それで気づく。天海さんがいつも紅茶を淹れていたのは、七尾のためだったのだと。

「もしかして、七尾と何かあったんですか？」

私はあれから七尾に会っていない。《海うさぎ》には何度か足を運んでいたけれど、七尾の姿はいつもなかった。他の仕事で忙しいと、天海さんから聞いていた。

年末になると大人が忙しくなるのは知っていたから、私も七尾に連絡をとろうとはしなかった。クリスマスの時に一度、会いたくてラインにメッセージを入れてみたけど、やっぱり忙しいらしく、いまだに既読にさえなっていない。

残念だったし、少し心配でもあったけど、邪魔はするまいと我慢した。ただでさえ私は、七尾に充分すぎるほど迷惑をかけたのだから。

天海さんが腰を上げ、写真が飾られた壁のほうへ歩み寄る。そして写真の入った額を一枚、外して戻ってきた。

天海さんが持ってきたのは、『七尾駿真と天海乙彦、十歳の肖像』だった。

「七尾のうちは、お母さんと二人きりでね」

写真に目を落としながら、天海さんは唐突に七尾との思い出を語り始めた。

「お母さんは仕事で家にいないことが多かったから。七尾は私に付き合って、学校帰りによくここへ来てたの。おじいちゃんも七尾を可愛がってた。よく一緒にご飯を食べたりもしてね。私は自分のうちで両親たちと食事をするよりも、ここでおじいちゃんと七尾と一緒にご飯を食べるほうが好きだった」

天海さんがおじいちゃん子だったというのは七尾も話していた。私はシュークリームを食べながら、静かに天海さんの話に耳を傾ける。

「七尾とは、河原でよく遊んだ。ある日、橋の下に捨てられた仔猫を見つけてね。白黒のぶちが二匹と、真っ白いのが一匹。うちの親は動物嫌いだったから、飼うのは反対されて。おじいちゃんは好きだったけど、猫アレルギーだから飼えなくて。七尾のうちも、猫を飼う余裕はなくってさ。仕方なく二人で橋の下で世話することにしたんだ」

川が苦手だと天海さんは言っていたけど、当時はまだ平気だったらしい。

「その話、前に七尾からも聞きました。七尾は、仔猫の模様までは覚えてなかったけど」

「だろうね。私はそこまで話してなかったから」

ふっと口元にさびしげな笑みを浮かべる天海さん。話してなかったとは、どういう意味だろう。

天海さんはシュークリームをひとつ手に取った。黙々と食べる間、私はミルクとお砂糖を入れたコーヒーを飲み、天海さんが再び口を開くのを待つ。

「一週間ぐらい経った頃だったかな。台風がきてね。直撃はしなかったんだけど、雨がたくさん降ったんだ。川の水がかなり増えてるって、大人たちが話してるのを聞いてさ。私は仔猫たちのことが心配になった。橋の下だから雨が降っても大丈夫だろうって、楽観視してたんだ。川の水が増えることまでは考えてなかった。見に行きたかったけど、川には絶対に近づいちゃだめだって、私はおじいちゃんに止められてた。だから、七尾に頼んだの。仔猫の様子を見てきてほしいって」

写真の額に添えられる、天海さんの手。綺麗にネイルアートがほどこされた指先に、強く力がこもるのがわかった。

「結果的に仔猫たちは無事だった。近所の人がいち早く避難させてたんだ。あの仔猫たちを気にかけていたのは私たちだけじゃなかったみたいでさ。その後、その人の知り合いのところにもらわれて行ったって」

「よかったですね」

言ったものの、その物語がハッピーエンドで終わらないことは、天海さんの陰鬱《いんうつ》な表情を見れば明らかだった。とても嫌な予感がする。先を聞くのが怖かった。

「だけどね、七尾は帰ってこなかった」

「え……?」

「夜になって、うちの息子がどこへ行ったか知らないかって、七尾のお母さんがおじいちゃんのところへ訊きにきた。私も訊かれて、仔猫の様子を見に川へ行ったのかもしれないって答えた。行かせたのは私だったのに。私が七尾に頼んだってことは、怖くて言えなかったんだ」

「それで……七尾は?」

「翌日のお昼頃だったかな。見つかったよ。二キロほど離れた下流で。木の枝に引っかかってるのを、近所の人に発見されたって」

天海さんは死という言葉は使わなかった。でも、生きた状態ではなかったのは明らかだ。

だから天海さんは川が苦手になった。七尾と天海さんは離れ離れになってしまった。『七尾駿真と天海乙彦、十歳の肖像』。その写真を撮った、すぐ後に。

でも、それを私に話してくれたのは七尾だ。だったら、あの七尾は――？

答えなどわかりきっているのに。私の頭は、心は、理解することを拒否している。

「三年前、彼が突然ここへやってきた時は驚いたよ。七尾とよく似た顔をしてさ、彼は私に尋ねたんだ。十四年前に二葉川で死んだ、七尾駿真という子どもを知らないかって」

「何者だったんですか、彼は」

七尾駿真の名を口にしたのなら、顔が似ていたのも偶然ではないはずだ。

「昔、七尾が一度だけ話してくれたことがある。自分には弟がいるんだって。だけど生まれてすぐに、北海道にいる親戚のところへ養子に出されたんだって」

「弟……」

「もっとも、彼が上京した目的は、あくまでレンタル役者という仕事をするため。それを知って私は、彼の依頼人の第一号になることにしたんだ」

「『七尾駿真』を演じてもらったんですか？」

「うん。他の仕事をしていない時は、常に七尾駿真でいてくれって頼んだ。別の役を演じている以外の時間はすべて、私のために演じてほしいってね」

「それって――」

「すごく欲張りだよね。その代わり、彼の仕事には全面的に協力すると約束した。衣装とか小道具とか、必要なものがあれば提供したし。彼の顧客が増えるよう宣伝もした。こっちに来たばかりでコネも何もないわけだし、彼としても悪い条件ではなかったはずだよ。もちろん報酬もちゃんと払ってた。表向きにはうちのバイト代として。金額はかなりオマケしてもらっちゃってたけど」

彼が《海うさぎ》にいたのは雑用のバイトとして働いていたからではなく、天海さんの依頼をこなしていたから。天海さんの幼なじみの『七尾駿真』として、天海さんのそばにいるためだったのだ。

そんな彼に、私は『素の七尾駿真』を演じてほしいと頼んだ。

彼からすればとんだ無理難題をふっかけられたことになる。素の七尾駿真なんて、彼には知りようがなかったのだから。

それでも、彼は演じてくれたのだ。私のために。

「ごめんなさい。私……天海さんにとっては、すごく邪魔者でしたよね」

天海さんはいつだって私を歓迎してくれたけど、内心では七尾にくっついている私を快く思ってはいなかったはずだ。

だけど天海さんは、「そんなことないよ」と首を振る。

「アテナさんとおしゃべりしたり、お茶を飲んだりするのは楽しいもの。少しでもアテナさんの力になれればと思っていたのは本当。だから、アテナさんが彼に好意を抱いていると知った時は、彼にちょっときついことを言った。君の仕事は残酷だってね。彼の演技が完璧だと知っているからこそ、アテナさんが深い傷を負うことになるんじゃないかと心配だった」

「嘘。だって天海さんも、七尾のことが好きなんでしょう？」

七尾に夜の依頼が入った時、天海さんが「気分転換」といって普段は穿かないスカートを穿いていたのを、私は覚えている。

「もちろん、好きだよ」

即答してから、「だけど」と天海さんは続ける。少しさびしそうに。

「私のそれはアテナさんとは違う。私は彼が好きだけど、彼と恋人になりたいわけじゃないから」

「恋人じゃなかったら……何になりたいんですか？」

「何って訊かれると、ひと言で答えるのは難しいけど。強いて言うなら、ずっとそばにいてくれる相棒、かな。私はね、恋愛感情というものが抱けない人間なんだ。だから……前にアテナさんにも話したけど、自分は男でも女でもない無性でありたいと思ってる」

　誰かにとっての恋愛対象になりたくないから。だから、男とも女とも認識されたくない。たぶんそんなことなんだろうと、わずかに自虐が滲む口ぶりで、天海さんはどこか他人事のように説明した。

「人を大切だと思うことはできるし、独占欲も人並みにあるみたいだけど。どんなに相手を好きになっても、その先に進みたいとは思わない。たとえば私は彼にずっとそばにいてほしいと思うけど、彼とキスしたりセックスしたりしたいとは思わない」

　わかる？　と問われて、私は少し考え込んだ。正直、よくわからなかった。

　私は七尾に抱きしめられたら嬉しい。東京タワーに行った時、恋人みたいにキスしてみたくて、勇気を出して自分からキスをした。恥ずかしくて、頬にするのが精いっぱいだったけど。その先は――具体的に考えるのはちょっと無理だけど。私は、好きな相手にはごく当たり前の欲望を抱く。

「なかなか理解するのは難しいよね。私もね、昔はよくわからなくて。自分は単に奥手なだけだと思ってた。周りに取り残されるのが嫌で、思い切って女の子と付き合ってみたこともある。だけど、最初のデートから盛り上がるどころか、違和感ばかりがあってね。結局すぐにだめになった。もしかして自分は女の子がだめなのかもしれないと考えて、男の子と付き合ったこともあるよ。でも、やっぱり同じ。友達と遊びにいくなら楽しいのに、デートと意識すると途端に気が重くなる。冷めた気持ちを悟られたくないから、無理矢理相手に合わせるんだ。そんな自分に嫌気が差したし、相手に対する罪悪感もあった。で、悟ったの。異性も同性も関係なく、私は人を愛せない冷たい人間なんだなあって」

「そんなことないです」私は強く首を振る。

「少なくとも、天海さんは冷たい人間なんかじゃありません。絶対に」

《海うさぎ》という心地よい居場所を私に与えてくれたのは、他の誰でもない天海さんだ。天海さんを慕《した》うお客さんもたくさんいて、二階のスタジオの常連さんの中には、天海さんに会いたくてやってくる人もいるのを、私は知っている。

「ありがと。今は私も、わりと自分のことを理解してる。私だけが特別、冷血な人間ってわけじゃなくて、世の中にはアセクシャルって呼ばれる、私みたいなタイプの人間が存在するんだってことも」

天海さんはコーヒーを飲み、ひと息ついてから、

「でもさ。そういう名称で何かを分類するのは、理解しやすくなっていいけど。当事者としては、ちょっと複雑でもあるよね」

「複雑？」私もまた、つられるようにコーヒーをひと口飲む。

「名前っていうのは、その他のものと区別するためにつけるものだから。名称を与えられた時点で、はっきりとした境界線が生まれてしまう。何より、ラベルで相手を分類することで、間違った理解を生んでしまうこともあるよね。アテナさんの場合みたいに」

「……そうですね」まさにその通りだ。

ラベルを貼れば、物事は理解しやすくなる。だからクラスのみんなも、私自身が何も語らないうちから『理解』を示して接してきた。その理解が正しいかどうかなんて、考えることもせず。

性同一性障害というラベルを貼られた私は、清天女学園において『特別な生徒』だ。どんなになじんだように見えても、私とその他の生徒の間には、目には見えない境界線が存在している。その境界線はきっと、消えることはない。

「ラベルなんて、本当は必要ないんですよね。私は私だし、天海さんは天海さんなんだから」

それは、七尾が私に言ってくれた言葉でもあった。あんたはあんただから、と。

性別というのもまた、人が相手に貼るラベルのひとつだ。

私はそのラベルを、天海さんに貼っていた。

人の心は男か女か、どちらかに揺らぐものだと私は考えていた。だから七尾のことが好きな天海さんの心は、女性だと勝手に決めつけていた。どちらでもないなんて、あり得ないと思っていた。

私は男でありながら、ずっと女であることを強いられてきた。そんな私は性別というものに、人一倍強くとらわれていたのかもしれない。

「まさに《世界に一つだけの花》だよね」

天海さんはにっこりと微笑む。北海道のお土産に、私が天海さんにあげたオルゴール。

「でもね、私はこういう人間だから。人を繋ぎとめておくことができないんだ。そのくせ、ずっと一人で生きていけると豪語するほど強くもない」

「ずっと一人で生きていくのは、誰だってさびしいです」

「そうだよね。だけど家族でもない他人とずっと一緒にいるには、恋愛感情っていうのはやっぱり必要なんだよ。長年連れ添った後に、それが身内の情に変わるっていうのはあるにしても。最初からありませんっていうんじゃ、なかなかうまくいかないのが現実。表面的にうまくいっているように見えたとしても、その場合は大抵、相手が無理をして合わせてくれてる。好きな相手に無理なんてさせたくないし、無理が続けばいずれは歪んで、どのみち破綻する」

「そんなこと……」

「だから——余計な話を長々としちゃったけど、彼はとても理想的だったんだ」

「レンタル役者のテイルさん」

うん、と天海さんは頷いて、

「仮に私の知るあの七尾が生きていたとしても、今みたいな関係を保つのは難しかったと思う。たぶん七尾は普通に恋をして、自分の家庭もつくっていたかもしれない。その点、彼は完璧だった。私の理想通りの七尾駿真を演じてくれた。子どもの頃のまま、ずっとそばにいてくれる七尾をね」

さっきから、天海さんの言葉が過去形なのが気になった。幼なじみだった七尾さんは故人だから当然としても、七尾駿真を演じていた七尾を語る言葉まで。彼に対する好意以外は、すべて過去のものとして天海さんは話す。

「とても楽しかったよ。私にとって、幸せなひと時だった。でもね、自分が彼に依存してるってことにも気づいてた。彼もそう。私が依存していることに気づいてた。以前の彼だったら、気にしなかったと思うよ。依頼人の状態がどうであろうと、求められる限り演じ続けていたはず」

だけどね、と天海さんは小さく微笑んだ。やっぱりさびしそうに。

「彼も変わったんだ。終わり方というのを、ちゃんと考えるようになった。依頼人の幸せというのを真剣に考えるようになった。それはたぶん、アテナさんのおかげ」

「私の？」

「そう。君が彼を変えた。彼に答えを示したんだ」

私は七尾から、たくさんのものを与えてもらった。それは一方的なものだと思っていたけど——

私もちゃんと、彼に何かを与えられていた？　本当に？

　無性に七尾に会いたくなった。どうして天海さんは過去形で七尾を語るのだろう。七尾がここにいないのは、送ったメッセージが既読にならないのは、仕事が忙しいためではなかったのか。

「天海さん、七尾は？　七尾は今、どうしているんですか？」

　尋ねる声がかすかに震えていた。胸の内で、鼓動が激しく不安を訴える。

「今日、何日ぶりかに顔を見せてさ。私との契約を解除するって言われたよ。アテナさんにも伝えてほしいって頼まれた。アテナさんの依頼も終了するからって」

　そんな勝手に……ひどい。依頼を終了するにしても、そんなやり方ってない。

　確かに私は未成年で、実際に七尾に依頼料を払っていたわけじゃない。正式な依頼人とは呼べないかもしれない。でも、私も彼に何かを与えられていたというなら。直接会って、告げるくらいの義理は果たしてくれたっていいはずだ。こんなふうに、天海さんに言づてを頼んですませてしまうなんて。あまりにひどすぎる。

　私はスマホを取り出した。ラインを開くと、ずっと既読にならずにいた七尾へのメッセージが、いつの間にか既読になっていた。

　新たなメッセージを送るのももどかしく、私は七尾に電話をかける。

〈もしもし〉

　数回のコール音の後、七尾は普通に電話に出た。あまりに普通すぎて、今まで天海さんから聞いた話は、全部嘘だったのではないかと疑いたくなるほどだ。

「七尾。今、どこにいるの」

　嘘なら嘘でいい。嘘のほうがいい。けれど七尾の次の言葉は、

〈天海から話は聞いた?〉

「……聞いたよ。依頼を終了するって。一方的にそんなのひどい。せめてちゃんと会ってよ。会って、直接私に言って」

〈わかった。じゃあ、橋の上にいるから〉

あっさりと七尾は承諾した。

「橋の上?」

〈二葉川の橋。昔、天海たちが捨て猫の世話をしてた〉

「俺たち」ではなく、「天海たち」という言い方が現実を物語っていた。橋の下で捨て猫の世話をしていたのは、七尾駿真であって彼ではないのだ。

「……わかった」

込み上げる感情を嚙みしめて、私は答えた。「すぐに行くから」

8

自分に三つ上の兄がいるということは、羽田空港に向かう飛行機の中で知らされた。

小学二年生の春休み。ディズニーランドに連れていってあげると言われ、両親とともに初めて東京へ向かった。けれども本当の目的は、実の母と兄に自分を会わせることだったのだろう。

実の母親は未婚のまま、若くして一人目の子どもを産んだ。相手は既婚者だったらしい。

彼女は一人で子どもを育てていたが、ずるずると続いていた相手との間に二人目の子どもができてしまった。二人を育てることはさすがに難しいと、彼女は故郷の北海道に住む、子どものいなかった兄夫婦に、二人目の子を養子として託したのだ。

とはいえ、兄妹仲はあまり良くなかったらしい。高校卒業を機に上京してから、彼女はろくに実家に帰ってくることはなく、連絡さえめったによこさなかったそうだ。二人目の子の相談をされるまで父は、妹が子どもを産んでいた事実さえ知らなかったという。

それらの事情は成長してから知ったことで、当時は知るよしもなかった。いきなり兄がいると言われても、だからまるでぴんとこなかった。

実の母たちの住まいへは、父と二人で向かった。薄汚れた古いアパートだったと記憶している。部屋も狭くて、こんな狭いところでどうやって暮らしているのだろうと、不思議に思ったものだ。

実の母親だという女は母より若いはずだったが、茶色く染めた髪にも肌にも艶《つや》がなく、着ている服もやけにぺらぺらしていて、子どもの目にもどこかくたびれた印象を受けた。

駿真という名の兄のほうは、少し前に流行っていたアニメキャラのトレーナーを着て、母親の隣に静かに寄り添っていた。彼の赤茶けた髪の色を見て、「やっぱり兄弟なんだな」と父が感心したように呟いていたのを覚えている。

住まいや身なりから察するに、実の母たちはあまりお金を持っていないようだった。

にもかかわらず、実の母は妙におしゃれなカップで自分たちに紅茶を出した。ダージリンティーというこじゃれた名前の飲み物は、狭い家にも彼女たちにも、まったくもって不似合いだった。

駿真はたぶん、そうしたこちらの不躾《ぶしつけ》な視線と思いを見抜いていたのだろう。母親の隣で、彼は始終、睨むような目を自分に向け続けていた。

初めて飲んだダージリンティーという飲み物は、幼い子どもの舌にはまったくおいしく感じられなかった。母ならもっとおいしいものを出してくれるのにと思った。たとえば手づくりのジュースとか。クリームソーダをつくってくれたこともある。店で飲むのよりも、もっと綺麗な色をしたやつだ。

すると、それまでおとなしく座っていた駿真が、不意に動いた。テーブルの上に置かれていたスティックシュガーを三本つかむと、無言で中身をこちらのカップに入れたのだ。

「お前、むかつく」

ぼそっと、自分にしか聞こえないであろう声で駿真は囁いた。

大量の砂糖を入れられたダージリンティーは、とても甘い味になっていた。

駿真と話したのはそれきりだ。一方的に呟きを吐かれただけなので、厳密には話したとはいえないかもしれないが。

翌日は母も一緒に、親子三人でディズニーランドへ行って楽しんだはずだが、ほとんど記憶には残っていない。

初めての東京行きを思う時、よみがえるのは「お前、むかつく」という駿真の囁きであり、スティックシュガーを三本入れられたダージリンティーの甘い味だった。

駿真と会ったのは、それが最初で最後。その年の九月、彼は雨で増水した二葉川に流され、十年という短い生涯を終えた。

息子を亡くした実の母が現在、どこでどうしているかは知らない。北海道にいる父や祖父母のもとに、一切の音信がなくなって久しい。

橋から見下ろす二葉川は、どこまでも穏やかに流れていた。十七年前、一人の少年の命を呑み込んだことなど嘘のように。

この川を眺めていると、ついいつまでも物思いにふけってしまう。

顔を上げると、こちらへ近づいてくる人影が見えた。

アテナだ。《海うさぎ》から駆けてきたらしい。肩で大きく息をしている。

すぐ間近まで来たところで、ふとアテナの足が止まった。いぶかるような目で、じっとこちらを見つめる。特に変装をしているわけではない。いつもと同じ姿だったが、アテナは気づいたのだろう。

僕が、アテナの見知っている七尾とは違うことに。

淡く微笑んで挨拶すると、アテナの顔が警戒するように強張った。

「はじめまして」

「はじめましてって……？」

「僕が、僕自身として君に会うのは初めてだから。天海さんとの契約で、僕はずっと七尾駿真を演じていたからね」

「でも……最初に会った時、あなたはテイルって名乗った。レンタル役者のテイルって」

「レンタル役者を生業《なりわい》にしている七尾駿真って設定だったから。そのへんは、少しややこしかったかもしれない。だけどそうしないと、僕も他の仕事ができなくなるからね」

「司水駿の話も、してくれた」

「司水駿も、七尾駿真だっていう設定にしたんだよ。七尾駿真は北海道へ引っ越してから役者になって、司水駿って名前で映画に出て、レンタル役者として東京に戻ってきた。そういうストーリー」

「……私が知ってる七尾は、全部偽物だったの？」

アテナは橋の欄干にもたれ、流れる川に視線を移した。僕を見ていると、混乱を引き起こすからだろう。

「もともと僕は偽物だよ。君だって、レンタル役者という仕事を承知の上で、僕に依頼をしたんだろう？」

「そうだけど！」

欄干をつかむアテナの指先が白くなっている。言いたいことはわかる。アテナは『素の七尾駿真』を演じてくれと僕に言った。要するに、ありのままの僕であることを望んでいたのだから。

「嘘だったの、全部……？」

「そうだね。僕は天海さんの幼なじみではないし、《海うさぎ》の応接室の写真に写っているのも、僕じゃない。三年前に上京するまで東京に住んでいたこともないし――」

「誕生日は？」

僕の言葉に割り込むようにアテナは問うてきた。「私と同じ、十一月生まれっていうのは？」

「今年の十一月三十日で二十八になるはずだったのは駿真だよ。僕の誕生日は一月。一月二十四日で二十六歳になる」

アテナが認識している『俺』を、僕はひとつひとつ丁寧に壊していく。

「君は『俺』を本物だと言ってくれたけど。君がそう認識した本物の『俺』自身が、そもそもすべて偽物だったんだ」

「ぜんぶ嘘……ぜんぶ、演技だった……」

うつろに呟くアテナ。僕はライダースジャケットのポケットに両手を突っ込み、

「なかなか難易度は高かったよ。僕は本物の駿真とは幼い頃に一度会ったきりだから。天海さんの話を聞いた上で、想像力を駆使して演じてみたけど。何しろ十歳で止まったままの相手だからね。

二十七歳というにはやっぱり、少し幼くなってしまったかもしれない。だけど、演じ甲斐のある役だったよ。君の依頼の『素の七尾駿真』も含めてね」

「………」

アテナは唇を噛みしめた。黒い瞳の表面が、下に流れる川と同じように光っている。込み上げてくるものを、必死で抑えているに違いなかった。

そろそろ、終わりにしなければならない。

「天海さんとの契約を解除したから、君ともこれで終了だ。今後はもう君の依頼は受けない。最初にも言ったけど、僕は本来、未成年の依頼は受けないんだ。君の依頼を引き受けることにしたのは、あの時の僕が『七尾駿真』だったから」

「……どういうこと？」

「駿真だったら、自分にすがってくる人間を『未成年だから』という理由で切り捨てたりしないんじゃないかと思った。僕とは違ってね」

アテナが愛したのは、あくまで僕が演じた七尾駿真。僕ではない。

「君はもう、自分の力で大人になれる。何かあれば、天海さんに相談すればいい。天海さんは君のいい友人になってくれると思うよ。共犯者なんかじゃなくてね」

じゃあ、と踵《きびす》を返《かえ》そうとすると、「待って」と背中にアテナの声がかかった。

「あなたの名前、まだ聞いてない」

「……それ、今更必要ある？」

「ある」力強く頷くアテナ。

「七尾司《つかさ》」

「司……」

うつむき、アテナは僕の名を繰り返す。

「司は、ひどいね。すごくひどい」

震える声で、うつむいたままアテナは、僕への恨みを落とす。一緒に涙も落とすのだろうと思ったが、

「だけど、ありがとう」

顔を上げたアテナは笑顔だった。瞳に浮かぶものを呑みこんで。かなり無理をしてつくっていたけれど、確かに笑顔だった。

「ひどいのに、礼を言うの?」

「私、自分の言ったことが間違ってたとは思わないから。あなたがどんなに嘘をついてたとしても、私がもらったものは嘘じゃない。七尾が言ってくれたことや、してくれたことは、七尾が消えてもなくならない。私の中に全部残ってる。だから偽物じゃないの。私にとっては全部、本物なの」

だから感謝してる、とアテナは言った。

「司に会えて、私はよかった」

「そう言ってくれるなら……僕としても、よかったよ」

アテナは最後まで、涙を見せなかった。

僕が思ったよりもずっと、アテナは強かった。

9

アテナと別れ、二葉川の橋を離れて向かったのは、結局はまた川だった。

アテナと出会った、二葉川の河川敷。

——あの子は、強くなったよな。

穏やかな水の流れを眺めていると、そんな声が耳の奥から聞こえてきた。

——で、お前はどうなんだ？

未練がましく川に戻ってきてしまった自分をひやかすように、声は尋ねてくる。これからどうするんだ、と。

——お前もそろそろ、俺から卒業したら？

じっと川を見つめていると、水底から浮かぶように、駿真の声は語りかけてくる。

決して自分を褒めることはしてくれない。優しい言葉もかけてくれない。その声はいつだって自分をからかい、立ち止まる背中を叩くように叱咤《しった》してくる。

——いい加減、自分の力で勝負してみろよ。

「うるさいな」

足もとに転がる石を拾い、水面に叩きつけた。投げた石は水の上を四度ほど弾み、底へと沈む。

「お前、むかつく」

いつか、本人に言われたように言ってみた。

もしも、駿真が生きていたら——

もしもなんてありはしないのに。あり得ない未来を、つい考えようとしてしまう。

どうしてあの時、自分はもっと彼と話をしてみなかったのだろう。

「お前もむかつく」と、せめて返していたなら。ケンカになっていたかもしれないが、もう少し互いに歩み寄れたかもしれないのに。

もう一度くらい、会う機会ができていたかもしれないのに。

あり得ない過去さえも、つい考えてしまう。

たった一人の兄だった。

自分にそっくりな兄だった。

そっくりすぎて、腹が立つほどに。

――お互い様。

その声は、耳の奥ではなく、頭の上から聞こえた気がした。

見上げると、青く澄み渡った冬の空が広がっていた。

ああ、そうか。不意に、気づく。

駿真はもう水の中ではなく、あの広い空の上にいるのだ。

それなのに自分は、ずっと彼を川の中に縛りつけていた。冷たい水に、漂わせたままでいた。

そりゃあ、むかつくよな。

もうとっくに本人は濁流から解放されて自由になっているというのに。ろくに会話もかわさなかった弟に、勝手に縛りつけられたら。

「悪かったよ」

空を見上げ、天に向かって言葉を投げる。

お望み通り、卒業してやる。自分の力で、勝負をしてやるよ。

二葉川に背を向けて、歩き出す。

駿真の声がなくても、隣にはアテナの言葉が寄り添っている。

——七尾のいるところが本物になる。だから、七尾はすごいんだよ。すごく、すごいの。

ポケットからスマホを取り出した。登録しておいた番号を呼び出し、電話をかける。

数回のコール音の後、留守番電話に切り替わった。

ひとつ深呼吸をして、言葉を吹き込んでいく。

「赤槻さん、七尾です。仕事の話をしたくてお電話しました」

空の青さが、目と心に沁みる。

「もし、本当に機会を与えてもらえるなら……赤槻さんの作品を、ぜひもう一度、演じさせていただきたいと思っています」

深く透明に、浸透していく。

「その時は——司水駿ではなく、七尾司という名前で」

頭上に広がる、どこまでも澄んだ空の青。

ヘブンリー・ブルー。

そんな色の名前があったことを、ふと思い出した。

10

年が明けて三学期が始まり、私は変わらず清天女学園の制服を着て、学校に通っている。

喉の調子はだいぶよくなってきて、私の声は少し低くなった。

学園側に正直に事情を説明して、すぐに退学になるだろうと思っていたけど、とりあえず三学期の間は、これまで通り清天女学園に通うことになった。

与えられた猶予期間は、私のためというよりは学園側の事情によるものだろう。

何しろ、公になれば学園の信用を失いかねない大問題だ。だから事実は伏せたまま、私は今年度いっぱいで「家庭の事情」により転校するという形になった。

四月からは別の学校へ通うことになる。三浦先生がとても親身になって相談に乗ってくれ、新たな学校を見つけるのを手伝ってくれた。

自由な校風で、雰囲気もよさそうな学校だったけど、すぐに男の子として新たな高校生活を始めろと言われても、やっぱり無理だ。だから数ヵ月の猶予期間は、私にとってもありがたい。

これは私のリハビリ期間。表向きは女生徒として今まで通りに清天女学園に通いながら、裏では男の子としての生活にならしていく。

クラスのみんなを騙すことになるけど、前ほどの苦痛はない。今までとは違い、私は自主的に『女子高生』の役を演じる。そう思えば、むしろちょっと楽しかったりもする。

三浦先生は心強い味方だ。私は前よりずっと三浦先生と打ち解けられるようになったし、カウンセリング室でお茶を飲む時間も、素直に楽しめるようになった。

育音ちゃんとの関係はしばらくちょっとぎくしゃくしたけれど、最近はまた放課後に一緒にマクドナルドへ行って、シェイクを飲んだり、てりやきバーガーを食べたりしている。

《海うさぎ》へ一緒に行くこともある。以前とは違い、堂々と《海うさぎ》へ行けるようになった私は、正式にアルバイトとして働くことになった。最初は掃除をしたりお茶を淹れたりといった雑用だったけど、近頃は写真の撮り方や、パソコンで画像修整をするやり方を天海さんに教わっている。

私の首には、もうお姉ちゃんのダイヤはない。お姉ちゃんのダイヤは今、母の胸に帰って穏やかに輝いている。

母はまだ完全に納得したふうではないけれど、三浦先生が紹介してくれたカウンセラーのところへ通うようになり、私が娘ではなく息子であるという事実を、少しずつ受け入れ始めている。

先日、私は《海うさぎ》で初めて本物の家族写真を撮った。父と母と息子、三人の家族写真。その写真は天海さんが応接室の壁に飾ってくれた。前にみんなで撮った、本物ではない家族写真と並べて。

七尾はもう、私たちの前に現れることはない。天海さんを通じて受けた依頼もすべて解消したようで、沖田さんも『ナナコちゃん』に会えなくなったことを嘆いていた。でも、《海うさぎ》の二階のスタジオの常連さんの中に同じような趣味の人がいると知って、沖田さんはこのところよく《海うさぎ》にやってくる。

中谷さんもたまにやってくるし、その時には新庄さんが一緒のこともある。みんなでご飯を食べる機会も多くなった。

《海うさぎ》は今、とてもにぎやかだ。七尾はいなくなってしまったけど、彼が結んでくれた縁がしっかりと生きている。天海さんは楽しそうだし、私もとても楽しい。

試しに一度だけ、七尾のラインにメッセージを送ってみたけど、既読になることはなかった。以降は一切、連絡をとろうとはしていない。

少なくとも今はまだ、その時ではないから。

彼が最後に見せた七尾司としての姿は、私の知る七尾とはまったく違っていた。

ショックはやはり大きかった。七尾からもらったものは嘘じゃないと言った気持ちは本当だけど、私の大切な七尾が粉々に砕かれてしまった気がしたのもまた、事実だった。

だけど最近、私はちょっと疑っている。

あれもまた、七尾の演技だったのではないかと。

いつかのようにでっかい嘘でもって、七尾は『七尾駿真』としての物語をしめくくったのかもしれない。七尾への思いを、私がいつまでも引きずってしまわないように。

だってあの『七尾司』は、あまりにも完璧すぎたから。

それに——私は知っているのだ。七尾のアパートへ行った夜、彼が私にキスしたことを。

私が眠っていると信じて、七尾は私の唇にキスをした。あの行為までもが演技の上にあったものだと、彼は言うだろうか？

真実はまだ、確かめない。私はまだ未成年だから。

でもあと三年。二十歳になったら、私は彼に会いに行く。私には、彼との約束があるから。

父が教えてくれた。七尾と会った際、父は私の依頼料を代わりに払おうとしたらしい。けれど、七尾は断ったという。自分の依頼人はあくまで私だから、支払いは本人にしてもらうと言って。

二十歳になった時、私はきっと変わっているだろう。彼に対する気持ちも変化しているかもしれない。

でも、どんな形になっても、彼が私にとって大切な存在であることに変わりはない。

だから大人になって、対等な立場で再会したら——

きちんと依頼料を払った後で、私は彼に言うのだ。

「友達になろう」と。
もう私は、共犯者を必要としない。レンタル役者も必要としない。
だから演じてもらうのではなく、今度は本物の関係を彼と築いていきたい。
本物の七尾司と。お互いに、装うことなんて必要のない関係を。
そうしてあらわになった彼のしっぽを、私はしっかりと捕まえる。

私《わたし》たちは空《そら》になれない

2021年11月22日　第1刷発行

著者　風森章羽《かざもりしょう》

発行者　鈴木章一

発行所　株式会社　講談社

〒112-8001　東京都文京区音羽2-12-21

電話　出版　03-5395-3506

販売　03-5395-5817

業務　03-5395-3615

KODANSHA

本文データ制作　講談社デジタル製作

印刷所　豊国印刷株式会社

製本所　株式会社国宝社

風森章羽（かざもり・しょう）

3月7日、東京都調布市生まれ。2014年、『渦巻く回廊の鎮魂曲《レクイエム》　霊媒探偵アーネスト』で第49回メフィスト賞を受賞し、デビュー。霊媒探偵アーネストシリーズは、『清らかな煉獄』『雪に眠る魔女』『水の杜の人魚』『夜の瞳』『奇跡の還る場所』が刊行されている。

本書は書き下ろしです。

この作品はフィクションです。登場する人物、団体は、実在するいかなる個人、団体とも関係ありません。

N.D.C.913 287p 19cm　ISBN978-4-06-526143-9